中公新書 2242

宮崎かすみ著

オスカー・ワイルド

「犯罪者」にして芸術家

中央公論新社刊

まえがき

パリの二〇区、ペール・ラシェーズ墓地の一角にオスカー・ワイルドの墓がある。ジェイコブ・エプスタインの手になる彫刻がほどこされた白い石灰岩の墓は、今では、赤やピンクの無数のキスマークで覆われている。この墓の表面は二年に一度きれいに洗っているというのに、たちまちまたキスマークと落書きで覆いつくされてしまうのだという。供え物や花が飾られたその墓には観光客が引きも切らず訪れ、死者の眠る場にふさわしい静寂に包まれることはまれだ。それにしても人の口の届くところ、いや、届かないところにまであまた記されたキスマークの意味は、一体何なのだろう。ワイルドを「愛の殉教者」として慕ってのことなのだろうか。

確かにワイルドは愛の過ちゆえに栄光から奈落の底へと転落したのだから、「愛の殉教者」の名に値しないことはない。しかしワイルドが躓《つまず》いた「愛」に、女性の唇を思わせる赤やピンク、オレンジ色のキスマークの華やかさは場違いな気がする。それは、美青年への愛、年若き同性の友人への愛であり、場合によっては青年の美しい肉体への憧憬《しょうけい》だったり、はたまた男娼《だんしょう》に向けられた激しく無節操な渇望であったりもした。いずれにせよ名づけるとすれば、「同性愛の殉教者」というのが妥当なところであり、ワイルド本人や同じ志向を持つ同時代人たちがこの種類の愛を色彩に喩《たと》えるときは、もっぱら青や緑の色で表現したものだった。

ともあれ二十一世紀になってその墓を見るかぎり、ワイルドは死してのち、「愛のイコン」として甦《よみがえ》った。落魄《らくはく》してパリで過ごしていた晩年、母の旧友に告げた、じきに作品を通して復活するという予言が成就したかのようだ。だが日本では、ワイルドの名前は残念ながらそれほど知られてはいない。『ドリアン・グレイの画像』という小説を読んだことのある人は言わずもがな、書名を知っている人も決して多くはないだろう。リヒャルト・シュトラウスのオペラで知られる『サロメ』の原作者と聞いてうなずく人なら、もう少し増えるだろうか。「幸福な王子」という童話の作者といえば、文学好きの多くの人が、そういえばそうだった、と思い出すかもしれない。他方、十九世紀末のロンドンを騒がせた悪名高い同性愛裁判の当事者としてのワイルドの名は、ある筋では特別な知名度を誇りつつも、一般的とはいえない。

しかるに海外に目を向けると、ワイルドの人気は非常に高い。ワイルドは英米およびアイルランドの作家として、もっとも人気のある一人に数えられる。すべての作品が今でも刊行されているし、四つの社交界喜劇は頻繁に舞台にかかり、映画化もされている。彼が吐いた警句はしばしば引用され、いくつかは日常の言葉として英語に定着したほどだ。そのうえ、オークション市場では、初版本などのワイルドに関する品が高値で取り引きされている。たとえば、モーリス・ギルバートが撮った死の床にあるワイルドの不鮮明な写真が、七〇〇〇から一万ポンド（およそ一一〇万〜一六〇万円）で売り出され、妻のコンスタンスが編纂《へんさん》した『オスカリアーナ』という警句集の一八九五年の初版本にはサザビーズで二〇〇〇から三〇〇〇ポンドの高値が付けられた。

図1　オスカー・ワイルドの墓.
出所：Sato et al. eds., *The Wilde Years.*

同性愛が犯罪であった時代のイギリスで、国民の敵として蛇蝎《だかつ》のごとく嫌われ、その名を口にすることさえ憚《はばか》られたワイルドが、二十一世紀の現在、これほどの人気を誇るとは、何とも皮肉なことである。とはいえ、生前はそれほど忌避されていたワイルドも、死後の再評価の機運は、意外なほど早くやってきた。まずドイツが口火を切り、シュトラウスのオペラ『サロメ』の初演が一九〇五年、死の五年後だった。イギリスでも同性愛をめぐる状況の変化はなかなか変わらなかったにもかかわらず、作品はじきに解禁され、作品そのものや彼の才気に対する評価はすぐに回復した。現在では、彼がホモフォビア（同性愛嫌悪）文化の殉教者だったからこそ一層熱い関心を集めているともいえる。しかしそれだけではなく、ワイルド自身が送った人生が多くの伝記を介して人々のよく知るところとなり、その魅力が多くの人々の心を捉《とら》えるからということもあるのではないだろうか。

作家としてのワイルドは、大作家と称されるほどに多くの作品や大作を残してはいない。実際、ワイルド自身が「私は人生にこそ精魂をつぎ込んだが、作品には才能しか注がなかった」と嘯《うそぶ》いている。ワイルドは、世に注目された作品を書くはるか以前から、奇矯な服装や辛辣《しんらつ》なウィットによってすでにその名を轟《とどろ》かせていた。つまり、ワイルドという人は、作品によって名を知られたのではなく、その人物によってまず名を売っていた。ワイルド本人を知る人々は、ワイルドが書き手としてよりも語り手としての才能に抜きん出ていたということで意見が一致している。そもそも無精者のワイルドは、こつこつと作品を書きつづけることがあまり好きではなかった。彼が書いたのは、金を稼ぐためだった。作品になる前にワイルドが物語るところを聞いていた彼の友人たちは、書かれた作品になったものを読み、はるかにつまらなくなったと口を揃《そろ》えた。つまり、ワイルドという人は、その人生をこそ書かれるべき人物なのである。自分の人生こそ芸術作品であると気取った彼は、周囲の人間には鼻につくほどの過剰な自意識をにじませながら、芝居の主人公のように生きていた。だから、ワイルドの評伝を書くことは多くの伝記作者たちを魅了してきた。

英語文化圏において、ワイルドの伝記はこれまで数多く書かれ、多くの読者を獲得している。だが日本では、約半世紀前に平井博の手になる『オスカー・ワイルドの生涯』（松柏社、一九六〇年）という大著が書かれて以来、本格的な評伝はなかった。平井のワイルド伝は、後にリチャード・エルマンによって書かれ決定版とされているものが一九八七年に出るまで、事実の詳細さ、豊富さ、正確さ等において、英語で書かれた多くの評伝を凌《しの》ぐ力作である。エルマンの伝記さえ、もはや新しい事実として付け加えたものは多くはなかったが、エルマンのワイルド伝が画期的なのは、ワイルドの同性愛を真正面から取り上げ、しかもそれを「変態性欲」として退けるのではなく、積極的に評価したうえでワイルドの人間像を作り上げた点であった。エルマンの著作が出てから四半世紀を超える今、同性愛に対する社会の態度はさらに変化し、人々はかつてのように理由もなく嫌悪し白眼視するのをやめ、理解しようとしはじめた。イギリスでは多くのゲイの人々がカミング・アウトし、同性の相手との共同生活が、通常の婚姻関係と並んで、シヴィル・パートナーシップとして法律で認められるようにもなった。そんななかで二〇〇四年に刊行されたニール・マッケンナの『オスカー・ワイルドの秘められた生活』は、同性愛に焦点を絞ってワイルドを描き、その感情生活に肉薄した衝撃作だった。想像力に頼る部分もあるものの、これまで利用されてこなかった手稿資料を駆使してワイルドの同性愛生活の具体的様相を大胆に再現し、ゲイとしてのワイルド像を新たに提示した。

本書では、同性愛をめぐる思想・文化史とワイルドの生涯とが交錯するドラマを描くことを目指した。ワイルドの時代は、ヨーロッパの国々では性科学が勃興《ぼっこう》し、新しい同性愛の概念が生まれていたにもかかわらず、イギリスにはその波が及ばず、信じられないほど旧態依然とした環境がそのまま残っていた。海峡を挟んで彼方《かなた》は激変の時代にあったのに、此方《こなた》は語ることすら憚られ、不問に付されるがままだったのだ。ワイルドというゲイは、海峡を頻繁に横断しては二つの環境のなかを浮遊し、それを弄《もてあそ》びもした。しかしながら、同性愛をめぐるこの二様の制度的状況であれ、同性愛を嫌悪する感情においては一つであり、ワイルドは根深いホモフォビアに引き裂かれ、あれほど人目を惹《ひ》いた彼のゲイネスも時代の徒花《あだばな》として散った。

ワイルドという人は、彼が書き残した作品のみならず、しゃべり散らした言葉と、そして彼が生きた人生そのものもひっくるめて彼の作品とみなすべきではないかと思う。何しろワイルド本人が、自身の人生こそ自分の作品だと豪語していたのだから。書き残した作品を通してしかワイルドにアプローチできないのは、あまりにももったいない。当意即妙なウィット、高揚した、あるいは絶望の淵《ふち》で書かれた手紙にちりばめられた名句、真実を突いた逆説と鋭い諧《かい》謔《ぎゃく》の数々を、本書を通して楽しんでいただければ幸いである。

なお、本書中では基本的に、性科学によって創られた概念であるホモセクシュアルの訳語としての「同性愛」と、肛門性交を意味する「ソドミー」との相違を確認し、両者を区別している。しかしながら日本語の「同性愛」には、西欧の用法ほど厳密な歴史性が刻印されているわけではないし、ワイルドらが使っていた「ウラニズム」という語と非常に近いことから、これらをゆるやかに包含するものとして「同性愛」という語を使っている場合があることをお断りしておきたい。

オスカー・ワイルド†目　次

オスカー・ワイルド――「犯罪者」にして芸術家

第一章 「オスカー・ワイルド」になるまで

卓越した両親

オスカー・ワイルドは一八五四年十月十六日、父ウィリアムと母ジェインの間の次男としてダブリンに生まれた。父は眼科・耳科の高名な医者であり、母もまたアイルランド・ナショナリズムに心酔した詩人として名を知られていた。夫妻には、父親の名を継いだ長男のウィリアム――愛称ウィリー――と、オスカーの三年後に生まれた女児、アイソラがいた。

オスカーの人生にとってはより大きな意味を持っていると思われる母、ジェイン・スペランザ・フランセスカ・ワイルドの話から始めよう。ジェインは弁護士チャールズ・エルジーの娘として生まれた。祖父のジョンは、アイルランド教会の副監督にまでなった聖職者だった。母のセアラはトマス・キングスベリーという聖職者の娘だが、曽祖父は高名な医者で、『ガリヴ

図2　母ジェインの肖像画.
出所：Holland, *The Wilde Album*.

ァー旅行記』の作者であるジョナサン・スウィフトの友人であった。母方の大伯父には『放浪者メルモス』というゴシック文学の傑作を書いたチャールズ・マチューリンがいる。母ともども、オスカーはこの親戚をたいそう誇りにしており、後にオスカーが出獄したあと世を忍ぶのに選んだ仮の名、セバスチャン・メルモスは、大伯父の作品から姓を拝借した。

ワイルドの母は目立つことを好み、誇大妄想を疑われるほど想像力に富んだ女性だった。それにとどまらず、現実をいささか脚色（もしくは捏造《ねつぞう》）してまでも自らを美化しようとする傾向があったが、その点は次男のオスカーと似ていた。彼女は自分の年齢を五歳ほど若くサバを読んでいたが、この癖も息子が受け継ぎ、後に裁判で暴かれて恥をかくことになる。彼女は自分のミドル・ネームを、フランセスからイタリア風のフランセスカに変えていた。そもそもエルジー家はイタリアの出身で、エルジー（Elgee）はAlgeoの転訛《てんか》だとする説がこの一族に伝わっていた。彼女の妄想のなかでAlgeoはさらにダンテの姓アリギエーリ（Alighieri）の転訛と解釈され、ダンテの末裔《まつえい》ということになった。ついでに名前もイタリア風にして、自称ダンテの末裔にふさわしいスペランザという名をしばしば使った。

オスカーは獄中で、母のことをエリザベス・ブラウニングにも匹敵する知性の持ち主だったと書いた。身びいきの感は否めないが、ジェイン・ワイルドが才媛《さいえん》だったのは間違いない。語学の才能に秀で、ドイツ語やフランス語をマスターし、小説を多数翻訳したが、むしろ彼女の名は、アイルランド・ナショナリズムを謳《うた》う詩人として知られた。自身の詩集を二冊出版したほかに、夫の死で中断した仕事を引き継いで刊行した著作は一〇冊を超え、雑誌への寄稿は数知れなかった。

スペランザの名を世に広めたのは、『ネイション』誌に寄稿した一連の詩である。この雑誌の編集長に気に入られて常連寄稿家となっていたが、一八四七年に発表した『飢饉の年』と題する詩は彼女の名声を一気に高めた。三〇〇万人が飢えと病で亡くなったと言われる一八四五年のアイルランド飢饉を謳った韻律がアイルランド民衆の琴線に触れ、彼女は一躍アイルランド国民のミューズとなった。とはいえスペランザの大義への忠誠心は、その韻文の調子ほどに強いものではなかった。目立ちたがり屋の彼女が活躍できる役どころを探していて遭遇したのが、「アイルランドのジャンヌ・ダルク」には及ばないが、ナショナリズムの女闘士だったというほどのことだろう。後年、夫がヴィクトリア女王からサーの称号を授与されたときには格段の異議を唱えずレディの座に収まったし、一八九〇年に彼女の文学上の功績に対してイギリス政府から年七〇ポンドの年金を下賜されたときにもこれを頂戴《ちょうだい》した。

ジャンヌ・ダルクのように勇敢に戦った、とはいかなかった彼女だが、装いでは因習を無視する豪気を発揮して独特の衣装を身に着けた。恰幅《かっぷく》のいい身体に絹やレースを纏《まと》わせ、奇抜な意匠の宝飾品で身を飾り、頭からベールを垂らした姿は異様で、場末の芝居小屋の女優を思わせた。彼女はダブリンでもロンドンでもサロンを主宰した。夫の死後ロンドンに移ってからは、メイドを雇う金がなく掃除が行き届かないのを隠すために昼間からカーテンを下ろし、室内は薄暗かった。しかも彼女の異様な服装趣味は歳とともに高じていったので、サロンに鎮座する彼女はジプシーの女占い師のような気配を漂わせていた。孫のヴィヴィアン（オスカーの次男）も幼いときに訪れた祖母の家の、昼間から薄暗くて気味の悪い室内の記憶を記している。晩年の彼女については、昼間からカーテンを閉め切ったこの薄暗い部屋のことしか語られなくなっていた。

場末の芝居小屋であれ、主役を演じなければ気のすまないこの女性が夫に選んだ男性は、彼女の尊敬に値する人物だった。その人、ウィリアム・ラルフ・ウィルズ・ワイルドは、「近代耳科の父」と称され、耳と眼を専門にする医学を確立した優秀な医者だった。ジェインと結婚した一八五一年当時、すでに外科医として頭角を現し、さらに医学以外にも広範な知的好奇心と学識を有して多くの著作をものしていた。彼女はウィリアムの『ボイン川およびブラックウォーターの美しき景観』（一八四九年）という紀行本を『ネイション』誌の書評で絶讃し、それが縁で二人は知りあったらしい。絶讃の動機はそのあたりにあったのかもしれない。

ワイルド家はもともとイングランドのダラム近郊の出身で、ウィリアムの祖父にあたるラルフは大工として、十八世紀にアイルランドに移住してきた。ラルフには三人の息子がいたが、次男のトマス・ウィルズがウィリアムの父であり、オスカーの祖父にあたる。トマスは医者になり、三人の息子と二人の娘をもうけた。二人の兄たちはダブリン大学を卒業して牧師となるが、三男のウィリアムは父の職業を継ぐこととなり、十七歳のときにダブリンの医学校に外科医になるべく送られた。当時の外科医は、麻酔なしに人の身体を切り刻まなくてはならないため、特殊な神経が要求されたが、ウィリアムは臆《おく》することなくこの天職に就いた。優秀な成績で医学を修め、開業医資格を得たのち、ロンドンやウィーンに留学して解剖学などを学び、ダブリンに戻る。

ウィリアムは眼科と耳科学の先駆者としてこの分野を開拓し、さらに時代の頂点を極め、その高名は海外にも知れ渡った。一八四四年に眼科と耳科の最初の専門病院をダブリンに開設し、五〇年代には耳科と眼科の最初の教科書を執筆した。ウィリアムはまたこの分野の解剖学の先駆者でもあり、眼と鼻の人体組織を弁別して最初に名前を付けた。今でも解剖学には、「ワイルド錐体《すいたい》」として彼の名前が残っている。統計的手法にも秀で、アイルランドにおける眼科・耳鼻科系疾患の患者や聴覚・視覚障害者の国勢調査の委員となって、統計資料の編纂作業を率いた。六三年にはアイルランドの勅撰《ちょくせん》眼科医に任命され、翌年、ナイトの称号を得た。スウェーデン国王をはじめとして各国の王族から診療を依頼されていた。

ウィリアム・ワイルドの卓越ぶりは、眼科・耳科医としての華々しい業績にとどまらなかっ

図3　「蚤の夫婦」だった両親を描いたカリカチュア.
出所：Holland, *The Wilde Album*.

た。本業でこれだけの仕事をこなしながら、好事家としてさまざまな分野について多数の本を執筆した。考古学にも通じ、湖沼地帯に住んでいた先史時代人の住居跡を発見し、彼らが遺《のこ》した金細工品を発掘・収集し分類したものが、今でもアイルランド国立博物館に発掘者としてサー・ウィリアム・ワイルドの名を冠して展示されている。埋没した過去の事物への愛好は遺物にとどまらず、僻地《へきち》の農民が口承で伝えてきた民間伝承や迷信、呪文などの蒐集《しゅうしゅう》へも向かわせた。そのほかにも郷土史や紀行文の執筆を多数こなし、多くの著作を刊行している。

　これだけ華々しい活躍を遂げていた人物にして、いや、だからこそというべきかもしれないが、彼は同じくらい裏面のエピソードにも事欠かない人物である。ウィリアムの不潔ぶりは、口さがないダブリンっ子たちの軽口の的だった。詩人のイェーツがダブリンで伝わっていた謎々として伝えたのは、「どうしてサー・ウィリアム・ワイルドの爪は黒いのか」。答えは、「体中を掻《か》きむしるから」。他方、劇作家のジョージ・バーナード・ショーは自分の父親がウィリアムに斜視の手術を受けたら、今度は反対向きの斜視になった恨みがあるせいか、ウィリアムの無精な風貌に辛辣な評を残している。

「サー・ワイルドが石鹼と水を超越していたことにかけては、ニーチェにかぶれた彼の息子が善と悪を超越していたのといい勝負だった」

ウィリアムは喘息持ちで虚弱体質であったが、これまでに紹介した業績からして、すさまじい集中力とエネルギーの持ち主だったことが窺《うかが》える。この資質は残念ながら怠惰でものぐさな息子たちには受け継がれなかった。これまで紹介した立派な仕事に対して注がれた精力は、ウィリアムの場合、色事にも同様に発揮された。スペランザと結婚した時点で、彼はすでに三人の私生児の父親だった。ヘンリー・ウィルソンと名づけられた最初の息子には、医者になるための教育を授けて自分の医業を継がせた。そのほかに二人の姉妹がおり、ウィリアムの兄で牧師をしていたラルフの養女として育てられたが、舞踏会に出かけるために着用したドレスのスカートの裾《すそ》に暖炉の火が燃え移り、それがもう一人にも燃え移って、二人とも亡くなった。この不幸な出来事は、晩年の、すでに往時の勢いをなくしていたウィリアムに大きな打撃となった。

世間の羨望《せんぼう》の的になるほど社会的階梯《かいてい》を登り詰めていったこの変人の夫には、ほかにも終生、女性の影があった。しかしスペランザは、それに関して無関心を装い、冷静な態度を貫いた。その彼女にしても巻き込まれずにいられなかったのが、メアリー・トラヴァースの事件だった。年若いこのウィリアムの愛人は、ストーカーのように付きまとい、ワイルド家に嫌がらせを繰り返した。堪忍袋の緒が切れたスペランザが、彼女の親に苦情の手紙を書くと逆に名誉毀損《きそん》でメアリーに訴えられてしまった。この事件はダブリン中の誰もが知るスキャンダルとなった。結局、判決はスペランザに一ファージング（四分の一ペニー）の損害賠償を命じただけだったが、ワイルド家にとって、総額約二〇〇〇ポンドの裁判費用の負担は大きな痛手であった。

それにとどまらず、この裁判により自分の不品行が公にされ、ウィリアムは精神的に打ちのめされた。この後、彼の健康は急速に衰えていった。社会生活からはほとんど身を退《ひ》き、病院の経営を息子のヘンリー・ウィルソンにゆだねた。多くの時間を別荘で過ごすようになり、外見には一層気を遣わなくなったため、ますます不潔たらしくなった。そんな彼に追い討ちをかけるように家庭の不幸が続いた。一人娘のアイソラが六七年に亡くなり、これには家族の者が皆、打ちひしがれた。その二年後には二人の私生児の姉妹が焼死した。持病の喘息が悪化したと言われているが、彼の晩年はすでに抜け殻のようになっていた。

少年時代のオスカー

ワイルド夫妻の次男として生まれた男の子には、オスカー・フィンガル・オフラーティー・ウィルズ・ワイルドという長い名前が付けられた。オスカーとフィンガルはアイルランドの伝説から、オフラーティーはノルマン征服以前の王の名前から取られた。この仰々しい名前にはスペランザの文学趣味が反映している。

先に触れたトラヴァース嬢とのトラブルが裁判沙汰《ざた》になるのは一八六四年十二月のことだが、そのスキャンダルから遠ざけるためもあったのか、その年の二月にウィリーとオスカーは全寮制のポートラ・ロイヤル・スクールに入れられた。この学校は、プロテスタントの名門パブリック・スクールであり、ここからダブリン大学トリニティ・カレッジに進むのは、アイルランドのエリートのお決まりのコースだった。ウィリーが十二歳、オスカーが九歳のときである。

オスカーは、入学早々、後年彼の個性として知られるようになるものの萌芽《ほうが》を発揮した。まず彼は運動や競技のたぐいが大嫌いだった。蒐集や冒険への憧れも、他の子供たちと共有しなかった。他方、非常な読書家で、服装に気を配り、花々や美しいものを好み、孤独と日没を愛する少年だった。

とりわけ速読の能力はめざましかった。一時間で三巻本小説を読み終えて、しかもストーリーを正確にまとめることができ、出来事や会話もおおまかに再現することができたという。記憶力も大変よく、ラテン語やギリシャ語で非常に優秀な成績を修めたのも、一度読んだだけで文章を記憶できたからだという。ギリシャ語とラテン語で頭角を現しはじめたのは、ポートラで最終学年を迎えてからだった。それ以降、ギリシャ語とラテン語では他の追随を許さなかった。

一八七一年、オスカーはポートラからトリニティ・カレッジに進むための奨学金給付生に選ばれたが、このときほろ苦い別れも経験した。このエピソードにはワイルドの即興の作り話の疑いは拭《ぬぐ》えぬが、後年の短篇の興趣があるのであえて紹介する。ポートラでオスカーには、二〜三学年下の親友がいた。この少年は、よくしゃべるオスカーの聞き役に徹していたので、この子のことについてオスカーはほとんど何も知らなかった。だが彼はいわゆる「無口な詩人」で、胸の中に想いを秘めていたのだと、オスカーは最後に知ることになる。

トリニティ・カレッジに行くことをこの少年に喜んで伝えたのに、彼は素っ気ない。

「行くのがうれしいみたいだね」

「そりゃそうさ。トリニティに行くんだぜ。僕はそこで坊やたちじゃなく、大人と出会うんだ。それからオックスフォードに行って、そのあと有名になる」

「そうじゃなくて、僕から離れるのがうれしそうだ、という意味さ」

オスカーは驚いて言った、「まさか。僕はいつだって君と一緒にいて楽しかったよ。君だってトリニティに来るだろう」。

「たぶん行かないと思うよ。でもダブリンには行くよ」

「じゃ、ダブリンのメリオン・スクエアにある僕のうちにおいでよ。ダブリンで一番いいところだよ」

この言葉を聞いて少年がオスカーを見上げたまなざしは忘れられない。羨望と悲しみと無念さの入り混じった何とも言えないものだった。だが、心躍らせる未来のことしか頭になかったオスカーに、少年の気持ちを思いやる余裕はなかった。

出発の朝、学校で皆に別れを告げたが、例の少年だけは駅まで見送ってくれた。自分とオスカーとの間の「特別な」交友関係を先生に話して許可を得たという。それを自分から少年に頼んでおかなかったオスカーは、少し心が痛んだ。駅に着いて列車に乗り込んでも、彼は個室に入ってきてもじもじしていた。車掌に、見送りの客はもう降りるよう促されても、もう少しと頼み、降りなかった。いよいよ列車が動きはじめると、オスカーはたまりかねて降りるよう促した。すると、彼は突然「ああ、オスカー」と叫び、彼の顔を熱い手で包んだかと思うと、唇にキスをして、次の瞬間、列車から飛び降り、消え去った。

動きはじめた列車の座席に沈み込んでいたオスカーは、ふと自分の頬に冷たいものが滴るのを感じた。あの子の涙だ。それを拭いながら、奇妙な感情にとらわれた。「これは愛だ。これが、あの子の想いだったんだ」。長い時間、彼は放心状態にあった。少年は、「愛」という彼の詩の美しい主題を、抜き差しならない行動で表したかと思うとその刹那《せつな》に消え去った。感動とともに自責の念が押し寄せてきて身動き一つ取れなかったと、後年友人のフランク・ハリスに語った。これは、つばめが頬に王子の涙を感じたというところなど、「幸福な王子」と少々趣が似ている。つばめは王子を残して旅立つのをあきらめるが、オスカーは少年の想いを断ち切って、新しい世界へと旅立った。

トリニティ・カレッジに入学

ダブリン大学トリニティ・カレッジは、アイルランドを支配するプロテスタントの少数派、アングロ・アイリッシュのエリート層を輩出してきた名門である。だが、そこから歩いて五分ほどのところに住むオスカーにとってはおなじみの大学だった。母のサロンにトリニティの教授連がよく招かれていた。すでに在学していたウィリーが優秀な成績を修めていたから、学生のレベルも推して知るべし。入学後の三年間で、オスカーは古典学を中心に多くの賞をとったが、なかでも古典学の最高の栄誉であるバークレー・ゴールド・メダルはありがたかった。この金メダルはその後オスカーが金に窮するたびに、何度となく質に入れられ、持ち主の窮状を救った。

トリニティに進学したポートラからの同級生には、エドワード・カーソンがいた。カーソンと昔一緒に遊んだことをオスカーは述懐しているが、この男とは、一八九五年の一回目の裁判のとき、クィーンズベリー侯爵側の弁護人として法廷で皮肉な再会を果たすことになる。オスカーが勇名をとどろかせていたトリニティで、カーソンは対照的にまったく目立たない学生だった。

オスカーはこの大学でその後の人生に影響を与える二人の教師と出会った。一人は、古代ギリシャ史の専門家、マハフィ教授である。ヴィクトリア朝にしては珍しく古代ギリシャの同性愛慣行について露骨に触れた彼の著作の校閲を、オックスフォード時代のオスカーが手伝ったことがある。派手好きでスノッブなマハフィとは対照的に、トリニティでのもう一人の学恩、古典文学のティレル教授は実直かつ素朴な人柄で、優秀な学者だった。ワイルドは後に、二人の恩師の人間性の相違を苦い思いで見せつけられることになる。一八九六年に友人のハリスが獄中にあったワイルドの刑期短縮を求める嘆願書に、著名な学者や文人たちの署名を集めた折、ティレルは快く応じてくれた数少ない一人だった。他方、マハフィはこれを断わり、さらにワイルドを「自分の教職人生の汚点」であると記した。

いくら優秀なワイルドでも、トリニティで学ぶものがないと言えば、ほめ過ぎだ。それでもマハフィはオスカーに、オックスフォードへの転学を勧めた。父は意外なほどこの話に乗り気になった。というのも、父はオスカーがカトリックに惹《ひ》きつけられていることを知り、改宗したいと言い出すことを危惧《きぐ》していたからだ。カトリック教徒の多いアイルランドでは、プロテスタントのワイルド家はアングロ・アイリッシュの支配層を構成する少数派である。オスカーがイングランドの大学に行けば、カトリックへの恋慕の情も冷めるのではないかと、父は考えた。

オスカーがこの話に飛びついたのは言うまでもない。タイミングよく、モードリン・カレッジの古典学奨学金の選考試験が近く行われることを知った。枠は二つで、一人につき年九五ポンドが五年間支給される。自信満々なオスカーは、トリニティの三年次の学年末試験を受けずに、モードリンの奨学金試験に臨み、みごと一番で合格した。

うれしい知らせを持ちかえったオスカーを迎えたのは、病床にある父だった。すでに医業は縮小し収入も激減していたから、オスカーをオックスフォードにやることは重い負担だった。父の健康状態は気がかりだったが、好条件でオックスフォードに入学できることに有頂天だった彼は、その問題に長くはわずらわされなかった。マハフィはもちろん、ティレルや友人たちも称賛してくれた。ワイルドは意気揚々と、イングランド征服の野心を胸にアイルランドの地を船出した。

オックスフォードの日々

「私の人生における二つの大きな転機は、父が私をオックスフォードに送り出したときと、社会が私を監獄に送り込んだときであった」

これは、レディング監獄に収監されていたワイルドが、アルフレッド・ダグラス卿《きょう》に宛《あ》てて書いた長大な書簡（『獄中記』と呼ばれている）のなかの一文である。ワイルドは一八七四年、二十歳の誕生日の翌日にオックスフォード大学に入学した。オックスフォードの魅力は絶大で、ここでの経験は彼の人生に圧倒的な影響を与えた。天才を気取る自意識過剰な若者は、オックスフォードがイギリスで最古の威厳に満ちた美しい大学で、自分がダブリンの出身だからといって怯《ひる》んだりはしない。たとえ怯んでいても、それを見透かされてはならない。むしろ生意気すぎて反撥《はんぱつ》を買う失敗を経験しながら、ワイルドは自分のスタイルを決めていった。「ぼくのアイルランド訛《なま》りは、オックスフォードで捨て去ったもののうちの一つさ」とはワイルドの弁である。アイルランドからの持ち物で捨て去ったものの中にはダブリン時代からの衣服もあった。後にワイルドは奇抜な服装で世に出たが、この衣装道楽の芽はオックスフォードで本格的に開花した。他の学生よりもひときわ大きな格子柄のツィード・ジャケットに青い小さな水玉模様のネクタイを合わせ、帽子を斜にかぶるという出で立ちでキャンパスを闊歩《かっぽ》したこともあった。

図4　ワイルドと仲間たち（1875年）．
後列中央左に立つのがワイルド．
所蔵：The William Andrews Clark Memorial Library, UCLA, Los Angeles.

ワイルドは入学当初は学業にさほど力を入れなかった。彼が所属していた「人文学」は、主に古典古代の歴史と思想および文学を学ぶ課程だが、トリニティ・カレッジで学んでいたおかげで、古典は楽勝だった。オックスフォードの教授たちさえ鼻であしらい、他の分野の読書にいそしんだ。オックスフォード時代の読書ノートには、カントやヘーゲル、ロック、ヒュームや社会進化論者のスペンサーらの本を読んだ痕跡《こんせき》が記されている。彼は「勉強していないのにできる奴」と目されることを目指していた。しかしそうなるのは、ワイルドの才をもってしても常にたやすいわけではない。入学の一か月後に行われた第一回目の学位試験で落第点を取ってしまった。奨学生にしてはあるまじき失態で、翌年三月の口頭試験のためには猛勉強して合格した。彼は天才を気取るために、人々が寝静まった夜中にこっそり勉強していた。

このころ、ワイルドは彼の名を広く知らしめることになるセリフを吐いた。自分の部屋を美しく飾ることに執心していた彼は、唯美主義にかぶれていつも部屋に百合を活《い》けていた。百合の花は、ラスキンが『ヴェニスの石』のなかで、「この世でもっとも美しく、そして役に立たないもの」と書いて以来、唯美主義の象徴になっていた。ワイルドは百合を活けるためにセーブル焼きの青い花瓶を二つ奮発した。そして、この花瓶に触発されて吐いたとおぼしき言葉が、「ぼくの青磁にふさわしく生きるのは、日ごとに難しくなってきている」である。この句は、一八八〇年十月に刊行された諷刺《ふうし》雑誌『パンチ』上でジョージ・デュ・モーリアが諷刺画に採用し、唯美主義者ワイルドの名を一躍広めることになった。

父の死

ワイルドは夏季休暇中に、ダブリンのマハフィ教授たちとイタリアを旅して、フィレンツェやヴェネツィアなどを訪れた。このころ、カトリックに改宗した友人、ハンター・ブレアの影響もあり、ローマ・カトリックに深く傾倒していた。この当時、カトリック教会は宗教改革後初めて、イングランドで復興へ向けての体制立て直しを図っていたところで、反体制的な志向を持つ——多くの場合、反体制的な性的嗜好《しこう》を伴っていた——若者たちを惹きつけていた。ところが、ローマに向かった一行を尻目《しりめ》に、旅費を使い果たしたワイルドは一人ダブリンに戻らなくてはならなかった。ローマ教皇には会いそびれたものの、ダブリンで美しい少女と出会えた。フローレンス・バルコムという十七歳になる軍人の娘で、資産はないが、ワイルドに言わせると「この上なく美しい」少女だった。双方ともに淡い恋心をはぐくみ、結婚という二文字がワイルドの頭にちらついたが、持参金のない彼女と結婚するのは無理だった。この女性は結局、ダブリン出身の劇作家で『ドラキュラ』の作者となるブラム・ストーカーと結婚し、その縁で女優として舞台に立つことになる。

オックスフォードでは二年次の学年末、つまり六月に将来を決める重要な試験が行われる。ワイルドはオックスフォードで古典学のフェロウとなり、将来は教授になることを夢見ていたから、この試験で優秀な成績を修めることが夢の実現には必須《ひっす》だった。春の休暇中も大学に残って勉強していたところに、父の容態がよくないという知らせが届いた。たび重なる喘息と痛風の発作がサー・ウィリアムの弱った身体をますます衰弱させ、三月上旬にはベッドから起き上がることさえできなくなっていた。帰省したオスカーは、父の衰弱ぶりに驚いたが、黒いベールをかぶった父の愛人とおぼしき女性が毎日訪れ、父の枕元に座っている事態にも傷ついた。

父は、四月十九日に亡くなった。オスカーは、父の死もさることながら、遺言の内容に打ちのめされた。あれほど羽振りのよかった父が遺した財産はあまりに少額だった。黒いベールの女性は、父の三人の私生児の母親と推測され、彼女のところに相当の額が行ったようだった。オスカーは別荘を相続し、そこからあがる地代を自分のものにすることができたが、金遣いの荒い彼の懐を暖めるには到底足りなかった。遺産に関する衝撃のとどめは、翌年、異母兄のヘンリー・ウィルソンが思いがけなく早世したときに来た。オスカーとウィリーは、ヘンリーが父から相続した財産をひそかに当てにしていたが、ヘンリーは八〇〇〇ポンドを病院に遺贈し、ウィリーに二〇〇〇ポンド、オスカーにはわずか一〇〇ポンドしか残さなかったのだ。しかもそんなわずかな額にさえ、オスカーがプロテスタントのままでいるという条件がつけられた。実際、オスカーはこのころ、カトリックへの改宗の誘惑と戦っていたのである。

オスカーは父を喪《うしな》った悲しみとやっかいな金銭問題を抱えて、重苦しい気持ちでオックスフォードに戻った。こうなったら、試験で好成績を修めてフェロウになる道を追求するしかない。派手な自己演出をせずにいられない彼には、とにかく多額の金が必要だった。その後、生涯にわたってワイルドは金銭問題に付き纏われつづける。それは、彼の金遣いの荒さが尋常でなかったからだ。大学に戻ったワイルドがとりあえず直面しなければならないのは、試験だった。古典文学は難なくクリアできたものの、準備をしていなかった神学では落第した。にもかかわらず古典文学のできがすばらしかったおかげで優等の成績を取ることができた。

ラスキンとペイター

ワイルドがオックスフォードで出会った重要な師匠は、ラスキンとペイターである。ジョン・ラスキンは、ワイルド入学時には五十五歳、美学のスレイド・プロフェッサーという名誉ある教授職に就き、ヴィクトリア朝の教養人の美的感受性を培おうと健筆を揮《ふる》う高名な美術評論家だった。他方、ウォルター・ペイターは三十五歳、ブレイズノーズ・カレッジの一介のフェロウで、かつてはラスキンの弟子だったが、このころ二人はすでに反目しあっていた。

ワイルドはペイターとは、三年になるまで直接会ったことはなかった。だがオックスフォードに入学する前年の一八七三年、ペイターが評論の傑作、『ルネサンス歴史研究』（後に『ルネサンス——その美術と詩』に改題）を発表して以来、ワイルドは私淑していた。この本は、その「結語」の内容が不道徳だという理由により発禁処分にされたことで悪名を高め、ペイターは一躍時の人となった。これが説くところは、人生とは一瞬の経験の連続からなるものであり、私たちは「経験の結果を求めるのではなく、経験そのもの」を求めて充実した一瞬を生き抜かなければならぬ、というもので、目的遂行を至上命題とする中流階級の価値観への真っ向からの挑戦だった。

ところで、ペイターがルネサンスという時代を論じたことの意味を少々補足しておきたい。十四世紀のイタリアで起こった古代ギリシャの復興運動としてのルネサンスという歴史事象が十九世紀のヨーロッパに紹介されたのは意外に遅く、一八六〇年代、スイス人の文化史家、ヤーコブ・ブルクハルトの『イタリア・ルネサンスの文化』という著作の刊行を契機とした。このなかで、現在に至るルネサンス観――古代復興、個人主義の発達、人間性の回復、万能の天才の活躍など――が初めて伝えられた。

ワイルドがオックスフォードに来た一八七〇年代は、古代ギリシャ熱が高まっていたが、十九世紀に先駆けて古代を発見した先輩として、ルネサンスという時代も尊敬と親しみをもって十九世紀人の歴史認識に加えられていた。ルネサンスは人間性の涵養《かんよう》が促された時代として知られるが、他方、ボルジア家が輩出した歴代の暴君やマキャヴェリの「目的のためには手段を選ばない」といった政治理論が象徴するように、利己主義や残虐さといった人間性の負の側面も解き放たれた時代として解釈された。ルネサンスの特徴とされた個人主義や発達した感受性は、その裏で人間の罪や悪徳、暴力性の解放をも伴っていたのである。だが解き放たれた人間の業は、ルネサンスを特徴づける文化的な「卓越性」によって正当化されるとも考えられていた。このように想像された「罪深い」ルネサンスは、「悪徳にまみれて罪深い」ことにかけては負けていなかった十九世紀後半のイギリス人にとって、理想化されすぎた古代ギリシャよりも、はるかに自己を投影しやすい時代として受け入れられた。そしてペイターは、洗練された感受性が時に過度に横溢するのに伴い、悪の気配が濃厚に漂うルネサンスというイメージを提供した。悪しきものをも含めて全方位的に人間性が解き放たれ、罪さえもが魅惑的な後光を発するルネサンスという、ペイターが提示したイメージにワイルドはしびれた。それ以降「罪びと」は彼の人生の美学として生涯を貫いた。

オックスフォードという象牙《ぞうげ》の塔にこもり、秘教的な言語を駆使した執筆活動を細々と続けていたデカダン派のペイターとは対照的に、ラスキンはヴィクトリア朝人の美術教育を担う啓《けい》蒙《もう》活動家の役割を果たした。彼は、芸術における道徳の重要性を強調してヴィクトリア朝人の倫理観に抵触せず、彼らの耳に心地よい言説を量産することを通してイギリスの中流階級の美意識を覚醒《かくせい》させ、審美眼を培った。ラスキンにとって美とは善とともにあらねばならないものであり、当初は好意的だった「唯美主義」に対しても、後には芸術から道徳性を奪い自堕落な愉楽に堕落せしめたと批判した。ラスキンが素朴な信仰心を保持した中世を理想とし、人間の身体美を過度に称賛したとしてルネサンスに批判的だった点でも、ペイターとは対照的だった。

批評のスタイルや思考の点でペイターからより深い霊感を得たワイルドであるが、在学中はラスキンの講義に熱心に聞き入る愛弟子だった。いかなる労働にも崇高さがあるという倫理を掲げ、素朴な社会主義を称えていたラスキンからワイルドが受けた影響は小さくなかった。美しいものを生み出すために汗水たらして働く職人、貴重な美の素材を命がけで採取する労働者らの犠牲の上に、美を享受する側の快感が成り立っていることをワイルドに教えたのは、ラスキンである。美の裏面にある悲哀は、後にワイルドの作品の底に流れる通奏低音となる。

しかしラスキンは、表向きの顔とは裏腹の屈折した内面を抱えた人物であった。妻のエフィーから性生活がないことを理由に離婚を申し立てられた挙句、エフィーは離婚成立直後にラスキンが庇護《ひご》していたラファエル前派の画家、ジョン・エヴェレット・ミレーと結婚した。これは公然のスキャンダルとなり、ことの成り行きの逐一はオックスフォードの学生たちも知るところだった。

他方、生涯を独身で通し、僧院を思わせる象牙の塔で隠者のように暮らしていたペイターが男性間のエロティックな情愛を慈しんでいたことも公然の秘密だった。彼の韜晦《とうかい》的な文章は、ある意味では、男性間のエロスを称賛する真意を隠蔽《いんぺい》するための被いでもあった。他方、道徳主義者のラスキンは、「女性に対して向けられる感情を損ない、男性の肉体美を過度に崇拝する」エロスこそが古代ギリシャを衰退に導いたとしてこれを批判する。だが彼が結婚生活で妻を満足させられなかったことは離婚で暴露されていたし、ローズという少女に異常に執着していたことも周知の事実だった。いくらかエキセントリックな性的嗜好を持ちながらも、学問と精神で傑出した二人の師を得て、オスカーはオックスフォードで何者かになろうとしていた。そしてこの知の楽園は、プラトンのアカデメイアから学問だけでなく、恋愛の作法をも学び実践していたのだった。

ジョン・アディントン・シモンズと「ギリシャ式恋愛」

次に、ペイターとオックスフォードで同学年だったジョン・アディントン・シモンズにも触れないわけにはいかない。オックスフォードに独特な、古代ギリシャの学問から想を得た同性愛文化を思想的に牽引《けんいん》していたのがこの二人だったのである。しかし彼らの同性愛に対して取った態度は対照的だった。シモンズは同性愛の犯罪化に反対して、性科学者のハヴロック・エリスと協力し、イギリスで初となる同性愛の研究書の刊行に向け尽力した。彼は人文学と性科学が混交する独特な同性愛解放思想を展開した点で、イギリス同性愛の文化史と研究史に大きな貢献を果たした。

シモンズは、男子学生に宛てた手紙がもとでスキャンダルに巻き込まれ、モードリン学寮のフェロウを辞してアカデミズムを離れた。以後、病弱な身体の療養のためスイスに移住して執筆活動をしていたので、ワイルドと直接の師弟関係はなかった。だが『ギリシャ詩研究』（一八七三年）を読んで以来、ワイルドはシモンズの崇拝者となった。さっそく著者に手紙を書き、それを機にしばらく文通が続いた。シモンズといえば、今でこそ『ギリシャ倫理の問題』（一八八三年）および『現代倫理の問題』（一八九一年）という同性愛を論じた著作の作者として知られているが、ワイルドが『ギリシャ詩研究』に夢中になっていたころは、その性向はまだ一般に知られていなかった。

『ギリシャ倫理の問題』は、古代ギリシャの同性愛を歴史的に論じた著述だった。他方、『現代倫理の問題』は、同性愛を犯罪とした一八八五年の刑法改正に憤り、法律の改正を求める意図で書き下ろされた啓蒙書である。これは、ドイツやオーストリアの当時最先端の性科学による同性愛の研究を紹介した、イギリスではほとんど最初のものである。高名な医者を父に持つシモンズの中流階級的出自からして当然のことながら、いずれも私家版として刊行され、わずか五〇部が親しい友人に配られただけであった。『ギリシャ倫理の問題』では、古代ギリシャのパイデラスティア（少年愛）という、年長の男性と少年との間の同性愛的感情を基礎とした軍人育成制度について詳述され、それが古代ギリシャにおける「美」の概念と深く関わっていたことが説かれた。古典学者としてのシモンズの学識と文学的素養が発揮されたこの好著は、古代ギリシャの少年愛を審美的観点から論じた点で、ワイルドの唯美主義に大きな影響を与えた。

シモンズは数多くの著作をものしたが、なかでも七巻に及ぶ大著『イタリアのルネサンス』は彼の代表作である。ほかにもルネサンス人、チェリーニの伝記を書くなどしてルネサンス文化の普及に貢献した。ワイルドは『イタリアのルネサンス』の最後の二巻の書評を書いたが、もちろんそれ以前からイタリア・ルネサンスへの知的好奇心をシモンズと共有していた。先述したように古代ギリシャとルネサンス期のイタリアは、同性愛者にとっては特別な意味を持つ聖地だったのである。

シモンズが同性愛を主題にしたこの二冊の書物を、ワイルドが入手したかどうかは定かではない。だが、『ギリシャ詩研究』の二巻本が出そろった時点で書評を書くほどに入れ込んだことからしても、シモンズが水面下に込めていた意味を読み取ったのは確かである。

カトリシズムへの憧憬とガウワー卿の誘惑

ワイルドの父はカトリックの影響から遠ざけようとして息子をオックスフォードに送り出したが、ワイルドのカトリック熱はオックスフォードに来てますます高じていった。オックスフォード大学といえば、腐敗した国教会にカトリックの要素を取り入れることで活性化を図ろうとして繰り広げられたオックスフォード運動の発祥の地である。この運動が展開されたのは一八三〇年代だったが、その後イングランドでカトリック教会の再建が行われ、一八六〇～七〇年代はカトリック勢力の再興が進んでいたときだった。父の思惑はそもそも見当違いだったのである。

なかでも、オックスフォードで出会った友人、デイヴィッド・ハンター・ブレアの影響は小さくなかった。ハンター・ブレアは在学中にカトリックに改宗し、後にカトリック教会の司祭にまでなった人物である。初めて出会ったころから改宗を真剣に考えていたが、同じ関心を共有する数少ない友人としてワイルドに一目置き、この宗教に誘い入れようとしていた。オックスフォード在学中の一八七七年の春休みに、ワイルドのギリシャ・ローマ旅行が実現したのは、オスカーをカトリック教会に誘うためにまずはローマを見せようと思ったハンター・ブレアが旅費を工面してくれたからだった。先に旅行中だった彼は、途中立ち寄ったモンテカルロで二ポンドを賭《か》け、みごとにそれを六〇ポンドにしてワイルドに送金してくれた。ワイルドはこのときローマでハンター・ブレアの引き合わせにより時のローマ教皇ピウス九世と面会することができた。

ところが、ワイルドをカトリックに改宗させたいハンター・ブレアの熱意と努力に水を差す人物がいた。それが、サマーセット公爵の子息で著名な美術評論家であり、男色の嗜好を公然と囁《ささや》かれていた名うての放蕩者《ほうとうもの》、ロナルド・ガウワー卿だった。ガウワー卿はオックスフォードとは縁がないにもかかわらず、頻繁にやって来ていた。目的はボーイ・ハントだったらしい。

ガウワー卿も『回想録』で、オックスフォード時代のワイルドのことを次のように記録している。

「私は、ミレーの家のパーティで出会った若い画家を伴いオックスフォードを訪れた。その画家とは、(中略)フランク・マイルズである」

「ある気持ちのよい午後(一八七六年六月四日)……、私は、マイルズの友人だった若き日のオスカー・ワイルドと知り合いになった。快活で感じのいい男だったが、長い髪の彼の頭の中はカトリック教会に関するたわごとで一杯だった。彼の部屋はローマ教皇やマニング枢機卿の絵がたくさん貼ってあった」

噂されていたガウワー卿の男色好みは、オックスフォードでペイターやシモンズが古代ギリシャから想を得て高尚な言語で語っていたものとは異なる、男娼漁《あさ》りの類だった。この時期、ワイルドが好んで、オックスフォードの外部からやって来たガウワー卿やマイルズと親しく付き合っていたという事実は、ワイルドが、オックスフォードのギリシャ的な同性愛とは一線を画した世界に入っていたことを窺わせる。これまでワイルドが初めて実際に男性との性的な関係を持ったのは、一八八六年、ロバート・ロスとだとされてきた。しかし荒っぽい筋との男色関係で悪名をとどろかせていたガウワー卿を交えた交友関係からして、このころすでにワイルドが男性同士の性的関係を持っていたとみて間違いないだろう。

ロンドン・デビュー

ワイルドの大学生活に話を戻すと、ハンター・ブレアの強運のおかげで実現したワイルドのローマ・ギリシャ旅行だったが、これはローマ詣《もう》でのために急遽《きゅうきょ》計画されたものだったから、ワイルドはギリシャにまで足を伸ばしたものの、日程的に無理があった。無理がたたって、ワイルドは、新学期の開始日までに大学に戻ることができなかった。新学期が始まり、一〇日がすぎても戻らない。大学当局は堪忍袋の緒を切らし、許可を取らずに授業開始日になっても帰ってこなかったという理由で、ワイルドをトリニティ学期が終わる六月まで停学処分にした。そのうえ奨学金の支給が半年もの間停止されることになった。

旅行から戻って大学の措置を知ったワイルドは悄然《しょうぜん》としたが、しばらくすると憤然としてきた。「ぼくはオリンピアに行ったという理由で停学処分をくらった、オックスフォードで最初の学生だよ」と友人に吹聴《ふいちょう》した。前年、優等生になったのを機にあてがわれた、オックスフォードでもっとも美しい部屋からも追い出されたので、憤懣《ふんまん》がおさまるまで、マイルズを頼りロンドンに出て気を紛らわすことにした。そこで顔の広いマイルズと連れ立っては、美術展覧会や画廊めぐりをした。ちょうどグロヴナー・ギャラリーの新装オープンにかち合い、マイルズの顔のおかげで祝賀パーティに出て、エドワード皇太子やグラッドストーンらの名士と会うことができた。

ワイルドはこの滞在を自分のロンドン・デビューとみなし、そのために服を新調した。それは、後ろがチェロの形にカットされているたいそう人目を惹くものだった。彼は、チェロのスーツを着ることで人の注目を浴びたかった。いったん注目さえ浴びれば、あとは得意のウィットと才能でもって人々の関心を自分に向けさせつづけることができる。ワイルドはこのとき、自分の批評家としての才に突然目覚め、批評家になると決めた。こうして批評家オスカー・ワイルドが誕生したのである。このなりたての批評家は、このときのことを「グロヴナー・ギャラリー」という文章にしたためて『ダブリン大学マガジン』に寄稿し、名実ともに無事、「批評家」デビューを果たした。これを機にワイルドは、将来、批評家として立つほうが、フェロウとして大学に残るよりも向いているのではないかと思いはじめた。

この文章はペイターから霊感を受けて書かれたものだったので、ワイルドは活字になったものを一冊、ペイターに贈呈した。ペイターはワイルドの意図を汲《く》み、絶讃の手紙を送ってよこした。そして、オックスフォードに戻ったらすぐに会いたいと書いてくれた。ワイルドは初学年のころのラスキンの影響下から脱し、今やペイターの門弟となった。

オックスフォードで有終の美を飾る

最終学年は学業面ですばらしい成果を修めることができた。前年の春休みの旅行中に立ち寄ったラヴェンナを主題に謳ったワイルドの詩が一八七八年度のニューディゲイト賞を受賞したのだ。この賞はオックスフォード大学の学部学生を対象とした、もっともすぐれた英語の韻文に贈られる、十八世紀から続く名誉ある賞である。過去に受賞した著名人には、ラスキンやマシュー・アーノルド、シモンズも名を連ねる。この年の課題であったラヴェンナは偶然、前年のギリシャ・イタリア旅行で訪れ

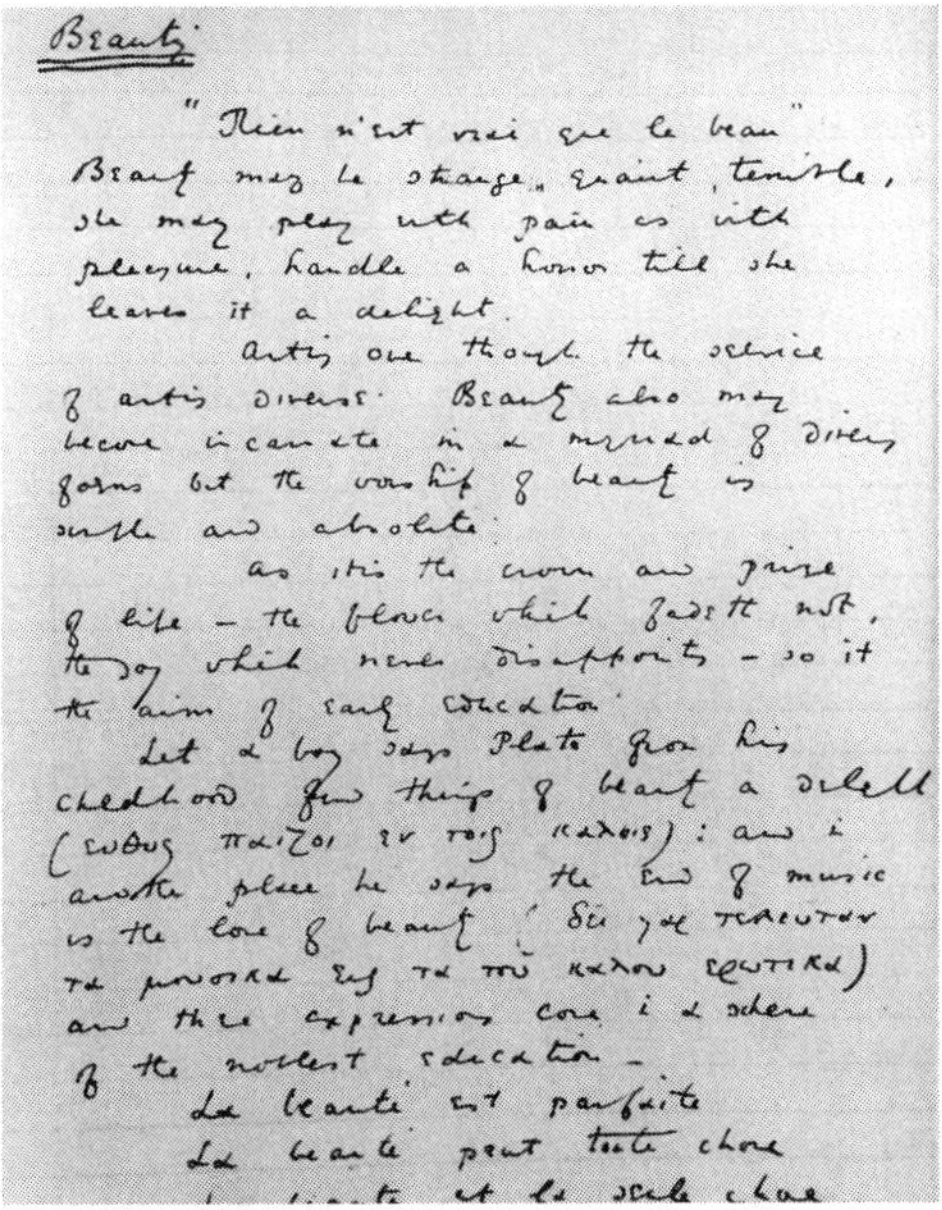
Beauty
"Rien n'est vrai que le beau"
Beauty may be strange, quaint, terrible, she may play with pain as with pleasure, handle a horror till she leaves it a delight.
Art is one though the service of art is diverse. Beauty also may become incarnate in a myriad of divers forms but the worship of beauty is simple and absolute.
As this the crown and prize of life – the flower which fadeth not, the joy which never disappoints – so it the aim of early education.
Let a boy says Plato from his childhood find things of beauty a delight (ευθυς παιδος εν τοις καλοις): and in another place he says the end of music is the love of beauty (δει γαρ τελευταν τα μουσικα εις τα του καλου ερωτικα) and these expressions come in a scheme of the noblest education.
La beauté est parfaite
La beauté peut toute chose

図5　学生時代のノート.
出所：Holland, *The Wilde Album.*

ていたから、ダンテが眠るこの古都の空気を肌で知っていたワイルドが有利だったのは言うまでもない。ワイルドは「この賞は毎年誰かが取る、だがこの賞は毎年オスカー・ワイルドを取ることはできないさ」と、友人に豪語した。

栄誉はこれにとどまらず、卒業試験では二度目の優等を取った。優等を二度も取るというのはまれなことで、ニューディゲイト賞のときと同じくらい周囲も、そして当人も内心は驚いた。とはいえ、日ごろの生意気な態度が影響したのか、ワイルドにフェロウのポストの申し出はなかった。大学を卒業してから、あり余る才能を何に向け、いかにして金をかせぐのか。在学中、ハンター・ブレアに、人生の目標は何かと問われたオスカーは、こう答えた。

「詩人になって、作家になって、そして劇作家になる。とにかく有名になる。たとえ悪名でも名を売るよ」

かくしてワイルドは、親から授かった長たらしい名前を一つずつ捨ててゆき、ついに「オスカー・ワイルド」という何者かになった。あの個性を育てるのに、オックスフォードの影響はいくら強調してもしすぎることはない。一八ページで紹介したワイルドの言は、後に彼が監獄にやられることになることの源がオックスフォードにあったことを仄《ほの》めかしている。ワイルドはオックスフォードでギリシャ的恋愛の作法を学び実践しただけでなく、ガウワー卿の導きによってもっと享楽的な男色の世界をも垣間見たはずだ。さらに、彼は古代ギリシャに由来する形態の美への強い憧れと、ローマ・カトリックの提示する儀式性と様式美において表現される魂の救済という、相反する二つの思想に惹きつけられた。ワイルドは「ペン・鉛筆・毒薬」という評論で描いたトマス・グリフィス・ウェインライトのように、「若い洒落者《しゃれもの》として何者か」になろうとしていた。

第二章　オスカー・ワイルド、世に出る

ロンドンを征服する

ワイルドが正式にオックスフォード大学の学位を得たのは、神学の試験に合格した一八七八年十一月だった。卒業後、口を糊《のり》するために社会とどうやって渡りをつけてゆけばよいのかわからない多くの若者と同じように、ワイルドにとっても、この年の夏休みは憂鬱《ゆううつ》だった。ダブリンの思い人、フローレンス・バルコムがブラム・ストーカーという新進の演劇評論家と婚約したという悲しい知らせに一層落ち込んだ。そのうえ、めでたく神学の試験に合格したものの、これでオックスフォードにいる理由がなくなったのも、気の滅入ることだった。彼はなんとかして古典学のフェロウになろうと考え、トリニティ・カレッジの募集に応募したが、六時間にもおよぶ試験の結果は不合格だった。そのほかに、オックスフォード大学総長エッセイ賞を獲得しようとして論文も執筆した。この論文は、肩に力が入りすぎたせいか、長大というよりは冗長なできになり、これも落選した。古典学方面の就職活動にはことごとく失敗したため、ワイルドの関心は古典から現代へと向きはじめ、現代芸術全般に関する批評家になることを考えるようになった。そしてこの方面の展望は、自然と開けてきた。よそ者には冷たいロンドンの人々が、ワイルドを早々に受け入れたのである。

父の遺産の別荘を売却して得た資金を持ってロンドンに出てきたワイルドは、フランク・マイルズと貸家をシェアした。ガウワー卿をパトロンとしていたおかげで、多数の著名人を顧客に持つマイルズのところに彼らがこぞって肖像画を描いてもらいにやって来たから、この同居生活でワイルドはたちどころに多くの知己を得ることができた。その中には、時の皇太子や新進女優のリリー・ラングトリーがいた。

ワイルドは人々の話題の的になろうと決意し、とてつもなく目立つ服装《なり》をして人の目を惹き、ウィットの利いた会話で、見るだけでなく聞くにも値する男であることを証明してみせた。こうしてオスカー・ワイルドは、何の作品を生み出すこともしないままに、よそ者にとっては難攻不落の都市、ロンドンをやすやすと征服したのである。それを助けたのが、『パンチ』誌にジョージ・デュ・モーリアが描いた唯美主義者ワイルドのカリカチュアである。これをあらゆる雑誌や新聞が引用して瞬く間にワイルドの名がイギリス中に広まった。

ワイルドがルネサンス風上着に半ズボン、手にはひまわりを携えて午後のペルメル街を歩いたという噂がとびかった。ある友人がワイルドにその噂は本当なのかと尋ねたことがある。それに対して、「そんなことできるはずないさ。ぼくがやったことでもっともすごいのは、ぼくがやらなかったことまでもぼくがやったと皆に信じさせたことなんだ」と答えた。いったんできあがったら勝手に一人歩きをする世評というものの本質を心得た人間ならではの返答である。そうこうするうちにワイルドを諷刺した芝居がいくつもかかるようになったが、こうなるとワイルドの思うつぼだ。最大のヒットは、ギルバート作詩、サリヴァン作曲の『ペイシェンス』である。これは一八八一年四月にオペラ・コミック座で初演され好評だったため、サヴォイ劇場でも再演された。作者のギルバートは巧みにいろいろな役柄にワイルドの諷刺を織り込んで唯美主義を諷刺しつつ、巷間《こうかん》に伝わるワイルドの奇矯な振る舞いや衣装を全篇にわたってこき下ろした。まだ何も成し遂げていない若造が、これほど有名になったというのは前代未聞のことだった。

ワイルドがたやすく自分のブームを巻き起こせたのは、マイルズの人脈に負うところが大きかった。とくに当時新進女優として売り出し中だったリリー・ラングトリーとの交友関係はワイルド人気（不人気？）を後押しした。「ジャージー島の百合」とその美しさを称賛された彼女は、七六年にとあるパーティに出席したのを機にロンドン社交界に登場した。すでに人妻だった彼女の並はずれて典雅な美貌は一夜にしてロンドンの人々を虜《とりこ》にし、ホイッスラーやバーン・ジョーンズら一流の画家たちがこぞって描かせてくれと申し出た。ワイルドはマイルズのスタジオで彼女を紹介され、二人はすぐに意気投合した。ワイルドがその後大学を卒業してロンドンに移ってから、彼女のお気に入りの取り巻き連に加えてもらえたが、演劇の世界に野心を持ちはじめていたワイルドにとってこれは好都合だった。

とりあえず名が売れ出したとしても、それだけでは金にならない。金を稼ぐためには何かを書かねばならなかったが、それが戯曲であっていけない理由は何もない。そもそも生来の演技派ワイルドのこと、劇場に引き寄せられるのも自然の成り行きと言えなくもない。まだ一行も書いていなかったワイルドはとにかく一つ、戯曲でも何でも書かなくてはならなかった。

生み出される前から人々の注目と期待の的となった処女作は一八八〇年にようやくできた。『虚無主義者ヴェラ』というタイトルの戯曲で、ロシアの圧政に抗する虚無主義者たちの弾圧と暗躍を描いたワイルドにしては政治的な作品である。とはいえ、彼の言によれば、「政治ではなく、情熱がテーマ」なのであり、この作品の政治性というのも、同じ作者が後に「社会主義下の人間の魂」というエッセイで社会主義を論じたのと同じレベルのものではあった。

女性主人公は、ロシアの女性革命家ヴェラ・ザスーリッチをモデルにした。ワイルドの主人公はヴェラ・サブーロフという名で、実在のヴェラから革命と恋愛に向けられた漲《みなぎ》る情熱を引き継いでいる。彼女は拷問によって殺された兄の仇《かたき》を討つために虚無主義者となり、そこで一人の同志とひそかに心を通わせる。この恋人というのが、身分をやつして革命運動に身を投じている時の皇太子アレクシスという設定で、少々強引なプロットである。権力の座にある皇太子とそれに抵抗する女性革命家がひそかに愛し合っているという筋は、敵対する家に生まれた少年と少女が愛し合いながらも引き裂かれる『ロミオとジュリエット』を思わせる。それだけでなくこの先行作品への参照の多さは、後に剽窃家《ひょうせつか》という悪評をこうむるワイルドの特徴がすでにでている。

この戯曲をワイルドは、ロンドンの演劇関係者や名だたる女優たちに送ったが、関心を示したのはバーナード・ビア夫人だけだった。それでも翌八一年の十二月にアデルフィ劇場で上演されることが決まり、準備が進められていたさなか、上演の三週間前に突然公演中止が決定された。その年の三月にロシア皇帝アレクサンドル二世の暗殺事件があったからである。時事的な政治ネタで当てようというワイルドの目論見《もくろみ》が裏目にでた。

エゴ・マニアと自己宣伝

世紀末のロンドンを闊歩した唯美主義者ワイルドのブームは、大陸にまで届き、オーストリアの著述家、マックス・ノルダウは『変質』（『退化論』『頽廃《たいはい》芸術論』とする訳もある）という本で、自己宣伝家ワイルドを取り上げた。タイトルの「変質（ディジェネレーション）」とは、十九世紀半ばに精神病の原因説として唱えられた、病気を遺伝的な脳の変質によるものとみなす疾病概念である。ある種の疾病の病因を、脳の神経細胞の「変質」に帰す考えは当時の医学界を席捲《せっけん》していた。ノルダウはこの医学概念を社会・文化的に応用して、壮大な医学的文化評論に仕立てあげ、当代一流の作家や思想家たちのいずれにも、遺伝による脳の変質的失調を見たてているが、ワイルドを「その作品よりも、酔狂な振る舞いによって名を揚げた」と指摘している点は慧眼《けいがん》である。

原著のドイツ語版が出た一八九二年はワイルド裁判前だったから、ノルダウはワイルドの性癖は知らなかった。世間の関心を一身に集めずにはいられないヒステリー的欲求に突き動かされた、異常な自意識肥大症としてワイルドを取り上げたのである。ノルダウはこれに「エゴ・マニア」という病名を与えた。ノルダウがワイルド裁判を知らずに本書を書いたことは心残りだったに違いない。同性愛は変質の典型的な症例とされていたからだ。ノルダウがワイルドの性的嗜好を知っていたならば、鬼の首を取ったように、脳の変質的遺伝と自己宣伝狂と同性愛を結びつけたことだろう。

ワイルドに対するノルダウの見たてには当たっている点もなくはないが、彼は一番重要な要因に思い至らなかった。ワイルドが有名になりたかったのは、まず金が必要だったからだ。有名になれば金が入ると思っていたのである。狙い通り有名にはなれたが、有名になってもちっとも金は入ってこなかった。笑い者にされたワイルドのところにではなく、ワイルドを笑いものにするミュージカルを作った人間のところに金は行った。だが彼は金があろうがなかろうが、金を使わずにはいられない人間であり、父が残してくれたわずかばかりの財産もいよいよ底をついてきた。

ワイルドが『詩集』を出版したのはそんな最中だった。とはいえ、いくらワイルドでも詩で金が稼げると考えていたわけではなく、この本はワイルドが経費を負担する形で出版された。どの書評もあまり好意的ではなかったが、それでもすぐに第五版が出るほどに売れた。もっとも辛口の批評は、ワイルドが一冊献呈したオックスフォード大学の「学友組合」から届いた。組合の学生は、ワイルドの作品が諸家の詩人たちの作品の切り貼りであり、剽窃だと非難した。「シェイクスピアあり、バイロン卿あり、ウィリアム・モリスあり、スウィンバーンあり」。組合の図書館に彼らの詩集はそろっている。今さらそれらを切り貼りしただけのワイルド氏の『詩集』は、当図書館には必要ないので謹んでお返しすることにした。これが返却の理由である。

この批評は手厳しいが、他の文学作品の引用や参照が多いワイルドの作風の本質を突いてはいた。ワイルドはもっと後には、引用や参照にとどまらず、芸術作品のオリジナリティという価値に真っ向から挑戦し、オリジナルとコピーの価値を顚倒《てんとう》するところまでいった。確かに芸術作品のオリジナリティが重要視されるのは、近代以降のことであるが、ワイルドは、近代以降の価値を、ルネサンス以前までに支配的であった価値と顚倒させることを試みたのである。最盛期にはそれは思想に近いところにまでいき、彼は開き直ってこう嘯いた。

「私はすでに自分の所有物を使っているだけだ。いったんある言葉が公に刊行されれば、それは皆の所有になるのだから」

ここまで至っていなかった青二才のワイルドは、まだ敵に包囲されていた。こんな文壇で成功を収めるには、とてつもなく独創的な作品を生み出すほかに道はない。金欠状態は相も変わらず、ビア夫人による『ヴェラ』のリハーサルを待っていたワイルドに、一本の電報がアメリカから届いた。ニューヨークで大ヒットしていた『ペイシェンス』の興行主、リチャード・ドイリー・カートからだった。彼は、当のワイルド本人に、「美の使徒」としてアメリカで唯美主義を講じてくれないかと言ってきたのである。アメリカの観客には、『ペイシェンス』で諷刺されている、ワイルドがモデルとおぼしき肉感派詩人バンソーンのようなタイプは初めてだったので、どこで笑うべきかわからなかったし、アメリカに届いていた唯美主義は、せいぜいウィリアム・モリスの壁紙や日本の屏風《びょうぶ》くらいだった。そこでワイルド本人に唯美主義についての講演でもさせれば、さらに多数の観客を動員できるのではないかと、やり手の興行師は考えたのである。

ワイルドの渡航や滞在費用をカートが負担し、講演会の純益をワイルドとカートが折半するという条件で、ワイルドは引き受けた。相手方の希望する講演内容は「美について」だった。これを機に、アメリカで『ヴェラ』の上演にこぎつけたいという思惑もワイルドにはあった。

アメリカに才能を売りに行く

ワイルドは、一八八一年十二月二十四日にアメリカへ向けて出帆し、翌八二年一月二日にニューヨーク港に着いた。ワイルドのアメリカ講演旅行は、英米両国で大きな話題となっていたから、ワイルドの到着を待ちかまえて報道陣が港に押し寄せていた。長い緑色のコートを羽織ったワイルドが現れると、その服装に人々の目は釘付《くぎづ》けになった。コートの襟と袖口《そでぐち》は毛皮で縁取りされており、同じ素材の帽子をかぶっていた。コートの下には幅広の襟のついたシャツに空色のネクタイを締め、エナメル革の靴を履いていた。ワイルドはスターのように、たちまちたくさんの記者たちに取り囲まれて質問攻めにされ、返答は逐一報道された。次に通過した税関でまた彼は、後世に残る、ワイルドらしい名言を残した。「何か申告するものはありますか？」というお決まりの役人の問いかけに、この自信家はこう嘯いた、「何もありません、才能のほかには」。

図6　アメリカ講演旅行中のポートレート（1882年）を使った絵はがき.

それでは、この興行の目的である講演そのものはどうだったのか。一月九日のニューヨークを皮切りに始まった講演の演題は、「イギリスのルネサンス」であった。ワイルドを揶揄《やゆ》したミュージカルの『ペイシェンス』でしか唯美主義を知らないアメリカの聴衆に向けて、「美」とは何かを、ペイター風の芸術批評のスタイルで能弁に語った。ワイルドの服装見たさに集まった者も多かったが、ワイルドの講演は奇抜な服装にも負けぬ、なかなか立派なものであった。十九世紀のイギリスの芸術史を概観しつつ、随所に、「芸術をそれ自身のために愛せよ、されば汝《なんじ》の求むもの、すべて与えられん」といった唯美主義のエッセンスをちりばめ、最後をワイルドのモットー、「人生の秘密は芸術にある」という言葉で締めくくった。聴衆は暖かい拍手を送った。

この直後、ワイルドはアメリカでもっとも敬愛する詩人、ウォルト・ホイットマンに会う機会に恵まれた。アメリカ人のジャーナリストが間を取り持ってくれたおかげで、ニュー・ジャージー州カムデンの自宅にホイットマンから招かれたのだ。この大詩人に向けて放ったワイルドの第一声は、「詩人を訪ねる詩人として私はやって来ました」だった。オックスフォードでは、『草の葉』は散歩に必携の詩集だった。男性同士の熱烈な友情と男性の肉体美を力強い言葉で謳いあげた『草の葉』は、ギリシャ的恋愛の気配に満ちていたから、オックスフォードのギリシャ好みの学生たちの間でホイットマンは聖人だったのである。それを聞いたホイットマンは喜んで自家製のニワトコ酒をふるまった。ワイルドは遠慮なく杯を重ね、瓶が空になるころには、ホイットマンは「君をオスカーと呼ぶよ」などと言い出していた。

ワイルドは再びホイットマンに会う約束をし、これは二か月後に実現した。このときは二人きりだったから、もっと打ち解けた話ができたらしい。この会見の様子は残されていないが、別れの様子は記録されている。ホイットマンは熱い別れのキスをした。ずっと後になってワイルドは、同性愛解放に尽力した詩人の友、ジョージ・アイヴスへ宛てた手紙で、「ウォルト・ホイットマンのキスはいまでもぼくの唇にある」と語っている。前途有望な若きワイルドと、質朴で清廉なアメリカの老賢人は、このとき一瞬、恋に落ちた。だが蜜月《みつげつ》は長くは続かず、老詩人は自分とあまりに毛色の違う若者に対してじきに批判的になった。

アメリカ東海岸の文化的先進地帯を制覇したあとは、シカゴを経由して中西部を横切り、三月の末にはカリフォルニアに到達した。サンフランシスコを皮切りにして、カリフォルニアを二週間でまわり、カンザス、コロラドなどを通って、五月十二日にたどり着いたヴァージニア州が一回目のツアーの終着点だった。当初ワイルドは、講演旅行を四月で終える予定でいたが、ワイルド人気のおかげでオファーはたくさん来た。ここでいったんロンドンに戻り、その後日本にまで足を伸ばすつもりでいたワイルドは、ロンドンのホイッスラーに宛てて、一緒に日本に行かないかと打診したが、返事はこなかった。ワイルドの講演会に日本人が詰めかけることは期待できないので、日本の美術について記事を書き旅行資金を稼ぐつもりだったが、資金面の裏付けは難しく、唯美主義の聖地、日本への旅路は遼遠《りょうえん》だった。結局、カナダを経由してからアメリカ南部をさらに巡回し、この二巡目に次いで、三巡目のツアーまでこなし、十月半ばに全講演を終えた。

一八八二年の十月半ばに講演旅行の全日程を終えたワイルドは、その後二か月半もの間、ニューヨークにとどまっていた。彼の母は「もう日本に行ったとばかり思っていたのに」と、書いてよこした。帰国の途に就かなかったのは、『ヴェラ』の上演契約を結ぶためだった。この目的を果たすには、座長公演のために渡米するリリーの周囲をうろついて、演劇関係者の人脈を開拓するのが近道だ。その努力の甲斐《かい》あって、ワイルドは、ニューヨークの新しい劇場との間で新作一本と『ヴェラ』の契約を結ぶことに成功した。

ワイルドがアメリカにやってきたのは、むろん金を稼ぐためだったが、表面上は「アメリカを文明化する」という大義のためだった。この大義と、そして自分の作品で金を稼ぐためにも、『ヴェラ』の契約にこぎつけたのは大きな前進だった。「アメリカ人の感情教育」というワイルドの使命は、何とか緒に就いた。ありがたいことに、文化果つる新大陸は約五万一六五〇ドルもの大金を気前よくもたらしてくれた。乗り込んだ当初は敵対的だったジャーナリズムをねじ伏せ、最後には味方にすることができた。しかも彼らが目の敵にしてくれたおかげで注目度が高まってワイルドの名はますます売れ、これを報道するイギリスにまでその名をとどろかすことができた。ワイルドは世界の半分を征服した気分で、帰国の船に乗り込んだ。暮れも押し迫った十二月二十七日のことであった。

パリ詣で

アメリカでVIP待遇を満喫してきたワイルドは、ロンドンでのかつての生活に戻るつもりは毛頭なかった。成功裏に終わったアメリカ講演旅行の有終の美を飾るのは、パリでなければならない。そこでホテルに滞在して契約を結んだ新作戯曲を書きあげるのだ。イギリスに帰国して早々、一月の末にワイルドは再び旅の人となって、英仏海峡を渡った。

このとき、ワイルドをパリの文壇の世界へ導いたのは、二十一歳になろうかという若きイギリス人、ロバート・ハーバラー・シェラードだった。シェラードは、一九〇六年に最初のワイルドの評伝を書き、その後も何冊かその類の書物を書くことになる。彼はワーズワースの曽孫《そうそん》にあたる人物で、英国教会の聖職者だった父親が家族を連れてフランスに移住し、ヴィクトール・ユゴーと同じ家に住むという巡りあわせのおかげで、一家はユゴーと親交を結んでいた。

シェラードの観察によると、ワイルドはパリでは、もっぱらバルザックを模倣していた。ホテルの部屋では白いウールのドレッシング・ガウンを身に纏い、通りを歩くときには白い象牙にトルコ石を頭に嵌《は》めた把手《とって》付きの杖《つえ》を手に携えたが、これはバルザックの杖のイミテーションだった。パリの床屋に行き、ローマ皇帝ネロ風に髪を切ってもらい、普通の紳士が着る服を着た。要するに、胸にひまわりを挿してピカデリーを闊歩したオスカー・ワイルドをもう卒業したのだ。「第一期のオスカーは死んだ」、というのが、彼自身がシェラードに語った言葉だ。

「今やオスカー・ワイルドは第二期に入ったのだ」

第二期のワイルドが模範にしたのは、バルザックのような文壇の大御所風のスタイルだった。服装やスタイルが人の本性を決める、というのは、ワイルドの後のモットーであるが、これが本当なら、ワイルドはバルザックのように傑作をたくさん書けるはずだった。ワイルドはこの時期、本当に傑作を書くことを切望していた。アメリカ講演旅行で金を稼ぎ、知名度も高めた。彼に足りないものは、その評判と契約金にふさわしい傑作戯曲だけである。

ワイルドはパリで文人や芸術家の知己をできるだけ多くつくろうとした。アルフォンス・ドーデやゴンクール兄弟とも知り合った。まだ存命だった高齢のユゴーにも一応、会った。ユゴー宅のパーティで、ユゴーと直接口をきける至近の席には特別客しか通されない。ウィットの巧みさで右に出る者のいないワイルドはその席に通されたが、ワイルドが口を開けるやユゴーは恒例の食後の睡魔に襲われ、ワイルドの舌をもってしても文豪を目覚めさせることはできなかった。

ヴェルレーヌとはカフェで出会った。詩人はワイルドとの会話よりも、ワイルドにおごらせたアブサント酒のほうをよほど気に入った。ヴェルレーヌのむさくるしい風貌にワイルドは幻滅したが、その才能は認めないわけにいかなかった。彼は男性同性愛を主題にした詩を発表しはじめていたが、これは同性愛が犯罪ではないフランスだからこそできることで、イギリスではたちまち発禁処分になる。「善良であるよりは美しいほうがよい。しかし醜悪であるよりは善良のほうがまだましだ」と嘯いた唯美主義者ワイルドだが、彼とて作家として次の段階に至るためには、ヴェルレーヌの醜さから目を背けてはいられなかった。そして、ヴェルレーヌとは異なる言語で、あの禁断の主題について何事かを表現せずにはいられなくなるだろう。パリでは唯美主義はとっくに廃れていた。時代は、デカダントが闊歩する世紀末に入っていたのだ。

パリの地ではほかに、画家のドガやピサロ、文学者ではマラルメやゾラらと親交を温めた。若者好みのワイルドにしてはこのときのパリ詣ででは、年長の著名人たちと交流した。パリでは美青年の開拓よりも、先輩格の人々に顔と名前を覚えてもらうことを優先したのだろう。

アメリカが気前よくもたらしてくれた資金とて無尽蔵ではない。いよいよ底が尽きてきたころ、帰国したがっていたシェラードに旅費の工面をしてやり、一八八三年五月の半ば、約三か月のパリ滞在を終えてワイルドはロンドンに帰ってきた。

コンスタンス・ロイド

ロンドンに戻ったワイルドにとって目下の、というより相変わらずの問題は、金だった。母は、多額の持参金つきの令嬢と結婚するよう、しきりに勧めた。すでに何人かの観察者の慧眼がワイルドに漂う女性っぽさを捉《とら》えていた。『パンチ』誌も、ワイルドのことを、「メアリ・アン」、つまり「女々しい男」と揶揄していた。この手のゴシップを封じ込めるには、結婚して家庭を持つのがもっとも手っ取り早い。そのうえ借金の取り立てからも解放されるのであれば、結婚しない手はない。ワイルドは真剣に結婚相手を探しはじめた。

妻となるコンスタンス・メアリー・ロイドと初めて出会ったのは、一八八一年五月のことである。母と一緒にダブリン時代からの知り合いのアトキンソン家を訪ねたワイルドは、孫娘のコンスタンスを紹介された。彼女はワイルドより三つ年下の美しい女性だった。ほっそりとした長身の身体に栗色の髪をぐるぐる巻いた小さな頭を載せ、菫色《すみれいろ》の瞳が印象的だった。彼女は、良家の子女のたしなみとされていた音楽、絵画、刺繍《ししゅう》などを一通りこなしたうえに、イタリア語でダンテを読み、論理的にものを考え、スマートな文章を書くことのできる、知的な女性だった。たいそう内気ではにかみ屋だが、やさしく愛らしい彼女は、周囲の皆から愛されていた。彼女の知性は、兄のオウソがパブリック・スクールに行くまで一緒に受けた教育にあずかるところが大きかった。オウソがオックスフォードのオーリオル学寮の給費生だったとき、同じ大学にいたワイルドは、オウソ・ロイドという秀才の面倒を見るようにという手紙を母親から受け取ったことがあった。

父のホレス・ロイドは手広く弁護士業を営んでいたが、妻のエイダとの仲は冷え切り、スキャンダラスな私生活を送った挙句に四十六歳の若さで亡くなった。コンスタンスは父が亡くなった四年後、二十歳のときに母が再婚したのを機に兄のオウソともども母とは縁を切り、父方の祖父の庇護下に入った。祖父は、女王の勅撰弁護人にまで上りつめたジョン・ホレイショ・ロイドという著名な弁護士だった。金融の道にも明るかったロイドは、鉄道会社が鉄道敷設の資金を有利に集めることのできる「ロイド公債」を考案して鉄道会社の恩人となり、イギリスのほとんどすべての鉄道会社の顧問弁護士を務めた。こうした成功によって相当の財産を築き、ランカスター・ゲイト一〇〇番地に広壮な邸宅を構えて、妻の死後、エミリーという未婚の娘に家政を切り盛りさせていた。コンスタンスの母親代わりとなったエミリー伯母は、典型的なヴィクトリア朝のオールド・ミスだった。気難しくて礼儀作法にうるさい、体面を重んじる道徳家だったのである。法曹人は当時の中産階級の主要な構成メンバーである。法曹界の重鎮であるロイド家の人々はエミリー伯母に限らず、皆、中流階級の価値観に凝り固まっていた。つまりワイルドは敵陣の娘をめとったことになる。彼は、リスペクタビリティ（中流階級独特の上品ぶった振る舞い）を笑いものにして中流階級を敵に回したにもかかわらず、中流階級が稼いだ金はほしかったのである。

講演の日々

容貌も経済力も魅力的なコンスタンスとの結婚を待ち望む一方で、ワイルドには、やらなくてはならない仕事があった。一八八三年八月二十日には、ニューヨークのユニオン・スクエア劇場で『ヴェラ』が上演されることになっていた。彼の戯曲の初めての上演である。なんとしても成功させたい。ワイルドは大西洋を挟んで、主演女優のマリー・プレスコットとの打ち合わせに余念がなかった。上演を待つ間、ワイルドはイギリスでも講演旅行をすることにした。アメリカ講演旅行の興行主、カートのマネージャーであるモース大佐という男がロンドンに転勤になったのを機に、ワイルドが彼を訪ねて、イギリスでも講演旅行を企画してもらえないかと頼みこんだのだ。今度の報酬は、アメリカに比べると微々たるものだった。講演題目はおなじみの「美の家」と、アメリカの土産話である「アメリカについての個人的所感」の二つを用意した。

ロンドンのプリンシズ・ホールを皮切りに始まったこの講演は、ロイヤル・アカデミーの美学生たちに向けたものもあった。長年の友人のホイッスラーは、自分が狙っていたその栄誉を、二十も歳下のワイルドに奪われたことで嫉妬《しっと》に怒り狂った。ロンドンに出てきた当初から育《はぐく》んできたホイッスラーとの友情だったが、この件がきっかけとなって、約一年半後に決裂するに至る。そもそもホイッスラーという人は、自意識過剰の天才肌、自惚《うぬぼ》れも相当なものだったので、同じタイプのワイルドには、それまでの交友中、何度か煮え湯を飲まされていた。二人の性格をよく示すエピソードを紹介しよう。一八八三年の十一月に『パンチ』誌が、ワイルドが語ったというメアリ・アンダーソンとサラ・ベルナールの評を引用した。それを読んだワイルドがホイッスラーに電報を打った。

「『パンチ』ったら、またでたらめな記事を載せて。ぼくらが一緒のときは、自分たちのことしかしゃべらないのに」

電報で返事が来た。

「いや、違う。ぼくらが一緒にいるときは、ぼくのことしかしゃべらない」

ワイルドの応酬は、「それはそうだ、ジミー。ぼくらが君のことをしゃべっていた間、ぼくは自分のことを考えていた」。自意識過剰の自信家たちの舌戦はとどまるところを知らないが、この時はワイルドに軍配が上がったようだ。

八三年の夏に話を戻すと、ワイルドは『ヴェラ』の上演に立ち会うために、八月二日にニューヨークへ向けて出発した。初演の日、満席の観客からは、二幕が下りると、「作者を！」という歓声が上がったが、翌日の劇評は概してひどかった。傑作と評してくれた新聞もあったが、『ニューヨーク・タイムズ』紙は酷評した。ワイルドは口には出さなかったものの、プレスコットの演技が気に入らなかった。翌日からチケットの売れ行きが激減し、この上演は一週間で打ち切られた。

ワイルドはアメリカに約一か月滞在して、ロンドンに戻ってきた。彼を待っていたのは、傷口に塩を塗るような『パンチ』誌などの嘲笑《ちょうしょう》であった。傑作とは言えないにしても、『ヴェラ』の評価は不当に低かった。劇作で食べるという夢はまたしても消え、モース大佐が取り付けてくれた講演会の予約をこなしてゆくほかなくなった。この有能なエージェントは、アメリカから帰国してから翌年までの間に、一五〇以上もの講演会の予約を取ってくれた。帰国後、最初の講演会がワンズワースで開催されたのは、運命の皮肉である。一二年後、ワイルドはこの監獄に収監されることになる。

結婚して家族ができる

『ヴェラ』の失敗は、さしものワイルドにもかなりこたえた。傷心の彼を慰めたのは、コンスタンスだった。ワイルドは私家版の原稿を彼女に渡して、忌憚《きたん》のない意見を求めた。彼女はちょうどダブリンの祖母の家に行くところだったから、ダブリンで同じ時期に講演が入っていたワイルドと、そこで再会することにした。

コンスタンスがワイルド宛の手紙で述べた見解はなかなか的確で、彼女の知性の水準を示している。自分はこの作品をとてもよいと思う、なぜ世間に受け入れてもらえないのか理解できない。おそらく世間は、作品のできにかかわらず、ワイルドに偏見を持ち、端《はな》から敵対的なのだろう、と。ワイルドの作品を熱狂的に支持するでもなく、自分の意見など取るに足りないと謙遜《けんそん》しながら、的を射たことを述べている。そしてワイルドとともに自分自身も世間を敵に回して戦っていく覚悟があることをさりげなく表明する。コンスタンスの知性と、しとやかな自己主張、控えめながらもワイルドと生涯をともにしようという情熱を読み取ることができる。

ワイルドが十一月十一日にダブリンのホテルにチェックインすると、コンスタンスの祖母の家に来るよう伝言が入っていた。彼は、コンスタンス・ロイドの求婚者としてその家を訪れた。そしてその四日後、ワイルドはついに彼女に求婚した。三〇年前にコンスタンスの父が母に求婚したという同じ部屋に、気を利かせたまわりの連中によって二人きりにされた。つまり祖母のアトキンソン夫人をはじめ、ダブリンでは皆がこの婚約を待ち望んでいたのだった。コンスタンスはこのニュースを兄のオウソにこう伝えた。

「これを聞いたら、驚いて腰を抜かすかもしれなくてよ。私、オスカー・ワイルドと婚約した

図7　（左）妻コンスタンスと長男シリル（5歳，1889年），（右）次男ヴィヴィアン（5歳，1891年）.
出所：Holland, *The Wilde Album*.

の。気が狂いそうになるほど幸せよ」

残念ながら、後に起きた悲劇の際に廃棄されたのか、ワイルドが婚約者に宛てた恋文は残っていない。しかし彼が、かつて浮名を流したラングトリーに婚約を報告した手紙は残っている。

> ぼくはコンスタンス・ロイドという名のきれいな娘と結婚することにしたよ。落ち着いた雰囲気の、ほっそりとした体つきに菫色の瞳を持つアルテミスのような娘なんだ。茶色の豊かな髪の毛を頭に巻き付けて頭を重そうにして傾《かし》げるところは花のようだ。象牙のように白く美しい手で奏でるピアノの音色はとても美しくて、小鳥も囀《さえず》るのをはばかって聞き入るほどだよ。

冷静で落ち着いた風情のコンスタンスに、ワイルドはある手紙で「かわいい僕の妹へ」と呼びかけている。確かに、ワイルドの亡くなった妹、アイソラが生きていれば、彼女より九か月年若いだけだった。手紙のなかのアルテミスの喩《たと》えは、この結婚の不幸な結末を暗示しているかもしれない。アポロンの双子の妹であるアルテミスは、純潔を尊ぶ処女神で、死をもたらす毒矢を手に持つ狩りの女神、花嫁を形容するのにふさわしくはない。結婚後、妊娠してお腹が膨らんだコンスタンスの肉体を嫌悪したと告白することになるワイルドの、処女性へのこだわりと、成熟した女性の肉体に対する嫌悪感が、アルテミスへの言及からにじみ出ている。

この結婚に対して、ロイド家では、予想していたエミリー伯母からではなく、祖父から待ったがかかった。ロイド老は、結婚には賛成したが、ワイルドに資産と借金の総額を尋ねた。ワイルドは、アメリカで稼いだ大金をパリで使い果たして戻った直後、一二〇〇ポンドを金貸しから借り、そのうち三〇〇ポンドを講演料から返済していた。ロイド老は、さらに三〇〇ポンドを返すまで結婚を延ばすよう提案した。コンスタンスは、結婚したら年に二五〇ポンドの年金を受け取り、さらに祖父が亡くなればその額が九〇〇ポンドに増額されると決まった。それでも足りずに、若い二人は新居を整えるための金が必要だと訴え、コンスタンスが将来受け取ることになる遺産から五〇〇〇ポンドが前払いされることになった。

新居は、昔マイルズと暮らしていた場所に近い、タイト・ストリート一六番地（現在は三四番地）の家を借りることにし、その室内の改装を著名なゴドウィンに手がけてもらうことにした。「美の家」と題した講演をする「美の使徒」の家とあっては、模範となるようなものにしなくてはならない。ロイド老が算段してくれた五〇〇〇ポンドでも足りなくて、ワイルドは亡父の遺産の地所を抵当にしてさらに一〇〇〇ポンドを借りた。孫娘の花婿となる男の金遣いの荒さを最後まで憂えていたロイド老は、五月末の結婚式までは生き延びたものの、病状が悪化して七月に亡くなった。物入りな若夫婦に多額の遺産をもたらし、死して後も孫娘をいたわりつづけたのだった。

結婚式は、一八八四年五月二十九日に、セント・ジェームズ教会で行われたが、コンスタンスの祖父が病床にあったため、身内だけの簡素なものとなった。花婿がデザインしたウェディング・ドレスに身を包んだ花嫁は、可憐《かれん》で美しかった。つめかけていたジャーナリストの関心の的は、花嫁のドレスだった。

式が終わると、新婚のカップルはパリへと旅立った。オテル・ワグラムのテュイルリー宮を見下ろす豪勢な部屋を取った。パリでは、いくつかの雑誌のインタビューを受けたり、サロンにホイッスラーの絵を観に出かけたり、サラ・ベルナールが主演する『マクベス』を観たりして楽しんだ後、英仏海峡を渡る船が発着する港町、ディエップに一週間滞在した。結婚早々コンスタンスは、金銭感覚というものを持ち合わせていないこの夫との所帯を維持するのに、自分の年金収入などたいした足しにならないことがわかった。兄のオウソ宛の手紙には、自分も何か仕事をするつもりだと書いたが、九月には妊娠したことがわかり、この計画は頓挫《とんざ》した。

一八八五年の六月五日、夫妻に長男が生まれ、シリルと名づけられた。八か月後にコンスタンスは再び妊娠し、八六年十一月五日にヴィヴィアンと名づけられた次男が生まれた。二人の子供の妊娠、出産が続いた約二年の間に子供たちの両親の気持ちは離れてしまった。かつて夫のデザインした服をすてきに着こなしたコンスタンスのほっそりとした身体の線が、妊娠によって大きく損なわれたことへの幻滅は大きかった。彼はコンスタンスに愛情は持っていたが、当初の情熱は失っていった。子供たちのことは愛していたものの、もう夫の役を演じることには飽きていた。ワイルドは結婚生活に「死ぬほど退屈」しはじめていた。

罪びととして生きる

一八八五年十一月のある日、一通の手紙が届いた。差出人は、ロンドンに出てきた当初、マイルズと同居した家に間借りしていたハリー・マリリアだった。ギリシャ語を教えてあげた代わりに、毎朝コーヒーを運んでくれた少年が、今ではケンブリッジ大学の学生となっていた。彼は、近々自分たちが上演するアイスキュロスの悲劇、『慈しみの女神たち』を観に来てほしいと書いてきた。ワイルドはもちろん喜んで招待を受け、その返礼にマリリアをロンドンに招き、うら若い青年と連れだって美術館めぐりを楽しんだ。

十一月下旬に、ワイルドがケンブリッジを訪れて、マリリアたちの公演を堪能《たんのう》した。ワイルドは『慈しみの女神たち』の上演のお礼にと、即興で作った物語を語ってお返しをした。このとき語った話は彼らにとても喜んでもらえたので、彼は帰宅してすぐにこれを書き上げた。こうしてできあがったのが、「幸福な王子」である。

ケルトの口誦《こうしょう》詩人の血脈を受け継ぐワイルドは、もともと即興で物語を語ることは得意だった。イェーツは、ワイルドに初めて会ったときの驚きをこう記している。

「あれほど完璧な文章で話をする人間は初めて見た。まるで前の晩に苦労して書き上げたものを読み上げてでもいるようだが、それは自然に口をついて出てきたものなのだ」

ワイルドにとって、口誦で物語を紡ぐのは、もっとも自然なスタイルだった。「幸福な王子」を含めた童話の数篇は、約三年後に『幸福な王子、その他』として刊行された。

マリリアにはトランク一杯の手紙を書いたと言われているが、わずかに残っているものは、いずれも高揚した名文からなる恋文である。二人は再会して急速に恋に落ちたことが窺える。

マリリアから思いがけない手紙をもらった二日後に、二人はロンドンで会った。この日、ワイルドは夕方の列車に乗ってニューカッスルまで講演に行かねばならなかったから、一時間だけの逢瀬《おうせ》だった。その日の夜、ニューカッスルのホテルでワイルドが書いた手紙は、「ハリー、どうしてぼくが列車に乗るのを止めてくれなかったの?」から始まる。この一時間をワイルドは、「強烈にドラマチックで、強烈にサイコロジカル」だったと書く。「サイコロジー」という言葉は、「同性愛」に限りなく近い意味を持つ隠語だった。さらにこう続く。「もし生まれ変われるならば、ぼくは花に生まれたい。魂なんぞのない、完璧に美しいだけの花に。僕が犯した罪ゆえに、真っ赤なゼラニウムにされるかもしれない！」。ワイルドは常々、偉大なルネサンス人に倣い罪びとになることに憧れていた。だがここでは彼はすでに罪を犯しているらしい。この年、一八八五年に改正された刑法第十一条によって、男性間のエロティックな行為は、公的に行われたか私的かの別なく、二年を最長とする重労働つき懲役に処せられることになったからである。

この刑法改正によって新たに有罪の対象となったのは、ソドミーのことではなく、ソドミーに至らないものを含む男性間の性的行為である。法律的にソドミーとは、肛門にペニスを挿入し直腸内に射精することを指す。この行為はイングランドでは七世紀から法律で禁じられており、一八六一年まで死刑が適用された重罪だった。八五年の刑法改正によって、ソドミー——キリスト教徒の間で「ソドミー」という名を口にすることは憚られていたので「自然に背く罪」と呼ばれていた——には終身刑が適用されることになった。と同時に、第十一条によって、それまで法的な取り締まりの対象外にあった男性間の性的行為——相互マスターベーションやフェラティオのような肛門性交に至らないもの——も犯罪となったのである。この条項を議会に提案したのは、ワイルドの友人であり『真実』誌の編集者で自由党の国会議員でもあったヘンリー・ラブシェアである。そのためこの条項は、ラブシェア条項とも呼ばれている。

ワイルドが夫としての役割に飽きて美青年との恋愛に目覚めたこのころは、ちょうどイギリスの世論が社会浄化キャンペーンに沸いていた時期だった。『ペル・メル・ガゼット』紙の編集長、W・T・ステッドが、年端の行かない少女たちが邪《よこしま》な男どもの性欲の餌食《えじき》にされる実態を告発する記事を掲載したのを嚆矢《こうし》に、「現代のバビロン」たるロンドンの少女売春の実態を告発する一連の記事を書き、危機感を煽《あお》った。そのため、当時のソールズベリー内閣は刑法の改正に急ぎ踏み切らざるをえなくなった。この改正が狙っていたのは、主に少女売春の根絶と、イギリスの若い女性たちが海外の売春宿に性的な奴隷として売られていた「白人奴隷」に規制をかけることだった。

このように、一八八五年の刑法改正は、男性間の性行為を標的にしていたわけではなかった。イギリス社会では、ソドミーはヘンリー八世制定法で、「おぞましくも嫌悪すべき男色(Buggery)の悪徳」と称され、蛇蝎のごとく嫌われていた。その忌避感の強さのあまり、これを告発して法廷で議論することさえ避けようとする傾向があった。その結果、イギリス社会はソドミーを取り締まるのではなく、見て見ぬ振りをしたり、不問に付してきたのである。にもかかわらず、ラブシェアが男性間の性行為を取り締まる新たな法律を制定しようとしたのには、一八七〇年に世を騒がせた「ステラ・ファニー事件」の影響があった。

この事件は、アーネスト・ブルトン(通称「ステラ」)とフレデリック・パーク(通称「ファニー」)がストランド劇場を女装して出てきたところを逮捕されたことに端を発し、彼らが共謀して、アーサー・クリントン卿とソドミー行為を行っていたとして告発された。クリントン卿は、ニューカッスル公爵の三男であり、国会議員を務めていた名士だったことから、この事件は大きなスキャンダルとなった。二人はクリントン卿とともに家を借り、ステラは「レディ・アーサー・クリントン」と印刷された名刺を持っていた。裁判が始まる前に国外に逃亡していたクリントン卿は死亡したとして訴追を免れたが（実際は生きていた）、ステラとファニーは裁判にかけられた。彼らがソドミーを犯していた状況証拠は十分すぎるほどあったにもかかわらず、警察は直接的な証拠を挙げることができなかったため、無罪放免とされた。彼らに対して、警察医は肛門の形状を調べるなどして診察し、その結果「見たことがないほど拡張している」と証言したものの、それをもって証拠とすることはできなかった。ソドミーの証拠を挙げるのは容易なことではなかったのである。

しかしこの事件を機に、男性同士の性行為がかくのごとく蔓延《まんえん》し、かつ増殖しているという恐怖は社会に広まった。「ステラ・ファニー事件」のように、ソドミーの証拠を得るには至らない程度の男性同士の性的接触も法律的に規制する必要が痛感された。ラブシェア条項が成立した背景には、こうした事情があったのである。

マリリアとの交際が始まった八五年の後半には、すでに男性間の性的接触は犯罪となっていた。しかしこの条項が対象とする性的接触の定義は曖昧《あいまい》で、具体的にどんな行為を指すのかは特定されていなかった。だからワイルドは、マリリアとキスをしただけでも犯罪者となりえたのである。こうした状況が、ワイルドの精神に大きな変化をもたらした。一八八六年の初頭にしたためられた手紙の高揚した調子と覚悟のほどは、ワイルドが表現者として新たな境地に立ったことを物語っている。ワイルドは、男性の肉体に抱かずにはいられない己の抜きがたい欲望を表現する、美しい文章をついに手に入れた。

「自分が正しいと奉じていることよりもむしろ全然信じていないもののために命を捧げるほうがいいと、ぼくは思っている」

「芸術的な人生というのは、美しくも緩慢なる自殺であると、ぼくは時々考える。それを悲しいとは思わない」

この手紙の末尾を次のように締めくくる。

「見たこともない花々と精妙な香気に充《み》ちた、いまだ知られざる世界がある。（中略）完璧にして有毒なものだけからなる世界が、この世にはあるのだ」

ワイルドはついに、美しくも有毒な花々が咲き乱れる「世界」に足を踏み入れた。自分を師と仰ぐ青年の美しい肉体を渇望する情熱に導かれて。

「ぼくは新しい経験のためならすべてを犠牲にする覚悟がある」

男たちのエロスをめぐり刷新された法制度下で、ワイルドは、「犯罪者」として新たな人生を生きはじめた。

「彼の犯罪はそのスタイルに強烈な個性を与えた。これは初期の作品には欠落していた資質だった」

これはワイルドが「ペンと鉛筆と毒薬」の中で、毒殺者にして芸術家であった男を評した言葉だ。だが、ここでワイルドが語っているのは、自分自身のことでもある。犯罪者という新しいアイデンティティを獲得することで、彼は「人生の秘密」を手に入れた。爾来《じらい》、犯罪は彼の芸術の核となる。芸術家、オスカー・ワイルドが生まれたのである。

第三章

犯罪者にして芸術家

ウラニズム運動と性科学の新しい息吹

十九世紀後半になると、人間の性についての認識が一変した。「原罪」という考え方からもわかるように、キリスト教は伝統的に性愛を卑しいものとみなし、この問題を蔑《ないがし》ろにしてきた。ところが、進化論を唱えたダーウィンが、自然淘汰《とうた》の次に性淘汰という概念を提唱し、性現象を核にして進化のプロセスを説明してから、にわかに注目を浴びることになる。そこから、人間の性現象を科学的に解明することの必要性が認識され、性科学が誕生した。ドイツやオーストリアで一八六〇年代に始まった性科学は、ヨーロッパ諸国に広まっていった。この学問は、とりわけキリスト教家父長制社会における最大のタブーであった男性間の性愛の解明にもっとも力を注いだ。

この分野の先駆けは、ドイツの法律家、カール・ハインリヒ・ウルリヒスである。ナポレオン法典が施行されたフランスやイタリアなどでは、ソドミーを法律で罰することをやめていた。ナポレオン法典は、世俗の犯罪と宗教上の罪とを区別して世俗の犯罪のみを法典の適用対象としたため、その支配に服した国々では宗教上の罪であるソドミーは法律で罰せられなくなった。ドイツはイギリスとともに、ソドミーが犯罪でありつづけた例外的な国だった。ウルリヒスはこの現状を変えることを使命とし、男性間の性交が法制的にも社会的にも許容されるよう目指して、多くの啓蒙書やパンフレットを著した。

プラトンの『饗宴』中で言及される、ウラノスの娘、アフロディテが司《つかさど》る「天上の愛」という概念から、「ウラニスムス」(Uranismus)という言葉を造語したのは、彼である。これが英語に翻訳されて、「ウラニズム」(Uranism)、あるいは「ウラノス的恋愛」(Uranian love)という言葉ができたが、これは、オックスフォードなどで使われていた「ギリシャ的恋愛」という概念に非常に近い。ワイルドは、オックスフォード時代には「ギリシャ的恋愛」、その後は「ウラニズム」という言葉を使っていた。

ウルリヒスは、「ウラノス的恋愛」が自然なものであると主張した。ウラノス的恋愛感情を抱く男性を、彼は「ウルニンゲ」(Urninge、英語ではUrning〔アーニング〕)と呼んだが、これを、何らかの偶然で「男性の身体に女性の魂」を持ってこの世に生まれ出たのだと説明した。生まれつきの資質によって決定されるのなら、彼らも自然から生まれた子供とみなされるべきである。彼がこう主張したのは、ソドミーがキリスト教において「自然に背く」(unnatural)ものとして非難されていたからである。男女の愛は「自然にかなう」ものであるから、生殖へ至る。キリスト教は生殖につながるという理由でしか性愛を認めていなかったから、生殖に至らない、つまり「自然に反する」ソドミーは認められない、という論理となる。さらに、「自然」という概念は近代以降の強力なイデオロギーでもあった。古代では「人為」に敵《かな》わないとされた「自然」だが、近代以降は、あらゆる「人為」に優越する基準として君臨していた。ソドミーへの偏見を取り除くためには、「自然に背く」という枕詞《まくらことば》を切り離し、「自然」と和解させなければならなかったのである。

同性愛を脱犯罪化し正当化しようという、草創期の性科学が担っていた使命は、ウルリヒスの後継者たちに引き継がれたが、彼らも、同性愛は先天的だから自然のものだという論法を採用した。こうした理解によれば、男を愛する男というのは、そう生まれついているのであり、個人の道徳心の欠如とか悪徳といったものとは関係がない。とはいえ、「自然が生み出した畸《き》形児《けいじ》」という位置づけであった。このように同性愛を生まれつきのものだとするならば、それは体質のようなものとなり、一生涯付きまとう宿命ともなる。同性愛を「自然」という観点から正当化しようとした性科学者の論理には、かえって差別を助長する要素が孕《はら》まれていたことには注意を促したい。ともあれ彼らが唱えた新しい概念は、従来のソドミーとは異なるものだった。ソドミーは肛門性交という行為そのものを指し、それを「したか、しないか」という行為の事実に焦点が当たる。そしてその行為は個人の自由意志の問題となる。そんな行為に耽《ふけ》るのは当事者の道徳心や自制心が欠如しているせいと考えられたから、「悪徳」とみなされたのである。

かつて、ネルソン提督率いるイギリス海軍がトラファルガー沖でナポレオン軍の侵入を阻止して、ありがたいナポレオン法典までも一緒に撃退してしまい、ヨーロッパを席捲していた男色の脱犯罪化という波がイギリスにまで及ばなかったように、性科学研究もなかなかドーヴァー海峡を渡ることはなかった。性科学者としてイギリスではただ一人、ハヴロック・エリスが浩瀚《こうかん》な研究をなしたが、これはもう少し後のことだし、しかもエリスの著作は刊行後すぐに発禁処分となり、後続の巻はアメリカで出版された。性についての議論を忌避する傾向は、イギリスではことほどさように強かったのである。とりわけソドミーはタブー中のタブーだった。

とはいえ、現実には男性間性交は一貫して根強く存在していたし、古典研究の牙城《がじょう》、オックスフォードとケンブリッジには古代ギリシャの性愛の様式に精通する人々は多数いた。それらの大学へ学生を送り出す名門パブリック・スクールとて、この「悪徳」に汚染されている点で変わりなかった。高踏的なギリシャ的性愛のみならず、一般社会のさまざまな層においても男色はまれではなかった。見て見ぬふりをして実際には取り締まらなかったのだから当然である。イギリスの特異性は、男色の広まりにもかかわらず、これを取り締まる法の制裁がきつく、社会のタブー度も非常に強かったことである。厭《いと》われるあまり、ソドミーという語は禁句となり、

「言葉にできないもの」とか、「自然に反する罪」としてしか言及されなかった。

こうしたねじれた状況が、逆に表現者の感性を刺激するというのは、よくあることだ。かくして、この禁じられた愛は文学など表象の領域に活路を見出すこととなり、ワイルドをはじめとする表現者を得て、英文学はこのエロスをめぐる独自の表現を開拓した。すでに触れたが、私家版として刊行されたシモンズの『ギリシャ倫理の問題』（一八八三年）はイギリスの同性愛文学の特徴を示す好例である。ここでは、同性愛を解放しようとする性科学と同じ動機をもって、古代ギリシャでみられた男性同士の恋愛が論じられている。

ロバート・ロスとの出会い

『ギリシャ倫理の問題』が出たころ、ワイルドはコンスタンスに求婚中だった。その後、一八八五年に同性愛を取り締まる法律ができるまで、彼は夫と父親の役割を果たそうという努力は続けていた。マリリアへの情熱は芸術家としてのワイルドに新境地をもたらしはしたが、あの熱烈な手紙の後、急速に冷めていった。

ワイルドとロスとの出会いについて詳細は不明だが、八六年に公衆便所で出会ったのが最初らしい。およそロマンチックではないが、公衆便所はロンドンで男性との性交渉を求める人々にとってもっとも一般的な出会いの場だった。ロスが初対面のワイルドに性交渉を迫ったと言われている。

ロバート・ロス、通称ロビーは、ワイルドの生涯の友人として知られる。ワイルド死後はワイルド作品の管理人として文学的遺産を守り、次世代に伝えるために尽力した。祖父は北部カナダの初代首相を務めた有力政治家で、司法長官を務めた父親は、ロスが二歳のときに亡くなった。ヨーロッパで子供たちを教育しようと、ロスが四歳のときに一家はロンドンに移住した。

ワイルドの前に初めて現れたとき、ロスはわずか十七歳だったが、丸顔に鼻梁《びりょう》の低い童顔だったから、もっと若く見えた。ワイルドはロスのことを、「パック（シェイクスピアの『真夏の夜の夢』の小悪魔）の顔に、天使の心を持っている」と評した。しかしこの若さにして、彼はすでに豊かな性的遍歴を誇る多型倒錯者だった。つまり相手によって自在に自分の立場を変えて楽しみ、肛門性交のタブーを犯すことも厭わなかったのである。ワイルドの死後、ダグラスがロスを同性愛の廉《かど》で訴え、法廷で争ったことがあった。その際にダグラスは、ピカデリー近辺担当の警官から、ロスが、周辺で男色者や男娼たちと常習的に関わっていた仲間の一人としてよく知られていたとする証言を手に入れている。ロスは、性のその道に関してワイルドの先輩だった。

前述したように、ロスをワイルドの初めての同性愛の相手とする説は今では支持されていない。ロス初体験説の根拠は、ワイルドが言ったとされる「ぼくを最初に押し倒したのはロビーだ」という言葉だが、この「最初」とは、肛門性交のことではないかと推測される。男性同士の性行為で女の立場となり肛門に挿入されるのは、「男らしさ」に対する究極の侵犯であることから、イギリスでは最大のタブーと目されていた。肛門性交で受け手になるのは、その他の同性愛行為とは異なる次元に属し、男性として究極の辱めを受けることを意味していたのである。

このころロスは、ロンドンの予備校でケンブリッジ大学の受験準備に励んでいた。母親が留守がちだったために、ロスはワイルドの家に寄宿していた。コンスタンスも寝起きしていた家で二人は関係を持ったのである。彼は八八年の秋にケンブリッジ大学キングズ・カレッジに入学したが、ワイルドは、ケンブリッジを「オックスフォードの最高の予備校」と評して、祝った。しばらく勉学の意欲に燃えるも、ワイルド仕込みの唯美主義的な振る舞いやら長髪のせいでケンブリッジの級友たちの反感を買って池に投げ込まれるという事件に見舞われた後、重い肺炎にかかり、自宅で療養生活を余儀なくされた。復学後、再び病に倒れ家に戻った彼は、自暴自棄になり家族に自分の性的傾向を暴露し、母親を悲嘆のどん底に突き落とした。この騒ぎで大学は退学、家族とも折り合いが悪くなって家を出たロスは、スコットランドに行き、『スコットランド・オブザーヴァー』紙の記者になった。

ロスとワイルドの恋愛感情が激しく燃え上がったのも初めだけで、その後は穏やかな友情がワイルドの人生の最後まで続いた。ロスとの関係が友情におさまるころには、ワイルドはこれまでよりはるかに大胆に自身の性的嗜好を追求するようになっていた。そしてワイルド好みの魅力的な美青年たちからなる「崇拝者の一団」を引き連れるようになった。多くの若者が出入りしてはワイルドの気を惹き、入れ替わり立ち替わり誰彼と深い仲になり、彼の感情生活を彩った。

ジャーナリズムへのデビュー

自分が犯罪者であるという意識によってワイルドの筆が一段と冴えてきたこの時期、ワイルドは講演から著述へと仕事の比重を移しはじめた。講演の依頼も減っていたところだったので、一八八八年の三月を最後に講演稼業から足を洗った。最後の講演では、詩人のチャタートンという新しいネタを披露したが、この主題は数年後に「W・H氏の肖像」という作品に結実することになる。講演時代の終わりは、作家時代の始まりであった。

ワイルドの派手な生活はコンスタンスの年金だけではもとより足りなかったが、それを補っていた講演料収入が途絶えたので、その分を文筆で稼がなくてはならなくなった。とはいえ、原稿料収入など微々たるもの、『真面目《まじめ》が肝心』の主人公アルジャーノンのように、ワイルドはいつも借金取りに追われていた。主要な寄稿先は、当時W・T・ステッドが編集長をしていた『ペル・メル・ガゼット』で、八六年から八九年の間、数百本もの書評を精力的に書いた。執筆によってワイルドはこれまでの文学や芸術などについての自身の見解をまとめる機会を得て、独自の思想へと発展させてゆく。ワイルドの筆にはこれまでにない鋭さが光るようになり、読み巧者としてのワイルドの個性が魅力的な筆致でのびのびと表現されている。

たとえば、ロシアの三大作家の特徴をわずか数行に凝縮して語り尽くす手腕はみごとである。「彼（ドストエフスキー）はツルゲーネフほどの名文家ではない。人生の効果よりも事実を扱っているからである。また彼には、トルストイのような視野の大きさや叙事詩的な威厳もない。しかし絶対に彼だけの特質がある。情熱の強烈さと衝動の集中力、心理の奥底の神秘ともっとも深奥にある生の源泉を書く力、非情なまでに忠実で恐ろしいほど迫真的なリアリズムなどがそれだ」

この冴えた筆は、旧知の友人たち、ホイッスラーやペイターまで敵に回すことも躊躇せず、舌鋒《ぜっぽう》鋭く批判した。彼らはもはや敵ではないと言わんばかりだった。

『ウーマンズ・ワールド』の編集長になる

これだけのレベルの書評群が人目を惹かないはずがない。一八八七年からカッセル社の総支配人を務めていたトマス・ウィームズ・ライドが、ワイルドの才能に目をつけた。前年の十月から刊行されていた『レディズ・ワールド』という婦人雑誌の編集長を引き受けないかと打診してきたのである。これこそ文筆で一旗あげる千載一遇のチャンスのうえに、週に六ポンドの給料をもらえる身分となれる。嬉々《きき》として五月から編集長の座についたワイルドは、早速、方々の知り合いに原稿の執筆を依頼した。そのなかには、ヴィクトリア女王への詩の依頼もあったが、「韻文など書いたことがない」との理由で女王が直々に断わってきた。

ワイルドの手になる最初の号は八七年の十一月に出たが、彼の方針で雑誌のタイトルが『ウーマンズ・ワールド』へと変わり、「オスカー・ワイルド編集」の文字が表紙を飾った。編集方針の変更は読者に支持され、売り上げは大いに伸びた。従来になかった知的な記事、とくにフェミニズムや婦人参政権についての議論を掲載し、またワイルド本人も署名記事を書き、執筆者のなかには、ワイルドの母やコンスタンスらも名を連ねた。最初のうちはライドやカッセル社側も満足していたが、ワイルドはじきに飽きはじめた。編集長が関心を失うと、誌面にそれが反映され、売り上げはみるみる落ちた。結局、ワイルドは二〇号を編集したところで、八九年にこの職を辞した。

この間、ワイルドにしては珍しく、だが雇われ編集長としては相応に、スローン・スクエアからチャリング・クロスまで地下鉄に乗って通勤した。ワイルドの助手の記録によると、当初はワイルドも約束のある日には朝十一時に出社していたが、しだいに出社時刻が遅くなり、他方退社時刻は早くなっていった。カッセル社は勤務中の禁煙がルールだったが、これに耐えられず一服しようと外出し、そのまま帰宅の途についてしまうのだ。しまいには週に三日の出社で、一時間もすると帰宅、それが最後には二日ほどになった。それでもカッセルのお偉方は、ワイルドのことを「大変な怠け者だが、才人には違いない」と評した。

この時期のワイルドをよく知るイェーツは、このころが彼の人生でもっとも幸福な時代だったと記している。ワイルド自身は、自分の才能が正当に評価されないと不遇を託《かこ》っていた。確かに、「ある種の成功は彼から過ぎ去っていた。彼はもはや、今をときめく人気者ではなくなっていたし、まだ喜劇を書く才能を見出してもいなかった」。

「だが何のスキャンダルにも名を汚されておらず、話し手としての評価は仲間うちではうなぎ登りだった。そして彼自身が自分のまだ開花していない才能がほころびはじめるのを楽しんでいた」

ワイルドはもう、人目を惹くために酔狂ななりをして自己宣伝する必要はなくなった。今や自分のなかに眠る才能の手応えをしっかりとつかむことができるのだ。他人が書いた膨大な書物の書評をこなしてイギリスの文壇における「趣味の審判者」として振る舞いつつ、ルネサンスの天才たちに倣って、自分自身のパーソナリティを弄びながら涵養していたのである。

作家として開花する

多くの書評を執筆しながら編集長職にも就いていた一八八六年から八九年までは、作家としても多産な時期であった。「カンターヴィルの幽霊」「アーサー・サヴィル卿の犯罪」という中篇小説二篇のほかに、「ペンと鉛筆と毒薬」「嘘《うそ》の衰退」というすぐれた評論ものした。この後に続く文芸評論とも小説ともつかない不思議な傑作、「W・H氏の肖像」は、作家としてのワイルドの画期をなすものだった。そして「幸福な王子」に数篇の童話を加えた『幸福な王子、その他』が、ワイルドの「物語作家」としての評価を決定づける。

「幸福な王子」はすでに紹介したが、この童話集に所収された他の短篇もよく似た趣の作品である。ワイルドは、これを大人のための童話だと言ったが、諧謔と皮肉に満ちた童話と言い換えることもできる。最初は類型的な童話のパターンに則して語られる物語だが、読み終えると拍子抜けする。童話に多くあるハッピー・エンドはなく、何事も起こらないまま物語が終わるからだ。童話の体裁を借りながら、語っている内容は、現実の人生のように妙にリアルだ。ワイルドは、後に成功する戯曲や小説ではリアリズムを否定するのだが、他方、リアリズムを前提としない童話という形式にはあえて現実生活の無情なリアルさを導入する。腹黒い者は、改《かい》悛《しゅん》することなく腹黒いまま、お人好しはとことん利用されつくして犬死にする。現実の人生のように、プロットには意味もなければ救いもない。加えて、ケルトの口承文芸の衣鉢を継ぐ典雅な文章には、ワイルドの面目躍如たるものがあった。ペイターが絶賛した「わがままな大男」は、イエスの愛の傷のテーマが美しく語られる佳品であるが、これにはカトリックへの深い傾倒がにじみ出ている。

芸術論の確立

他方、ワイルドの評論の筆は一段の円熟をみせた。文芸批評の手法と小説を合体させた意欲的な作品である『W・H氏の肖像』が刊行されたのは一八八九年のことだが、執筆は八七年である。この作品は、ロスとの会話のなかで着想されたらしく、ワイルドはロスに宛てて、「実際この物語の半分は君のものだよ。君がいなかったら書けなかった」と告白する。

シェイクスピアがソネットを献呈しているW・Hなる者とは誰か、の推論を軸に、無名の語り手がアースキンという人物から話を聞くという形で小説は展開する。アースキンによれば、大学時代の友人でシリル・グレアムという青年が、この人物をウィリー・ヒューズという名の少年俳優であると主張した。名前のヒントがソネットの詩句のなかに織り込まれているというのだ。これを聞いたアースキンが、そんな人物が存在したかさえ定かではないと疑義を呈すると、シリルはある農家の納屋で見つけたといって、エリザベス朝に描かれたとおぼしき美少年の肖像画を持ち出し、このモデルこそがウィリー・ヒューズであると言い張った。だが、この肖像画はシリルが描かせた贋作《がんさく》だとわかると、シリルは自説が真実であると主張する手紙を残して自ら命を断つ。

アースキンは肖像画が捏造されたものだと知りながら、シリルの説を信じた。この話を聞かされた語り手も、二年間、ソネットを研究し尽くし、この説の正しさを確信するに至り、それをアースキンに伝える手紙を書く。その後、ドイツで療養していたアースキンから語り手に手紙が届いた。君がこの手紙を受け取っているころには、自分はすでにこの世の者ではないだろう。自分はウィリー・ヒューズ説のために命を捧げる、と。語り手は急遽アースキンのところへ向かうも、時すでに遅し。しかしその死因は自殺ではなく、肺結核であった。

ワイルドはこの作品で、「贋作」もしくは「捏造」という彼のテーマを発見した。これこそ、彼の思想を表現するのにぴったりの主題だった。冒頭で紹介されるチャタートンの逸話が「贋作」のテーマを導く。美貌でならしたこの十八世紀の詩人が自殺した後、十五世紀の詩人、トマス・ローリーの作と偽ったチャタートンの詩が刊行され、贋作問題が発覚した。これを語り手は、「完璧な表現を追求するための芸術的欲求の結果であり」、「贋作の廉で芸術家を非難するのは、審美の問題を倫理の問題にすり替えることになる」と述べる。芸術においては倫理的な道徳性よりも、美の追求こそが重んじられるべきだ、というのは唯美主義のおなじみの主張である。ところがワイルドの贋作のプロットは、もう少し先をゆく。自説の証拠として供するために、実在したかどうかさえわからない人物の肖像画を捏造するのだ。

　この肖像画は、クールエという画家の作品であるように見せかけている点では贋作であるが、その実在が疑わしい人物をモデルにした肖像画という意味では捏造である。タイトルにもなり、作品の中心に据えられた「肖像画」が写しているとされるのは、実在か非存在かが曖昧な陽炎《かげろう》のような人物である。現実にモデルが存在し、それを写実的に描いたもの、というのが肖像画の前提であり、リアリズムの条件であるとすれば、ワイルドの「肖像画」はその暗黙の前提を覆し、リアリズムに挑戦する。そしてこの挑戦は、オリジナルとコピーという概念にさえ及ぶ。私たちの認識の基底を形作る既成概念を覆そうとするワイルドの逆説の思想は、ここに贋作と捏造という具体的な手がかりを得て、本格的に開花しはじめた。

　次に注目すべきは、芸術が個人の経験を代行するというワイルドの思考である。これが後に芸術と人生の逆説へと展開されることになり、また象徴についての思索へと展開される。シェイクスピア劇の世界のすべてを、「ぼくは生きていた」と語り手は言う。そのさまざまな出し物のどれにも、「ぼくの人生と結びつけられていた人間が現れ、ぼくの夢を実現し、ぼくの空想に形を与えてくれた」。

「この友人に一度も会ったことはないが、彼はもう長年ぼくとともにいたのだった」

芸術作品で表現される「もう一つの人生」は、この世では認められていない「男性同士の愛」を託すのに格好の素材ともなる。ここでの「友人」とは、男性間の情熱でなくて何であろう。このあたりの文言は、マリリアに宛てた手紙の言葉にとてもよく似ている。自分の分身とも言える「友への情熱」は、ずっとわが身の周囲にあったのに、芸術がその実体に言葉と形を与えてくれるまで気づかなかった。芸術の表現こそが、混沌《こんとん》とした世界に潜むものを浮上させ、輪郭を与えるのだ。ソネットを手がかりにした芸術をめぐる思索の背後には、一人の友に擬せられた「男性同士の愛」の発見へとたどり着く伏線がみごとに張りめぐらされている。

これを事前に読んだハリスやハーバート・アスキス（自由党の政治家、後に首相）、バルフォア（保守党の政治家、後に首相）らがこぞって発表しないよう忠告したのは、この作品のテーマが同性愛であることを読み取ったからである。この風変わりな作品は、ワイルドの芸術論がほぼ出そろった傑作である。講演で繰り返していた陳腐な常套句から脱却して、ついに独自の芸術論にたどり着いたのである。しかもこの思考に霊感を与えたのは、同性愛者として罪を犯しているという新たな意識であった。そして同じころ、もう一つの傑作評論「嘘の衰退」を書いた。

自然は芸術を模倣する

ワイルドの息子と同名のシリルとヴィヴィアンという二人の対話形式で進行するこの評論の真骨頂は、「自然は芸術を模倣する」という思想に尽きる。これはワイルドの警句中、もっとも人口に膾炙《かいしゃ》したものである。ただし本文の表現は、正確には「人生は芸術を模倣する」といい、その帰結として自然も芸術を模倣する、と導かれる。私たちはよく写実的絵画などが、対象とされた自然の事物をよく模倣して「真実らしく」描かれていることに感嘆し、そこに絵画の価値を見出す。その世間の常識を、ワイルドの警句は根底から覆すのである。

この逆説の意図は、とりあえず、文芸作品における当時のリアリズム偏重、事実偏重の風潮に対する批判である。その意味では、「嘘」とは、リアリズムに対するロマン主義の意でもある。ワイルド曰《いわ》く、「古代の歴史家は面白い虚構を事実の装いでもって提供してくれたが、昨今の小説家は虚構の形で退屈な事実を提供する」。ところが主語が〈人生〉から〈自然〉へ入れ替わると、一気に自然主義批判へと射程が広がる。二つの文章はいずれも、十八世紀の始まりを分水嶺《ぶんすいれい》とする、西欧精神史二〇〇〇年の重要な変化の一局面を端的に要約した言葉である。

イギリスの湖水地方の美しい自然から詩的霊感を受けて詩作したと言われているワーズワー

スも、ワイルドに言わせればこうだ。

「なるほどワーズワースは湖畔には行ったが、石という自然の中に自分がすでに潜ませていた教訓を読み取ったにすぎなかった」

人間の外部に存在する現象はあまりに無限かつ無数で混沌として、それ自体の意匠を持たない。人間は、意匠のないもの、つまり意味を見出せないものの存在を認識することはできない。ワーズワースが自然の中に発見したとされる美とて、意味を見出す前提として彼の頭の中にその概念があった。ワイルドは「意匠」を「美」に置き換えてこう言う。

「どんなものでもその美しさを認めるまでは本当に見たことにはならない。そのものの美しさを認めたとき、初めてものは実在しはじめる」

誰も気づかなかったものにさえも、直感的に「意匠」を見出しその「美」を発見するのが、非凡な感受性に恵まれた芸術家なのである。芸術家によって見出された「美」を提供されて初めて大衆は、そんなものがこの世に存在していたことを、しかもそれが美しいことを知らされる。この逆説を理解するには、純粋な風景画が近代になるまで存在しなかったという事実を想起すればよい。ルソーが『告白』や『新エロイーズ』を書くまでアルプスの山々など、移動するのに邪魔な障害でしかなかった。ところがルソーが著作のなかでアルプスの高山の崇高な美と清冽《せいれつ》な空気を称えるや、それを読んだ人々が峻厳《しゅんげん》な景観美を求めてアルプスに大挙して押し寄せるようになった。ルソーがその景観に「美」を発見し、言葉で表現したものを提示されて初めて、山岳というものが人々の頭のなかに実在するようになったのである。

現在、人が霧を見るのは霧がそこにあるからなのではなく、詩人と画家とが人々に霧という現象の神秘的な美しさを教えてくれたからなのだ。ロンドンに何世紀にもわたって霧はあったかもしれない。いや、確かにあった。だが誰も霧を見なかったし、霧のことなんて考えもしなかった。芸術によって発明されるまでそんなものは存在しなかったのだ。

ホイッスラーやその流派が霧や靄《もや》にけぶるロンドンを美しく描いてからというもの、人々は霧を「美しい」と思うようになった。そしてようやくあのあえかな水蒸気の実在を認めるようになる。

「〈自然〉とはぼくらを産んでくれた大いなる母なのではなく、ぼくらが創ったものだ。それが生命を得て甦るのは、ぼくらの脳の中でなのだ。ぼくらが見るからこそものがあるのであり、ぼくらの見るものやその見方は、ぼくらに影響を与えてくれた「芸術」に負っているんだ」

人間が自然を見ることができないのは、「自然には意匠が欠如している」からである。人は、存在しているものすべてを〈見る〉、つまり認知できるわけではない。認知できるのは、名前があり、その意匠について知る事物だけなのだ。たとえ存在していても名づけようのないもの、意匠のないものを認識することはできない。つまり名づけられていないものは存在していないのと同じである。これは、言表できぬもの、名づけられぬものとされてきた男色をひそかに喚起しているだろう。

ドリアンのモデル

一八九〇年は、ワイルドが作家として画期をなす年となった。まず、唯一の長篇小説、「ドリアン・グレイの画像」を『リッピンコット・マガジン』に掲載して注目を集めた。さらに『十九世紀』誌に「芸術家としての批評家」という評論を掲載した。いずれもワイルドの作家としての成熟をよく示している。このころにはたとえ悪名であれ、ワイルドの名は売れはじめていた。それにつれ、ワイルドの若い取り巻きはその数を増していた。

そんな青年たちのなかに、ジョン・グレイがいた。ロンドンのイースト・エンドで大工の息子として生まれた彼は、十三歳で学業を終えた後、努力して下級官吏になり、その後も勉強を続けて外務省の図書館に勤めるまでになった。文化人たちとの交際に憧れる上昇志向の強い青年だが、彼自身もなかなかの詩人であり、際だって美しい容貌の持ち主だった。

初めて彼を見たとき、ワイルドはまさに自分の理想が具現化した姿だと思った。二人の関係は八九年ごろから始まり、ワイルドが『ドリアン・グレイ』を執筆していた二年間ほど続いた。ジョン・グレイを知る誰もが、彼こそがドリアンのモデルだと思っていたし、二人の間では、グレイは「ドリアン」の名で通っていた。

「グレイ」という姓は珍しくないが、「ドリアン」は英語の名前としてありふれたものではない。これはすでに触れたが、パイデラスティアという制度を擁した古代ギリシャのドーリア民族の形容詞形、「ドリアン」からきている。ドーリア民族はスパルタなどの都市国家を構成した民族だが、男性市民を立派な軍人に育てあげるための特異な軍人養成制度を持っていた。これが古代ギリシャの少年愛として知られるパイデラスティアである。年長者と少年を組ませて、少年が怯懦《きょうだ》を乗り越え、兵士として勇敢に振る舞えるよう、年長者が師となって教育にあたるというものだった。その際、この一対の男たちには恋愛感情が芽生えることも期待されており、戦場での恐怖心を克服して相手から軽蔑されない誇り高き兵士として振る舞うためにこの感情が利用されていたという。

これを詳細に紹介したシモンズは、当時「男らしさ」への侵犯という観点から同性愛が非難されていた事情に対抗するために、軍人の理想的な男性性を養成する事業に同性愛感情が活用されていた点を強調した。その意図をワイルドが汲んだかどうかは定かでないが、とまれワイルド周辺の人々の間で、「ドリアン」という語はパイデラスティアの枕詞だったのは間違いない。

芸術と人生の逆説

それまで崇拝者たちを相手にしゃべり散らすばかりだったワイルドが重い腰をあげて小説を

書く気になったのは、ストダートという編集者のおかげだった。ワイルドのアメリカ講演旅行の折、ホイットマン詣でに同行したこの男が、今では『リッピンコット・マンスリー・マガジン』という雑誌を発行しており、小説の寄稿者を探しにロンドンに来ていた。そこで出会ったのが、ワイルドと売出し中のアーサー・コナン・ドイルである。ストダートは二人と話をまとめ、ドイルは「四つの署名」を書いた。ストダートから十月までに一〇万語くらいの作品を送ってくれと言われたワイルドは、苦し紛れに「英語には一〇万もの美しい言葉はないよ」などと嘯いていたが、翌年の春にようやく「ドリアン・グレイの画像」を送った。ドイルの「四つの署名」が一足先に掲載されたため二作一挙掲載の名誉は逃したものの、『リッピンコット』一八九〇年七月号にワイルドの「ドリアン・グレイの画像」が掲載され話題をさらった。

青春の盛りの美貌を友人の画家の手で肖像画に描かれたドリアンは、年を重ね老いてゆくわが身にひきかえ、完成した瞬間そのままの姿をとどめることになるだろう画中の自身の姿に嫉妬する。そしてその関係が逆であればいいのにと願う。

「そのためならこの魂だってくれてやる」

ドリアンがファウストのような願望を口にしたためか、その願いは現実になる。ドリアンは、一八年の間、少なくとも容貌上は変化することなく、絵画に描かれた美貌を誇るのに対して、肖像画はドリアンの魂の堕落を象徴するかのように、名状しがたいいやらしい表情を浮かべ、老醜をさらけ出す。ドリアンは肖像画の醜い変化が人の眼に触れないよう、屋根裏部屋に封印する。

　肖像画はその後醜悪さを増す一方だった。ついに、この画を描いた画家を殺して殺人者になったドリアンの、その新たな罪の徴《しるし》も、赤い染みとしてキャンヴァスを汚す。ドリアンは道徳律撤廃論者のように、道徳や法を超越して快楽に惑溺《わくでき》する生活を送りながらも、肖像画を自分から切り離された秘密の魂とみなし恐れていた。どんどん醜くなる魂に、おのが罪を突きつけられるような罪悪感にさいなまれ、ついに肖像画にナイフを入れて切り裂いたが、肖像画の前に横たわっていた死骸《しがい》は、召使たちには誰かわからぬほどに老いて醜くしなびたドリアンその人で、肖像画は、描かれたときのままの若さと美しさを回復していた。

　この作品は、「嘘の衰退」で展開された逆説の思想に、格好のプロットとストーリーが与えられたものと見ることができる。まず目につくのは、肖像画とモデルをめぐる逆説である。生身のドリアンに成りかわって肖像画が主体として独自の生命を得たかのように変化する一方、当のドリアンは、永遠の若さを得るものの、中身のない表面だけのような存在になってしまう。モデルとなった人間と肖像画の関係が逆転しているのだ。先に、肖像画がドリアンの魂の堕落を象徴しているようだと述べた。確かに本文中にも肖像画を「罪による堕落の歴然たる象徴」とする表現がある。しかし、じつのところ、関係は逆で、肖像画はドリアンの人生を予言していた。肖像画に現れた醜さを、ドリアンは自分自身の内面の醜さを映していると思い衝撃を受け、自分の醜悪な秘密として恥じ、それを隠してしまう。それでも肖像画の変化に脅《おび》え、何かあるたびに肖像画を見に行く。肖像画の変化がドリアンに未来を予言しているとは知らずに、自分自身の堕落が反映されていると思い込んで一喜一憂し、知らぬ間に肖像画に支配されてゆくのだ。

肖像画が、本当にドリアンの魂を象徴しているなら、ドリアンが善良になれば、肖像画の表情もそれに応じて変化するはずである。だが、ドリアンが最後の望みを託して善人になろうと決意し、実際にそう振る舞っても、肖像画は醜悪になるばかりだった。当初、ドリアンも「この画は自分の意のままになるのだろうか」と疑問に感じてはいた。そしてその疑念は事実となる。画はドリアンの意のままになるどころか、実際は、画がドリアンを意のままに操る。それに気づいたドリアンが、この画を憎み、画を描いたバジルをさらに憎むようになったとき、肖像画こそが「自分のあらゆる悪行の根源」だと表現される。ドリアンの魂の変化が肖像画に映し出されるのではなく、肖像画に表れた変化がドリアンを導き支配していたからこそ、ドリアンはその肖像画にナイフを突きつけずにはいられなくなったのである。

このような芸術（肖像画）と人生（ドリアン）の関係性の顚倒は、「人生は芸術を模倣する」という「嘘の衰退」のテーマをプロットで表現したものである。この作品が雑誌に掲載されるや、たちまち話題をさらい、ワイルドは一躍時の人となった。実際この作品は、社会の道徳への露骨な挑戦と罪に対する独特な価値観、そして諧謔に満ちた逆説が審美的な言語において一体となった傑作である。とはいえ内容がセンセーショナルだっただけに、口さがない批評家たちの批判は方々からきたが、ワイルドは逐一、丁寧な反論を書いた。そのうちそれらを警句としてまとめ、単行本版に「緒言」として掲載した。例をあげよう。

あらゆる芸術は表面であるとともにまた象徴でもある。
表面の下をさぐろうとするものは危険を冒すことを覚悟すべきである。
象徴を読み取ろうとするものもまた危険を冒すことを覚悟すべきである。

作品中でもヘンリー卿に、「ものごとを外観によって判断しないのは浅はかな輩《やから》だ。この世の真の神秘は目に見えるものであって、目に見えないものではない」と言わせている。ワイルドは内部の存在を否定するわけではないが、内部にこそ真実が宿り、それが表面に反映されるという、近代以降の考え方には叛旗《はんき》を翻す。こうした発想は、フランスの象徴主義者たち、なかでも詩人のマラルメに触発されたものである。表面へのこだわりは、この作品を「装飾芸術についてのエッセイ」だとするワイルドの言葉からも窺うことができる。ドリアンが古今東西の宝石や美しい織物などを蒐集し、それらの事物に惑溺する様子が延々と書かれているが、ワイルドはこれを、ヴィクトリア・アンド・アルバート美術館（当時はサウス・ケンジントン美術館）のカタログを見ながら執筆した。貴重な素材に施された精緻《せいち》な装飾の美しさにワイルドはことさらにこだわった。内部に込められた意味の解釈を人に促す絵画芸術ではなく、素材と紋様が織りなす色と形を愛《め》でる装飾芸術は、内面に真実が秘められているとする近代の考えを転覆するのにふさわしい媒体だった。抽象的な紋様は表面にありながら、象徴として別次元の意味をも喚起している。それは、当時全盛の「リアリズムの粗野な野蛮さ」への挑戦だった。

時が味方しはじめる

『ドリアン・グレイの画像』の単行本が刊行されたのは、一八九一年四月のことである。よくも悪くもこれほど話題になった小説はここ何年来なかった。この本が男性間の情熱をテーマにしていることは、慧眼な読者でなくてもわかることだった。W・H・スミスという大手書店は不道徳だからという理由で取扱いを拒んだが、『アシーニアム』や『劇場』といった雑誌は敬意をもって扱った。ワイルドの取り巻き連は大喜びしたが、そのなかにライオネル・ジョンソンという若い詩人がいた。彼は著者から贈られた本を読んでいたく感動し、これを称賛する詩を書いてその本を従兄弟《いとこ》に貸した。その従兄弟は、オックスフォード大学のモードリン学寮の学生だった。彼も『ドリアン・グレイ』を気に入り、六月のある日、ジョンソンと一緒にワイルドの家に会いに行った。これがワイルドとアルフレッド・ダグラス卿の最初の出会いである。

ダグラスは、スコットランドの名門貴族、クィーンズベリー侯爵の三男で、齢《よわい》二十歳の金髪に白皙《はくせき》の水も滴る美貌の持ち主だった。この美貌にして貴族でオックスフォードの学生、しかも詩人とくれば、スノッブなワイルドのツボにはまるのは当然である。とりあえずこのときは、今度勉強を見てあげると約束して『ドリアン・グレイ』の豪華版を贈っただけだった。

ワイルドは今まで名前と才能こそ知られていても詩や戯曲の評判は今一つで、長らく不遇を託ってきた。しかしここにきてようやく時が彼の味方をしはじめた。お蔵入りになっていた『パドゥヴァ公爵夫人』が『グィド・フェランティ』とタイトルを改めてニューヨークで上演されたのを機に、セント・ジェームズ劇場の支配人になったばかりのジョージ・アレクサンダーからもっと現代的なものをという注文がきた。こうして生まれたのが『ウィンダミア夫人の扇』である。

これは、ワイルドにとっては新境地の、社交界を舞台にした軽妙な喜劇的タッチの作品で、この軽いタッチが軽薄さを持て囃《はや》すワイルドの天邪鬼な気質にうまく合致した。ワイルドが書いた原稿を読んだアレクサンダーは大いに気に入り原稿料として一〇〇〇ポンドを提案したが、ワイルドは印税を要求した。その結果、彼の懐には七〇〇〇ポンドという大金が舞い込むことになる。

『ウィンダミア夫人の扇』の上演を控えた一八九一年の二月に、ワイルドは三度目のパリ訪問を果たした。かつてはせいぜい会話の名手として持て囃してくれたこの都市に、今度は新進作家として、象徴主義の雄、マラルメへの表敬訪問を果たすために戻ってきたのである。マラルメは中学の英語教師をしながら韻文の革新を追求する詩人で、その真価を理解する少数の信奉者から熱狂的な崇敬を受けていた。マラルメの質素な自宅は、毎週火曜、彼を慕う人々に開放される、若き芸術家たちのサロンだった。ワイルドもこの火曜サロンに押しかけて目通りが実現した。このときポーの『大ガラス』を自身で訳した本をくれた巨匠にワイルドは礼状を書いた。

「イギリスには散文があり、詩があります。ところがフランスでは詩と散文とが、あなたのような名人の手により一つのものとなっているのです」

一週間後、ワイルドはマラルメのサロンに正式に招待された。

サロメ

このころマラルメは、古代ユダヤの王ヘロデを主題にした大作、『エロディアード』を執筆していた。ヘロデ王の義理の娘、サロメが、王を喜ばせるために踊りを舞い、母の言いつけに従って、獄につながれた洗礼者ヨハネの首を所望したことを記す聖書マタイ伝の簡潔な記述は、その後何千年にもわたり芸術家の霊感を刺激しつづけてきた。とくに十九世紀後半には、ヨハネの斬首《ざんしゅ》を渇望する若い娘の残酷で倒錯的な欲望が、知識人男性の想像力に訴えてブームとなり、多くの芸術家がそれぞれのイメージを競い合った。

この時代のサロメ・ブームの嚆矢は、一八七六年にギュスターヴ・モローがパリの美術展に出品した『出現』と題された絵画である。この絵画を、ユイスマンスは『さかしま』（一八八四年）のなかに登場させると、ワイルドはこの作品とおぼしき書物を『ドリアン・グレイ』中で、ドリアンが深い影響を受けた本として言及している。その後、フローベールも小説『ヘロディアス』を刊行した。かねてから自分のサロメ像を世に問いたいと思っていたワイルドは、着想が煮詰まってくると、自分のサロメをフランス演劇界一の名花、サラ・ベルナールに演じさせたいという野心が湧《わ》いてきた。ワイルドはこの作品をフランス語で書いた。

こうして生まれた「サロメ」がその後どういう運命をたどったか、時間を先取りして簡単に記しておきたい。翌年、『ウィンダミア夫人の扇』が大ヒットして人気脚本家となったワイルドに、ロンドンに来ていた憧れのサラ・ベルナールが、自分のために何か書いてくれと言ってきた。「もうできています」と即答したワイルドから渡された「サロメ」を読むなりサラは、この役を演じることを決めた。サラが身に着ける華麗な衣装も集め、着々と準備が進んでいた。九二年六月にリハーサルにまでこぎつけたころ、突然、当局から公演中止を言い渡された。イギリスに古くからある、聖書の登場人物を舞台にかけてはならないという法律に抵触したのである。

これにはワイルドが大いに憤慨・落胆して、中止がまだ決定されていなかった時点での『ペル・メル・ガゼット』のインタビューで、「サロメ」の上演が禁じられるならば、自分はいっそフランスに帰化したい、と語った。芸術作品に対してこんな狭量な判断を下すような国の国民でいたくないと。約五年後、この発言は現実のものとなる。

舞台で上演することができないのならば、せめて書物として刊行しようと、九三年二月にフランス語版を出した。ワイルドは気前よく方々に献本を送ったが、気になったフランスの文壇からの反応はどれも大変好意的で、マラルメも絶讃してくれた。そして英語版は九四年に、奇才オーブリー・ビアズリーの挿絵を付され、ダグラスの翻訳によって世に出ることになる。

この作品は、たとえビアズリーの挿絵がなくとも、ワイルドの指折りの傑作である。年端もゆかぬ王女が華麗な舞を披露したあと、母に従って預言者の斬首を要求した。聖書で伝えられたこれだけの素材から紡ぎあげたワイルドのサロメは、世紀末のあまたのサロメ像中の圧巻である。このサロメは、墓のなかから甦った女のように青白く、月のように美しい。それなのに

図8　ビアズリーによる『サロメ』英語版の挿絵.

七色のベールを身に纏い、身体を蛇のようにくねらせて舞い踊り、男たちの情欲を駆り立て熱狂させる。預言者や王の理性の言葉に聞く耳持たず、母の教唆によるのでなく、自らの意志で自分を拒絶した預言者の首を踊りの褒賞に所望する。そして銀の皿に載せられた血も滴る生首をかき抱き、恍惚《こうこつ》として死者の赤い唇に口づけを繰り返す生娘は、生かして

はおかれぬほど美しくも怖ろしい。ヘロデ王はすかさずこの女の殺害を命じた。

このサロメ像を描くにあたり、ワイルドはリヒャルト・フォン・クラフト＝エビングの『性的精神病理学』を参照して、性科学者が記した女性の倒錯的セクシュアリティを取り入れたという。確かにこの作品には、理性をふりかざす男性と、情欲に身をまかせる女性として、性差が対比的に描かれている。その対比に従えば、男性には聴覚が特権的に割り当てられ、女性には視覚が優位となる。預言者ヨカナーン（ヨハネ）は、地下の水牢《みずろう》に閉じ込められ、ものを見ることはできないものの、イエスの到来と災いを預言し、かつ女たちには呪詛《じゅそ》の言葉を浴びせる。ヘロデ王は、王の死が近いと言うヨカナーンの預言に脅え、死を告げる天使の羽音を耳にする。他方、サロメはヨカナーンの美しい姿をその眼で見たいと渇望するし、ヨカナーンはヘロディアスを「眼の欲情に淫《いん》した」女であると言って、彼女を罵《ののし》る。サロメを汚らわしい近親相姦《そうかん》によって生まれた娘だとして拒絶するヨカナーンの女性嫌悪は、作者の感情をいくらか反映していると思わせる。

アンドレ・ジッドとの出会い

マラルメのサロンで知り合った多くの若き詩人や文学者の中にアンドレ・ジッドがいた。とりわけジッドにとってワイルドとの出会いは、彼の人生と作品に大きな意味を持つことになる。ワイルドとの出会いは、ジッドが処女小説を刊行後の十一月上旬、ワイルドがロンドンから戻ってきた直後のことだ。ジッドはワイルドとの交友について自伝『一粒の麦もし死なずば』（一九二六年）やエッセイなどで触れ、ワイルドを迎えたパリの文壇の反応を記録している。

ジッドがマラルメのサロンで初めてワイルドを目にしたとき、ワイルドは一人でしゃべり散らしてその場を仕切っていた。そして他人の前では常に俳優のように振る舞い、時に自分の真面目な気持ちにまでわざとらしい外套《がいとう》を纏わせていた。最初はワイルドを持て囃していたパリの文士たちも、やがてそんな芝居臭さに辟易《へきえき》するようになっていった。

「彼は自分の役を自分で演じていた。彼本人は真面目なのだが、たえずデーモンが彼にセリフをつけた」（『一粒の麦もし死なずば』）

ジッドは、これらの欠点を通してもなお発揮される偉大さに惹きつけられずにはいられなかった。

愚直に事実を追求するジッドは、リアリズムを嫌うワイルドとは対照的だ。出会ったばかりのころ、ワイルドはジッドに「昨日から何をしたか」と尋ねた。ジッドが正直に日常茶飯の出来事を数え上げるのを聞いたワイルドはあきれて言った。この世には二つの世界があるのだよ。一つは、語られずとも存在する世界。これは「現実の世界」と呼ばれ、語らずともこの世界は目に見える。もう一つは芸術の世界で、これは語られねばならない。語られなければ存在しない世界だからだ。こう言って、ワイルドは続けた。

ある村に物語の上手な男がいた。男は毎朝仕事に出かけ、夕方村に戻る。すると労働を終えた村人たちが男のまわりに集まり、「今日は何を見たんだい。話しておくれよ」と物語をせがんだ。

「森で葦笛《あしぶえ》を吹いていた牧神を見たよ。牧神の奏でる音楽に合わせて森にすむ生き物たちが踊っていたよ」

「もっと話しておくれよ。ほかに何を見たんだい」

「海辺に出ると三人の人魚が波打ち際にいて、金の櫛《くし》で緑なす黒髪を梳《す》いていたよ」

村人たちはこんな物語を語ってくれる彼のことが大好きだった。

ある朝、いつものように村から出て海辺に行くと、男は三人の人魚が金の櫛で髪を梳《くしけず》っているのを、本当に見た。森に行くと、牧神が森の生き物たちに笛を吹いていた。その晩村に帰ってきた男に、村人たちがいつものように何を見たか尋ねると、男は答えた。

「今日は何も見なかったよ」

話し終えたワイルドは、しばしの沈黙ののち語った。

図9　ワイルドと出会った当時のジッドの肖像画（21歳，1891年）．
所蔵：Bibliothèque Nationale de France, Paris.

「ぼくは君の唇が好きじゃない。まるで嘘をついたことがない人のように真っ直ぐだから。ぼくは君に嘘をつくことを教えたい。そうすれば君の唇は、古代の仮面のようにねじれて美しくなる」

ジッドに向かって、ワイルドはこんなふうに即興でとめどなく物語を語りつづけたらしい。ジッドがワイルドの思考の根底に捉えたのは、キリスト教の理想主義と異教の自然主義だった。ワイルドがこの二つの折り合いをつけるのに手こずっていたとジッドは見る。本質において異教的なワイルドが、福音書の魅力に抗することもできず、使徒が語るようにキリストにまつわる聖書の寓話《ぐうわ》のような物語を語るのだった。ワイルドの父はアイルランドに伝わる民話や俗謡を採集したが、息子にはケルトの語り部の血が流れていた。思想を纏わせるための耳に心地よい話を思いつくことができるワイルドの才能を称賛した記事を、ジッドに見せてこう言った。

「人は思考が思考の形のままで生み出されると思っているようだが、ぼくは物語の形でしか考えられないのだよ」

この年の十二月、『レコー・ド・パリ』誌は、ワイルドの来訪をフランス文学界の事件だと報じた。フランス文学界にとって、ワイルドの存在がそれほど大きな意味を持つことはその後はなかったが、確かにジッドには大事件だった。このエッセイが書かれたのは、一九〇一年、ワイルドの死の翌年で、ジッドはワイルドのことを冷静に回想するだけの落ち着きを取り戻していた。しかしワイルドと出会った九一年には、ジッドの魂は危機的状況に陥った。

ジッドの父はソルボンヌ大学の法学教授だったが、ジッドが十歳のときに亡くなり、一人っ子の彼はそれ以来プロテスタントの厳格な母親により育てられた。母親の箱入息子のジッドはワイルドの格好の相手だった。かつてガウワー卿に悪しき影響をこうむった自分のように、真面目で初心《うぶ》な青年に倒錯的な思想を吹き込んで揺さぶりをかけ、その様を見て面白がっていた。

ワイルドがパリに滞在した約三週間、二人は毎日のように会った。ジッドはワイルドの逆説と寓話を毎日聞かされたジッドが、混乱していった様が日記から窺える。ジッドはワイルドに会っていたころの日記のページを破り捨て、十二月十一日と十二日の両ページには、大きな字でただ「WILDE」とだけ記した。ジッドの日記は、ワイルドが帰国した後、十二月二十九日に再開され、ひとまず小康を得た様子が窺える。しかしワイルドから受けた影響は、じわじわとジッドの魂を変容させつづける。その途中、ワイルドの人生の決定的な瞬間に二人は再び遭遇することになる。

第四章

絶頂期の禁断の恋

劇作家としての成功

ロンドンに戻ったワイルドは、家族とクリスマスを過ごしたあと、イングランド南西部、トーキー近郊の別荘にこもって、『サロメ』の仕上げに取りかかった。さらに翌月の二月からの公演が控えている『ウィンダミア夫人の扇』にも最後の手直しが必要だった。

ワイルドにとって最初の商業的な成功を収めた戯曲となった『ウィンダミア夫人の扇』は、悪女と評判のアーリン夫人が若かりしころ、駆落ちのために捨てた娘の、富豪の夫をゆすることを軸に展開する。アーリン夫人は、娘の夫であるウィンダミア卿に、自分が娘の母親であることを明かさないことの交換条件として金を要求する。ウィンダミア卿は、美しく貞淑な新妻の生みの母親が、悪評高き背徳の女であると暴露されるのを恐れ、言われるがまま金を渡す。

狭量な道徳観に縛られ悪を許容できないウィンダミア夫人は、軽蔑するアーリン夫人と夫の頻繁な接触を疑い、その関係を誤解した挙句に、彼女に思いを寄せていたダーリントン卿に口説かれ駆落ちしようとするが、危機一髪のところでアーリン夫人の機知に救われる。しかしウィンダミア夫人は、アーリン夫人が自分の実の母であり、その母に救われたことを知らないまま、幕が下りる。

一見すると、「善」であるウィンダミア夫人とは対照的に、アーリン夫人は「悪」である。だがこのプロットを俯瞰《ふかん》すれば、「善」なるウィンダミア夫人は狭量な浅はかさから愚かな振る舞いをしそうになり、他方、「悪」と思われていたアーリン夫人は、自らの悪評も恐れず献身的に娘を救い、結果として見ると「善」であった。「善」「悪」という道徳上の根本的な二項対立も、こうしてみるとそう簡単に割り切れるものではない。どんなものごとも視点さえ変えれば、別な意味をおびてくる。このように「善」と「悪」を自在に転覆し、その境界線にひびを入れることがワイルドの狙いだった。

この劇を展開させる重要なプロットは、アーリン夫人の「ゆすり」であるが、これまでも触れたように、一八八五年の刑法改正以降、これは男性を愛する男たちを常に脅かしていた問題であり、彼らにおなじみの話題だった。その意味で「ゆすり」のテーマは、この劇空間を男色の世界に近しいものにしている。劇場は社交の場でもあったから舞台を見に来るのは、上品に着飾った上流・中流階級の人々であり、作品が描くのもそうした世界である。そのため劇自体は夫婦関係の危機を扱う当たり障りのない内容だ。『ドリアン・グレイの画像』で同性愛を露骨に出しすぎて袋叩《ふくろだた》きにあったワイルドは、これに懲りてそのメッセージをわかる人だけに発した。たとえば、上演初日の劇場全体の演出である。当日ワイルドは花屋に、緑色に染色したカーネーションを注文した。ある俳優が舞台でこの緑のカーネーションを襟に挿し、またロスたちもこの花を胸に挿して客席にいた。花を買いにやらされた青年が一体どんな意味なのかとワイルドに尋ねても、「誰にも想像がつかない意味だよ」と、とぼけるばかりだった。

緑のカーネーションは、前年に滞在していたパリの同性愛者たちの間で流行していたウラニズムを表す秘密の符号だった。緑色（en vert、アン・ヴェール）は、倒錯（invert、アンヴェール）と発音が似ていることから男色と結びつけられていた。さらに、人工的に緑に染めた花は自然界に存在しないことから、「自然に背く罪」（unnatural crime）と呼ばれていた男色を連想させる。「人工や芸術」（art）は、「自然」にあらざるものであり、その意味において男色と通じていたのである。こうして緑色のカーネーションは、わかる人だけにわかる秘密の符号として、その夜の劇場を彩った。もちろん、その意味がわからないほとんどの観客は、口にするだにおぞましい悪徳の含意がこの喜劇に混入されているなどゆめ思わず、舞台を堪能していたのである。

劇評は必ずしも好意的ではなかったが、観客の反応はよかった。幕が下りると熱狂的な拍手喝采が沸き起こり、作者を呼ぶ掛け声があちこちから響いた。それに応えて舞台に現れた作者は、緑のカーネーションを襟に、手にした煙草をくゆらせながら登場し、得意絶頂で一席ぶった。

「観客の皆様方は大変知的に鑑賞してくださいました。皆様方の演技の成功に心からお祝い申し上げます。皆様方はこの劇をとても高く評価してくださった。作者の私と同じほどに、です」

　このスピーチと振る舞いには例によって毀誉褒貶《きよほうへん》があったが、話題作りには成功した。この舞台はヒットして七月末まで公演が続いた。印税方式を主張したワイルドの読みはみごとに当たり、これまで見たこともない大金が突然転がり込んできた。ようやく念願かなって売れっ子劇作家になったワイルドのところには、次々と仕事が舞い込んでくるようになった。まずは古くからの友人で、ヘイ・マーケット劇場を任されていたビアボーム・トゥリーに約束していた次作にとりかからねばならなかった。『サロメ』の上演中止を間に挟み、再びトーキーにこもって『つまらない女』を執筆した。時の人となり金持ちになったワイルドには、新しい生活にふさわしい新しい恋人ができた。数か月前に『ドリアン・グレイ』を贈ったクィーンズベリー侯爵の三男、アルフレッド・ダグラスが、ジョン・グレイに取って代わり、ワイルドの寵愛《ちょうあい》を受けることになったのである。

スコットランドの名門貴族

図10　ワイルドとダグラス（1893年）.
所蔵：Mary Evans Picture Library, London.

ワイルドと出会ったときにはオックスフォードの学生だったダグラスだが、若々しい風貌とは裏腹に、すでに彼は不特定多数の男性を相手に性交渉を持つ手慣れた同性愛者だった。ダグラスの好みは、自分よりも年若い美少年だったから、ハンサムでないうえに中年太りになっていたワイルドは、彼の眼中になかった。だが一八九二年の晩春、ダグラスが恐喝にあったのを機に、二人は急速に接近する。八五年以降、同性と関係を結んだ男が相手から脅迫されることは日常茶飯事だったが、ダグラスもこれにあい動顚して、ワイルドに助けを求めてきたのである。

この手の脅迫と無縁ではなかったワイルドがダグラスを助けるのはたやすいことだった。彼はオックスフォードまで出向き、親友の著名な弁護士、ジョージ・ルイスの手を借りて解決すると約束したうえ、恐喝相手に即金で一〇〇ポンド支払った。ダグラスはこの間、ワイルドを父親のように慕って頼り、解決すると深く感謝した。こうして二人は突如として激しく恋に落ちたのである。

ダグラス家は、代々スコットランド王に仕えた名家で、クィーンズベリー侯爵位やドラムランリグ子爵位などを有する名門貴族である。先祖の武勲はイングランドとスコットランドの長い歴史を飾り、歴代の華々しい功績や婚姻関係によって広大な所領を手に入れていた。アルフレッドの父、ジョン・ショルトー・ダグラスが父の急死によってわずか十四歳で第九代クィーンズベリー侯爵になったとき、当時の価値にして七八万ポンドもの莫大《ばくだい》な財産を相続した。ジョン・ショルトーはケンブリッジ大学に短期間在籍するも、学問は性に合わず、狩猟やボクシングなどを好んだ。ボクシングに体重別階級制を導入するという規則はそもそも彼の提案になり、今でもそれはクィーンズベリー・ルールと呼ばれている。ここからもわかるように、この男は洗練された教養人ではなかったが、合理的な思考をする頭脳を持ち、なかなかの詩人でもあった。

妻となったシビル・モンゴメリーは、彼にはもっとも不釣り合いな女性だったとよく評される。シビルは洗練された教養豊かな女性で、類《たぐい》まれな美貌の持ち主だった。彼女の父親、アルフレッド・モンゴメリーは、ウェリントン公爵の兄、ウェルズリー侯爵の私設秘書だったが、ウェルズリー侯はアルフレッドの母と昵懇《じっこん》だったため、アルフレッドの本当の父親は侯爵ではないかと囁かれていた。この関係は、ワイルドの『つまらない女』の登場人物の設定に酷似している。

ダグラス家の本拠地、スコットランドのキンマウントにある広壮な屋敷で暮らしていた夫婦にはほどなくして男子の後継ぎが恵まれた。しかし、一八七〇年十月に三男のアルフレッドが生まれたころには、その仲は冷え切っていた。アルフレッドは、母親の美貌を受け継いだとてもきれいな赤ん坊だったから、母に溺愛された。彼は生涯、「ボウジー」の愛称で呼ばれたが、これは、母親が赤ん坊の彼をイングランド西部地方の方言で「坊や」を意味する「ボイジー」と呼んだことに由来する。この呼び名は彼に生涯ついてまわったから、彼は老年になってさえも「坊や」と呼ばれていたことになるが、この愛称は彼の人格的特徴をそれなりに表している。

ダグラスが十歳になるころ、家族でロンドンに出てきたのを機に、クィーンズベリー侯爵夫妻は別居生活を始めた。この後、キンマウントの所領を売却しスコットランドの先祖伝来の領地を失うが、これを皮切りとして次々とダグラス家の広大な所領が売却されてゆく。侯爵位を継いだ次男、パーシーの代には莫大な財産がほとんど蕩尽《とうじん》され、彼が南アフリカで亡くなったときはほとんど無一文だった。ダグラスが十七歳のときに、両親は離婚した。

ダグラスは、父の強引な意向でウィンチェスターというパブリック・スクールに進学した。当時のウィンチェスターはまさに「言葉にできない悪徳」の巣窟《そうくつ》だったから、息子の同性愛をあれほど嫌ったクィーンズベリーはとんでもない選択をしたことになる。ダグラスにとってここでの最初の二年間は、上級生にからかわれたりいじめられたりして、最悪だったと後に語っている。ここで彼は少年と初めて性体験を持った。「ウィンチェスターやオックスフォードの学生の九割」はそんな経験をしており、自分だけが特別だったわけではない、と後年、『自伝』の中でダグラスは綴《つづ》る。

オックスフォードの後輩

ダグラスは一八八九年にオックスフォード大学モードリン学寮に入学した。しかし彼はこのカレッジの先輩であるワイルドとは違い、学業はまったく振るわなかった。数学や聖書で落第点を取って停学になり、毎年ぎりぎりで進級を許されているという体たらくだった。そんな彼でも三年時には、学生雑誌『精神の灯』誌の編集長として活躍した。ダグラスは、この雑誌を「現代生活と新しい文化に関心を持つすべての人のために」向けると銘打ったが、「新しい文化」とは、ウラニズム（同性愛）のことだった。彼はこの雑誌をウラニズムのプロパガンダにしようとしたのである。この仕事は、ダグラスがオックスフォードで評価された唯一の業績となった。

ダグラスの雑誌のために詩を寄稿したりもしたワイルドであったが、このころには新しい恋人が美しく魅力的なだけではすまないことがわかってきた。わがままで気まぐれなうえに、途方もない浪費家で虚栄心が強く、ダグラス家に噂されている狂気の遺伝を彷彿《ほうふつ》とさせる激情の持ち主なのである。侯爵夫人は、ワイルド夫妻と初めて会ったとき、息子の浪費癖と虚栄心を嘆いていた。だがそのいずれにおいても人後に落ちないワイルドのこと、若者にはありがちなことと聞き流していた。だがダグラスの豪奢《ごうしゃ》への貪欲《どんよく》さは、ワイルドの想像の及ぶところではなかった。そのうえ愛に飢えた子供のような彼は、常にちやほやされていなければ気がすまず、そうでないとたちまち怒り狂うのだ。彼の虚栄心を満足させるには、とてつもなく金がかかった。それでもワイルドはダグラスへの愛を、いかに気前よく彼に金をつぎ込むかによって示した。交際が本格化した一八九二年の秋から入獄されるまでの約二年半の間に、ダグラスに散財した総額は現金だけでも五〇〇〇ポンドにも上ったと、ワイルドは獄に入れられてから痛恨の思いでぼやいた。

黒豹たちとの饗宴

ワイルドとダグラスの交際を、男女の恋人関係の基準で推測することはできない。彼らは固定的で排他的な恋愛関係を結んだのではなく、二人して男娼たちの世界に分け入り、次々に相手を変えてはその場限りの享楽的な情事を楽しんだ。交際の始まった年の秋、ワイルドは法務次官の甥にあたるモーリス・シュワブを介して、アルフレッド・テイラーと知り合った。この男は裕福なココア製造業者の息子だが、パブリック・スクールを不品行の廉で放校された。相続した四万五〇〇〇ポンドもの莫大な財産を、お気に入りの男たちに貢いで八年で蕩尽した筋金入りの道楽者である。テイラーから紹介された男たちを、高級レストランのディナーに招き、銀のシガレットケースなどの贈り物と金を貢いだワイルドは、太っ腹と気前のよさでたちまち人気者になった。彼は、「荒くれ者」と呼ばれる彼らとの情事を、さながら「黒豹《くろひょう》たちとの饗宴」だったと語っている。

『ウィンダミア夫人』以降の劇作のヒットで懐が豊かになっていたワイルドは、九三年にはホテル暮らしを始めていた。表向きの理由は仕事に集中するためとされたが、もちろんダグラスをはじめとした男性の恋人との逢瀬を心おきなく楽しむためである。そんななかに、ダグラスが手を付けてからワイルドに回してよこした、十七歳のアルフレッド・ウッドという少年がいた。ワイルドはこの少年とも何度か会い関係を持った。あるときダグラスは彼に自分が着古した上着を譲った。ところがこの上着の胸ポケットには、ワイルドがダグラスに送った手紙が入ったままだったのである。ウッドはこの思わぬ掘り出し物を使って、アメリカ旅行の資金を得ようとワイルドをゆすってきた。当初は六〇ポンドを要求したが、ワイルドはこんな長さの散文に対して法外な金額だと言って突っぱねた。あきらめたウッドは、一つの手紙を除いてすべて返してきたので、気をよくしたワイルドは三〇ポンドを渡した。戻ってこなかった手紙というのは、九三年の一月にババクム・クリフの別荘からワイルドが送ったものである。

「君のソネットはとてもすてきだ。君のバラの花びらのように赤い唇が歌を奏でるためだけでなく、狂おしいほど情熱的な接吻《せっぷん》のためにあるというのはなんとすばらしいことか」

余裕綽々《しゃくしゃく》の態度とは裏腹に、この手紙を取り戻せなかったのは内心では痛恨の極みだった。友人たちと対策を練り、これをゆすりのネタにされないために、この手紙を文学作品であると主張しようということになった。そこで、これをパリから来ていた友人のピエール・ルイスにフランス語に訳させ、ダグラスが編集する『精神の灯』誌に掲載させた。

九三年以降は、ワイルドの周辺をウッドのような男娼たちが常に取り巻くようになっていた。彼らは世慣れたプロの男娼であり、ゆすりたかりはお手のものだった。ワイルドは彼らに紳士のような身なりをさせて、高級レストランで食事をおごり、高価な贈り物を差し出し、ホテルに連れ込んではベッドをともにしていたのである。ホテルの従業員たちがこれに気づかぬはずはなく、ワイルドとその仲間たちは、定宿のアルビマール・ホテルでは鼻つまみものだった。ソドミーの証拠などなくても、重大猥褻《わいせつ》の廉で逮捕できるようになっていた当時のイギリス社会にあって、ワイルドは常にその危険に身を晒《さら》していた。彼は自分が犯罪者であるという自覚を弄び、その自意識を研ぎ澄ますことを創作の糧にしていた。イギリス社会ではひそかに蔓延する男色を、大っぴらにされない限り見て見ぬふりをするのが暗黙の習わしだった。しかしながらワイルドの、世を試すかのような大胆な振る舞いは、世間が許容する限界にそろそろ近づきつつあった。

諍いだらけの交際

ロンドンの同性愛の地下世界でワイルドの存在感が増していく一方、劇作家としての名声はますます高まっていった。一八九三年の二月にはフランス語版の『サロメ』が出版され、四月にはヘイ・マーケット劇場で『つまらない女』の幕が開いた。この公演は好評を博して八月まで続いた。

一方、オックスフォードの最終学年に在籍していたダグラスは、積もり積もった怠学のつけを誤魔化す最後の努力として、母が見つけた家庭教師の特訓を受けた。そこにババクム・クリフにこもって執筆していたワイルドが、退屈して再三誘惑してきたものだから、ダグラスは家庭教師を伴い乗り込んできた。ババクム・クリフはイギリス南西部の保養地トーキーの隣町で、ここにマウントテンプル夫人が所有する別荘がある。夫人はコンスタンスと親しい友人だったことから、ワイルドは、気候温暖で風光明媚《めいび》な地にあるこの別荘に、執筆を口実にしばしば滞在していた。古い修道院を改修した屋敷は立派な構えで、学校の趣があった。大喜びで二人を迎えたワイルドは、「ババクム・スクール」と銘打って日課を取り決めた。この日課に従えばダグラスの勉強時間は、せいぜい三時間しかなかった。一時間勉強しては、お茶だのブランディのソーダ割りだのを飲んで休憩する。こんな調子で、ダグラスの卒業の可能性は、甚だ心もとないことではあった。だが、この学校生活もどきも、ダグラスの怒りの爆発によって数日で幕を閉じることになる。彼の悪態はワイルドの忍耐を超え、ワイルドは、二度と彼とは口をきくまい、何があろうと別れると決意した。ダグラスは翌日、ブリストルに向かう道中で、自分が悪かったと思い直し、ワイルドに許しを懇願する電報を打った。ワイルドはブリストルまで出向き結局彼を許してしまった。二人はロンドンに戻り、ダグラスはサヴォイ・ホテルに宿泊したいとねだった。この時の滞在は、ワイルドにとって致命的となる。この滞在をピエール・ルイスがつぶさに観察していた。彼はある朝、サヴォイ・ホテルのワイルドとダグラスの部屋に居合わせた。そこにあった大きなベッドに枕が二つ並んでいたことをルイスは見逃さなかった。その間、妻のコンスタンスがたまった郵便物を持ってやってきた。彼女がワイルドに、たまには家に帰ってきてくれと言うと、ワイルドはとぼけて、あまりにも長い間帰っていないので、自分の家の番地を忘れてしまった、と答えた。コンスタンスは微笑しながらも目に涙を浮かべていたと、ルイスは友人に報告している。

ワイルドとダグラスの交際は、始終諍《いさか》いが絶えなかった。癇癪《かんしゃく》を起こすとヒステリーの発作が始まり、聞くに堪えない悪態をつくダグラスにワイルドは辟易して、別れようと切り出す。しかし数日たつと、ダグラスが別れないでくれと懇願する。交際期間中、この繰り返しが常であった。

恐怖の卒業試験に臨んだダグラスは、結局、彼だけに課された最後の面接試験をボイコットしたため、卒業できなかった。ワイルドは皮肉を込めてスウィンバーンの先例に倣ったことを祝福したが、ダグラス家の人々は落胆した。父親が落胆を通り越して怒り狂ったのは言うまでもない。

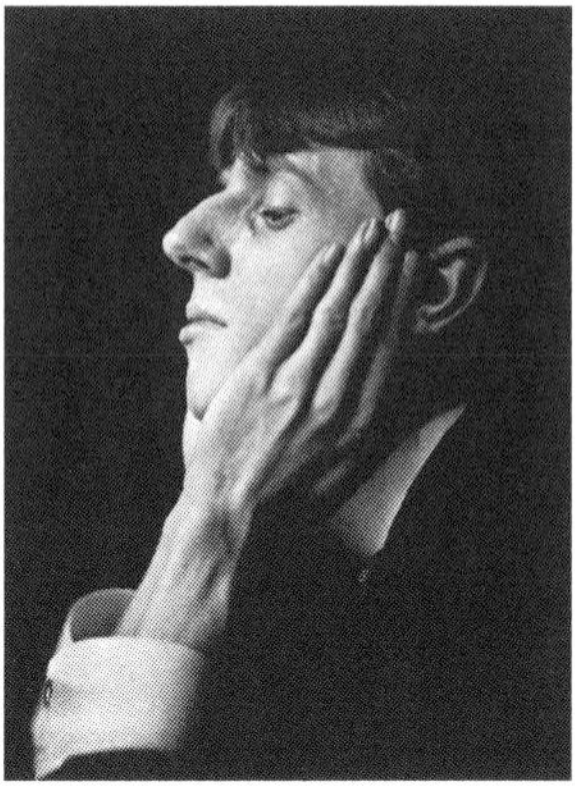

図11　ビアズリー（1895年）.
所蔵：Stephen Calloway, Brighton.

『サロメ』英訳の騒動

　オックスフォードで学位を取る夢が破れたダグラスは、人生の目標を見失った。進むべき道が見えず、将来の職業も思い浮かばない。もともと快楽を貪《むさぼ》り、無為に時を過ごしていた彼だったが、オックスフォードから扉を閉ざされたのはさすがにこたえた。ダグラスをそんな状況から救うためもあったか、ワイルドは『サロメ』のフランス語原文を英語に訳す仕事を彼に与えた。

　これにはダグラスが飛びつき、八月末には誇らしげに仕上げた原稿を持ってきた。ところが、ダグラスのフランス語の能力はこの仕事をする水準に達していないことが明らかとなった。間違いを指摘されると怒り狂い、暴力的な手紙を送ってよこした。その中で彼は「自分はワイルドになんらの知的恩義を受けていない」と書いていた。ワイルドはその文言こそ、二人の交際期間を通じてダグラスが書いたただ一つの真実であると感じた。ワイルドはそれこそ、「この破滅的な交友に終止符を打つ」のに格好の動機だと思った。

　ワイルドはそのときダグラスの翻訳原稿を、学生の宿題のように突き返すことを考えていた。だが、ダグラスに泣きつかれたロスあたりが仲介に入って、思いとどまらせたらしい。それはさすがに、文学で身を立ててゆこうというダグラスの人生の汚点になる。ワイルドは原稿をしぶしぶ受け取ったが、ダグラスの誤訳をそのまま見過ごすことはできず、初校のゲラで間違いを指摘して、修正を要求した。しかし自信を取り戻したダグラスは、修正を拒んだ。さらに自分はワイルドと同じ見解には至れないから、この仕事からは手を引くと言い出した。

英訳版の『サロメ』にはビアズリーの挿絵が施されることになっていた。仏語版を読んで惹かれたビアズリーが自ら申し出てきたのである。ビアズリーの深い理解に感激したワイルドは、二つ返事で同意したうえに、ビアズリーに翻訳もやらせようかと考えた。ところがそれを仄聞《そくぶん》したダグラスがまた激高し、大騒動が繰り広げられた。すったもんだの末に、本のタイトルにはダグラスの名前を出さず、翻訳者としてダグラスに献辞を捧げるということにした。ビアズリーの挿絵が入った『サロメ』の英訳版は、一八九四年の二月に刊行された。

ビアズリーの倒錯的かつ猥褻で猟奇的な挿絵は人々を驚嘆させ、彼は一躍時代の寵児となった。彼の描く絵と同様に、ビアズリー本人も特異な風貌の持ち主だった。ほっそりとした長身に鋭い鷲鼻《わしばな》が陣取る長い顔を黒々とした長髪が彩る。見るからに腺病質《せんびょうしつ》で、両性具有的な雰囲気をたたえていた。その外見に惑わされて、ワイルドはビアズリーに性的なアプローチをかけたらしい。しかし彼にその趣味はなく、あけすけにその方面の手柄話を披露するワイルドを嫌悪するようになった。才気あふれるビアズリーは、『サロメ』の挿絵の一つに、肥満体のワイルドを醜く戯画化して描きこみ、ワイルドの不興を買った。

ダグラスの逃避行

この間、ダグラスの精神状態は、誰もが心配するところとなった。ワイルドとの諍いは頻度を増し、そのたびに抑鬱《よくうつ》状態に陥る。それがストレスとなりまた喧嘩をする。ワイルドはそこで侯爵夫人に、夫人の知人でエジプト総領事のクロマー卿のもとに送ることを提案した。この滞在は、あわよくばダグラスが将来、外務省で職を得る布石にもなるかもしれない。外交官は、ダグラスのように爵位を継げない貴族の次男以下の子弟が就くのに格好の職業だった。侯爵夫人はワイルドの忠告に従った。ワイルドはダグラスとの交際に疲れ果てていたから、カイロ行きを心待ちにしていた。ダグラスが無事カイロに出発するまでに一波瀾《ひとはらん》あったが、宥《なだ》めすかしてダグラスがエジプトへと旅立つと、ワイルドはせいせいして執筆に精出した。

男色者にとっての楽園カイロで、ダグラスが羽を伸ばしたのは言うまでもない。紳士やら現地の少年やらとの交遊を謳歌《おうか》しすぎて領事館の宿泊施設から追い出されたこともあったようだ。その後、翌一八九四年の二月には母と祖父が探してくれた外交官のポストに就くため、トルコのコンスタンティノープルへ出発した。ところがダグラスは、オスマン帝国の都へは、結局行かず仕舞いとなった。途中アテネに滞在した間の不品行がたたったのか、就くはずの職が急遽取り下げられたのである。このポストは、祖父らが苦労して見つけた最後の頼みの綱だったから、それが目の前から突然消え去り、さすがの彼も打撃を受けた。しかもワイルドからは、数か月間、何の便りもない。悲観したダグラスは、ワイルドに自分宛の手紙を書かせるよう、母親に頼み込んでもうまくいかず、ついにコンスタンスまで巻き込み、ワイルドに手紙を書くよう仕向けた。仕方なくワイルドは、今後数か月は君に手紙も書かなければ会いもしないという電報を打った。

これに打ちのめされたダグラスは、パリに出向き、そこで会ってくれと矢の催促で、しまいには一一ページもの電報をよこして自殺を仄めかした。ワイルドもさすがにこの脅迫には負けた。ダグラスの祖父の死には自殺の疑いがあったし、叔父も自殺していたからだ。ついに二人はパリで再会を果たした。このときのことをワイルドは次のように回想している。

「私がパリに着くや、君の眼からは涙があふれ、頬は雨のような涙で濡れそぼち、私を見る君の眼には心底からの喜びがあふれていた」

「君の痛悔《つうかい》の情は嘘偽りのない誠実なものだった、少なくともあの時は」

二人の友情と愛情は、やはり特別な何かがあったのだろう。あれだけダグラスの破滅的な激情と虚栄心に辟易していたワイルドが、最後にはダグラスの魅力に負けてしまうのである。互いへの深い愛を確認した二人が手を携えてロンドンに帰ってきたのは、三月の上旬だった。しかし彼らを待っていたのは、二人の関係に苛立《いらだ》ちを増幅させていたクィーンズベリー侯爵だった。

クィーンズベリー侯爵が不機嫌になる理由はたくさんあった。長男のドラムランリグ卿はローズベリー卿の秘書として認められたのち、政界で地歩を固め、前途洋々に見えた。しかし彼にはローズベリーと男色関係にあるという噂がつきまとっていた。二人がドイツの保養地、バートホンブルクに滞在していたときに、怒り狂った侯爵はローズベリーを鞭打《むちう》ちにしようと乗り込んだ。そこにいたイギリスの皇太子（後のエドワード七世）が間に入って事なきを得たものの、クィーンズベリーはやり場のない怒りを抱えて帰国した。さらに悪いことに、ローズベリーは九四年の三月にグラッドストーンの辞職を受け首相になった。クィーンズベリーに言わせれば「忌まわしい男色大臣」が国を率いることになったのだ。彼が恐れていた最悪の事態だった。

それだけではない。クィーンズベリーは一八九三年十一月にイセル・ウィードンという若い女性と再婚した。ところがわずか数日後に花嫁は出てゆき、婚姻無効を申し出た。その理由というのが、「生殖器の畸形」および「不感と不能」であった。息子二人が同性愛の噂を立てられ、さらに自身の男性性がここまで否定されて、男としてのプライドは完膚《かんぷ》なきまでに打ちのめされたのである。

そんな折、馬車に乗っているワイルドとダグラスを侯爵が偶然目撃した。その時、ワイルドはダグラスを「女みたいに下品な態度で」愛撫《あいぶ》していた。クィーンズベリーはこの姿に大きな衝撃を受け、二人に即刻交際をやめるよう手紙で警告した。さもなければ、息子を勘当し、仕送りを止める。

「今まで生きてきて、あんないやらしいものを見たことはなかった」

もしおまえとワイルドが恋人同士だという噂が本当ならば、ワイルドをその場で撃ち殺す、と手紙を結んでいる。

この手紙に対するダグラスの返答は最悪だった。

「変な奴！」

もちろんクィーンズベリーは激怒した。

「あんな破廉恥《はれんち》な文言を電報なんぞで二度と私に送りつけないよう要求する」

父と息子の確執はしだいにワイルドの手に負えなくなりつつあった。この電文は「致命的な過ち」となり、その後の出来事の成り行きを方向づけ、そしてワイルドの人生をも決定づけた。

「もう一度おまえがあの男と一緒にいるところを見かけようものなら、おまえたちが想像もできないようなスキャンダルにしてやる。今は暗黙裏のスキャンダルだが、私は公然のものが好みだ」

ダグラスは弁護士を通して父親からの仕送りを断わり、絶縁を宣言した。

クィーンズベリーを駆り立てていたのは、息子を守ろうという彼なりの父性本能だった。ドラムランリグもボウジーも、年長の権力ある男色者の餌食にされている美貌の若者であり、犠牲者なのだ。しかも四人の息子のうち二人までもが男色の噂を立てられたのである。クィーンズベリーの頭のなかには息子たちを汚れた男色者から救い出すことしかなかった。ダグラスらとフィレンツェに行っていたワイルドは戻ると、クィーンズベリーからの手紙を数通受け取った。これは不吉な前兆だった。その前に彼は、「公然のスキャンダル」にすると予告していたからだ。

六月三十日の午後、クィーンズベリーは前触れもなく格闘家のような体格の友人を伴いワイルド邸に押しかけてきた。この日、「若きドミティアヌス」として描いている青年と週末を過ごそうといそいそと出かける仕度をしていたワイルドは、クィーンズベリー侯爵が書斎に通されていると告げられ、仰天した。書斎に行ってみると、窓を背に仁王立ちの侯爵が、サヴォイ・ホテルから追い出された件やピカデリーに部屋を借りている件をあげつらって非難してきた。ワイルドは冷静に否定したが、クィーンズベリーは子供だましの嘘で黙らせることのできる相手ではない。侯爵はさらに、ウッドから脅迫されたことにまで言及し、こう続けた。

「おまえが男色家だとは言っていない。だがおまえはそう見えるし、そういうポーズをとっている。それは男色家であるのと同罪だ」

ワイルドが追い出そうとしても、侯爵はすぐには立ち去ろうとせずに、恐喝された手紙の話やら厭《いや》らしいスキャンダルのことを散々罵ってからようやく退散した。

この出来事は、ワイルドを震撼《しんかん》させた。クィーンズベリーの罵倒はただの脅しではなく、かなり正鵠《せいこく》を射ていたからである。なぜ、ワイルドが「狂おしい接吻」の手紙によってウッドに脅迫されたことを侯爵が知っているのか。ワイルドは急遽、ダグラスやロスを交えて対応策を練った。侯爵がソドミーの咎で訴えると騒いでいる以上、何の手も打たないわけにはいかなかった。

ワイルドは、かつてダグラスがオックスフォードでゆすられたときに解決してくれた親友の弁護士ジョージ・ルイスが、クィーンズベリーに雇われているらしいという噂は耳にしていたものの、一応打診してみた。ルイスは素っ気なく、噂が本当であること、クィーンズベリーもワイルドもどちらも敵にすることはできないと返答してきた。

クィーンズベリーは自分の離婚裁判でルイスに代理人を頼んだのをきっかけに彼と縁ができており、ワイルドがルイスに依頼した情報は筒抜けだったのだ。友人の背信により受けた衝撃から立ち直れぬままワイルドは仕方なく、ロバート・ロスに紹介されたC・O・ハンフリーズという弁護士の事務所を頼った。弁護士は依頼を受けて、ワイルドへの誹謗《ひぼう》を撤回するよう、さもなくば裁判に訴えるという内容の文書を侯爵に出した。クィーンズベリーは、撤回しなければならないような誹謗は行っていない、ただワイルド氏が息子との交際をやめるよう希望する、と言ってきた。この段階ではそれ以上手の打ちようがなかった。そうこうするうち夏になり、面々は避暑のためロンドンを離れることになった。その間に緋色《ひいろ》の侯爵の血の気もおさまり、関心を他に向けてくれるかもしれない。ワイルドはそう期待してロンドンを後にした。

最後の夏

この夏をワイルドは『真面目が肝心』の執筆にあてるつもりで、ワージングという避暑地に安い別荘を借りた。そのころはワイルドの劇が上演されていなかったので、ひどい金欠だった。アレクサンダーから芝居の手付金として一五〇ポンドを受け取り、ワージングの別荘に着くや、執筆に取りかかった。急いで芝居を書き上げて金を稼がなくてはならなかったのである。

ワージングにはコンスタンスや子供たちも滞在していたが、ワイルドはダグラスを呼び寄せた。ワイルドにとって自由な身の上で過ごしたイギリスでの最後の夏だったが、クィーンズベリー侯爵からの圧力に刺激されたのか、ダグラスへの愛は一段と高まっていた。避暑に出る前の七月にワイルドは、ダグラスに「君なしでは生きられない」という熱烈な愛の言葉を書き送っている。二人はワージングの海岸で、魅力的な地元の青年を見つけ、彼らとの情事も堪能していた。ダグラスのいない間、ワイルドは執筆と海水浴と地元の青年との情事に明け暮れていた。

執筆は順調だった。というより、急いで金をつくるためには順調に進めるよりほかなかった。『真面目が肝心』は、ワイルドの社交界喜劇としては、四作目にして最高の出来映えとなった傑作である。ロスがワイルドの死の直後、友人のアデラ・シュスターにした告白によれば、ワイルドが非常に金に困って急いで劇を書かねばならなかったときに、八七年の二か月をともに暮らしていた間、ワイルドの名句をロスが書き留めたノートをワイルドに貸したという。そのノートを相当引用して書かれた「後期の作品の一つ」とは、『真面目が肝心』のことである。ロスは他言無用としているが、しかし、おそらくはそうした事情ゆえの気負いのなさのせいで、この作品はのびやかで奔放なセリフが満載された上質な喜劇となった。金儲《かねもう》けのために慌てて創作されたこの作品は、作者の思惑どおり大金をもたらしてくれるはずだった。

緑のカーネーション

ワイルドがワージングで執筆――と青年たちとのアヴァンチュール――にいそしんでいたさなかの九月十五日、『緑のカーネーション』という匿名の本が刊行され、センセーションを巻き起こした。四か月の間に四刷を重ねるほどの売れ行きだった。これを書いたのはロバート・ヒッチンスという若い作家である。ダグラスがエジプト滞在時、彼とナイル川下りをして一緒に過ごしたときの会話から、ワイルドの行状をつぶさに聞きだし、それをもとにこの本を書いたのだった。これは、フィクションというより、ワイルドとダグラスのノンフィクションのような本だった。

主人公のレジー・ヘイスティングスという「ギリシャの神のような美貌」の持ち主は、ダグラスをモデルにしているというよりも、ダグラスその人である。わがままで虚栄心に満ち、息をのむほどの自分の美貌をこのうえなく鼻にかけている。レジー卿の親友で、彼に絶大な影響を与えている兄貴分はエズメ・アマランスという名の男だが、これまたワイルドに瓜《うり》二つだ。彼の「やさしく精妙な声を発する口からは、ウィットのきいた警句やら人を惑わす逆説やらが滝のようにあふれ出てくる」。そのうえ、エズメは「緑のカーネーション」の発案者とされていた。

匿名で出版されたこの本を、世間はワイルド本人が書いたと思いこんだために、ワイルドは、『ペル・メル・ガゼット』に自分が作者でないという弁明をしなくてはならなかった。十月一日付の編集長宛の抗議書簡でこう述べている。

「確かに私はあの崇高なる花を発明はしました。しかし、（中略）あの本と私は、言うまでもないことですがまったく何の関係もありません。その花は芸術作品でありますが、あの本はそうではありません」

残念ながら、この抗議は功を奏さなかった。『緑のカーネーション』刊行は、同性愛者のサブカルチャーの存在を世にあまねく知らしめたという点で、大きな打撃となった。地下世界にはびこっていたこのサブカルチャーは、以前から社会全体を脅かす脅威として、国家の機密を敵に譲り渡すスパイに似たイメージでもって恐れられていた。社会の内部に潜む、見えない敵。その敵は見えないだけにどこにいるかわからない。国家の政体の中枢をも蝕《むしば》んでいるかもしれない。事実、ローズベリーのスキャンダルはそうした恐れに手がかりを与えたし、ワイルドが書いた戯曲、『理想の夫』も政体中枢の、内閣（キャビネットには個室の意味がある）という名の密室における汚職と腐敗を扱い、それは限りなく男色のスキャンダルを彷彿とさせるものであった。ヴィクトリア朝社会は、ワイルドらの行いに本気で警戒しだしたのである。

ダグラスとの最後の大喧嘩

ワージングに残って『真面目が肝心』の仕上げに余念のなかったワイルドのところに、十月初旬、ダグラスが突然やってきた。時節はずれの避暑地にすぐに飽きたダグラスにせがまれブライトンに行くも、ダグラスはインフルエンザに倒れた。ワイルドがつきっきりで看病してダグラスが回復すると、今度はワイルドがインフルエンザに罹《かか》った。するとダグラスはワイルドを放りだして遊びに出かけてしまった。熱にうなされていたワイルドは水分をとることさえできなかった。

夜中の三時ごろ水を飲みに来たワイルドと遭遇したダグラスは、聞くに耐えない罵詈雑言《ばりぞうごん》を浴びせた。病気のときのワイルドに自分が付き添うなんて期待するのは利己主義だ、というのが彼の言い分だった。朝の十一時に戻ってきたダグラスが、平静になって謝ってくると思いきや、前夜の諍いを、はるかにひどい言葉と態度で再現した。出がけには、獣のような笑いと憤《ふん》怒《ぬ》の形相でワイルドに挑みかかった。このときワイルドは「なぜかわからないが、とてつもない恐怖の念に襲われ」、裸足《はだし》のまま下階の居間に逃げ出した。

二日後、熱の下がったワイルドは自分の誕生日を迎えたその日に、ダグラスから手紙を受け取った。ワイルドが突然、恐怖を感じてベッドから逃げ出したときのことを、「あのときのあなたは本当にみっともなかった。あなたの想像以上だった」。そしてこう結ばれていた。「祭り上げられていないときのあなたなんてつまらない。この次あなたが病気のときは、ぼくはすぐに退散することにします」

「なんと下品な人間性を表していることか。なんたる想像力の欠如」を示していることかとワイルドは嘆く。この手紙を読んだワイルドは、こんな人間と付き合ったことで自分の人生が取り返しのつかないほど汚され辱められたように感じた。この思いは、その半年後に始まる破滅的な悲劇の予兆となった。

さしものワイルドもダグラスにほとほと愛想を尽かした。ロンドンに戻ったら弁護士のルイスに依頼してクィーンズベリー侯爵に宛てて、今後一切ダグラスとの交際を打ち切るという手紙を送るよう準備していた。ところがその翌日、朝食をとっていたワイルドの目に飛び込んできたのは、侯爵の長男、ドラムランリグ卿の死を告げる新聞記事だった。結婚を間近に控えていたドラムランリグは、狩場で顎《あご》から頭にかけて弾丸で撃ち抜かれて死んでいるのが見つかった。死体の傍らには拳銃が転がっていた。事故として処理されたものの、自殺も大いに疑われる状況だった。この悲惨な報を受け、ダグラスと家族への哀れみで胸が一杯になったワイルドは、別れの決意を翻してしまった。突然の悲劇によって、「君に対して抱いていた恨みや非難を忘れ去ってしまった」。そして、できるだけすぐにワイルドの家に来るようにと電報を打った。事故の現場検証に立ちあってからワイルドの家に直行したダグラスを、ワイルドは寄る辺なき幼子を迎えるようにして胸にかき抱いた。こうして、二人の腐れ縁はまたしても切れ損ねたのである。

クィーンズベリー侯爵の嘆きは計りしれなかった。そのあまり、悲嘆は憤怒や憎悪と渾然《こんぜん》一体となった。ローズベリー卿、妻の実家のモンゴメリー家、そしてワイルドのような男色家どもが、彼の大事な跡取り息子を死に追いやったのだ。ドラムランリグとローズベリーの関係を断ち切ろうとしたクィーンズベリーの決意は最悪の形で成就した。侯爵の次なる目標は、ボウジーとワイルドとの関係を断つことだった。人からどう思われるかを意に介さない点にかけて、この男はワイルドの上を行く。神をも恐れぬ無神論者なのだから。

不真面目の美学

とんだ十月だったが、それでも『真面目が肝心』(*The Importance of Being Earnest*) は十月下旬には脱稿した。原稿をアレクサンダーに送ったワイルドは、「とにかく読んでくれたまえ」と書き、自信のほどが窺える。「読めばタイトルが掛け言葉になっているのがわかるよ」とワイルドが言うように、「真面目」を意味する'earnest'は、主人公の名前の'Ernest'の掛け言葉である。ほかにも言葉遊びは全篇にわたり、洒落、地口《じぐち》、警句、逆説に諷刺と、枚挙に暇《いとま》がないほど頻出する。警句家としてならしたワイルドの本領が発揮されたみごとな喜劇である。

主人公のジャック・ワージングは田舎に広大な所領を有する紳士であるが、所領での退屈で格式ばった生活の気分転換のため頻繁にロンドンに出て、遊興に耽る。都会で遊び人として振る舞うときは、アーネストという偽名で別人格になりすまし、遊び仲間のアルジー（アルジャーノン）にも正体を明かさずにいた。劇は基本的に、ジャックはアルジーの従妹《いとこ》のグウェンドレンを、アルジーはジャックが後見人を務めるセシリーという少女をそれぞれ花嫁とするまでを軸に進行する。劇には、もう一つジャックの身元捜しのプロットも仕掛けられている。彼は赤ん坊のとき、家庭教師のプリズムにうっかり原稿用紙の束と間違われて鞄《かばん》の中に入れられ、駅の荷物預かりに預けられ、親からはぐれてしまっていた。その鞄を受け取ったのがセシリーの祖父だったが、彼は鞄に入っていた赤ん坊を育て上げたうえに自分の所領をジャックに相続させせた。おかげでジャックは莫大な富と紳士の身分を謳歌しつつ、セシリーの後見人として恩人の孫娘の養育にあたる。アルジーはセシリーの可憐《かれん》な容貌、および相続予定の莫大な財産に目がくらんで彼女との結婚を画策しまんまと成功。さらにアルジーとジャックは兄弟であることが最後に判明する。

この劇の副題が「真面目な人のための不真面目な喜劇」とあるように、不真面目の面目を躍如たらしめしようとする逆説が作品の基調にある。だがワイルドが意図するところは、真面目と不真面目の価値の逆転だけではない。作品中にはさかさまの世界が現出する。言葉とそれが指し示すものごととの乖離《かいり》、ナンセンスなギャグ、本筋から逸脱したセリフなどのオンパレードなのである。たとえば、ブラックネル卿夫人が自分の掌中の玉である娘について、「グウェンドレンのような初心で無垢《むく》な娘が田舎住まいをするなんて考えられない」という表現。そんな性質の娘なら普通は、都会暮らしをするのが考えられない、となるはずである。

また別の例では、セシリーが牧師をこう評価する。

「とてもえらい学者なのよ。一冊も本をお書きになったことがないの。そのことからもどんなにえらい先生かわかるでしょう」

これも普通の発想を逆転させたセリフだが、そう言われてみると理想が高すぎて一冊の本も書けないという学者は世の中に結構いるから、まんざら嘘でもない。このように常識を逆転させてみると、ナンセンスとも言い切れない何がしかの真理を含んでいることに思い当たる。しかもそれが誰にとっても耳の痛い皮肉となる。これがワイルドの逆説の真骨頂なのである。

もっとも奇妙なのは、グウェンドレンとセシリーの二人ともが、「アーネスト」という名前の男と結婚すると決めていたことである。男性陣二人は最初、アーネストという偽名で登場する。女性陣は予定通り二人の男性と恋に落ちるが、本名を知らない女性たちが惚《ほ》れたのは、アーネストという名前ゆえだと言って憚らない。別の名前だったらまったく愛せないと言うのだ。つまり彼女らは、人間の中身よりも名前によって結婚相手を決めている。これを奇妙だと思うのは、私たちが近代の思考様式を刷り込まれているからである。近代的な思考では、名前は偶然の表面的な符号にすぎず、中身にこそものごとの本質があると想定する。それからすると、名前によって、結婚という人生の一大事を決めることはありえない。だが近代より前の時代には、名前と本質の関係は逆で、名前と外見にこそそのものの本質が表れていると考えられていたのである。彼女たちの他愛のない信念も、じつは近代的思考を相対化しその歴史性を浮上させる。

ところで、アーネストを騙《かた》る二人の男性の本名がばれれば女性たちから捨てられかねない。結局、この嘘は露見するものの、ジャックが両親につけられた本当の名前がアーネストだったことが判明し、劇はめでたく終わる。とまれ名前をめぐるこの騒動は、作品中に嘘と真実の空回りをもたらし、それがストーリーを展開させる駆動力となる。女性陣が男たちに捧げる愛が偽名という嘘の上に成り立つという皮肉な構造は、ワイルドがこだわりつづけた、嘘を核に据えた虚構の構築である。この作品を岩波文庫に訳した岸本一郎はタイトルを「嘘から出た誠」としたが、言い得て妙である。本作に一貫したテーマは、まさに「嘘から出た誠」であり、嘘という虚構から真実が出てくるという逆説が、アーネストという偽名に託して表現されている。

ウラニズムのひそかな表現

先にも触れたように、「真面目」を意味する語は'earnest'であるが、これは発音が同じことから、名前の「アーネスト」(Ernest)の掛け言葉になっている。それだけでなく、同性愛の同義語として流通していたアーニング(Urning)と発音が似ていることから、「アーネスト」は、同性愛の隠語でもあった。これに限らず、この作品ではほかにも同性愛を仄めかす表現は目白押しである。

まず、バンベリー。アルジャーノンは、仕事や義務をすっぽかす口実にするために、バンベリーという名の病弱な友人を捏造していた。アルジャーノンは、架空の人格を捏造して社会的義務から逃れ遊ぶことを「バンベリー主義」と名づけている。これは、模範的な顔と遊興に耽る裏の顔を持つ、ウラニストの二重生活を暗に指している。ウラニストを標榜《ひょうぼう》する者の多くは、表向き中流階級の立派な人格を装いながら、陰では同性相手の放蕩に耽る別の顔を持っていた。つまり、ウラニストという別人格を隠し持っていたバンベリー主義者だったのである。この作品の少し前に出たスティーヴンソンの『ジキル博士とハイド氏』を思い出していただきたい。

また、これを「主義」と銘打っていることからして、思想としてのウラニズムを想起させる。男性同士の恋愛を法律で罰するのをやめさせ、さらに社会の激しい嫌悪感を解消し、人間が持つ当たり前の感情の一つとして世に認めさせる。これが、ウラニズムの大義だった。しかしワイルドは、声高にこの大義名分を言い立てるようなことはしない。遊び人のサボタージュの口実という滑稽なオブラートにくるみ、同性愛を忌み嫌う人々を笑わせながら、ひそかにそのエッセンスを振りまく。そして、あらゆるものの価値が逆転された世界を構築して、男色の意味をも逆転させようとしたのである。ちなみにこのバンベリー（Bunbury）という語、丸型のパンを意味する bun には尻の意味があり、尻（bun）に埋める（bury）と取れることから、ソドミーの隠語でもあった。

『ドリアン・グレイの画像』を発表したとき、同性愛の主題に社会は騒然となり、ワイルドは手痛い目にあった。彼はもうそんなあからさまなことはしない。少なくとも文筆の上では。洗練され円熟した技倆《ぎりょう》をもってすれば、どんなことでも——たとえ法律で禁じられ言表できないほど忌み嫌われるソドミーでさえ——表現できる。それが芸術家というものだ。

同じ年の十二月、オックスフォードの学生文芸誌に「司祭と弟子」という匿名の短篇小説が掲載されたが、同性愛を扱っていたことからワイルドの作と噂された。しかしこれを書いたのはジョン・ブロクサムという学部生だった。ワイルドはその手際をエイダ・リーヴァソンに宛てこう批評した。

「ぼくにはストーリーが直截《ちょくせつ》的すぎる。ニュアンスというものがまるでない。（中略）神々や芸術家たちというのは、常に曖昧さを備えているものだよ」

この評言を裏返せば、ワイルドが『真面目が肝心』に込めた芸術的意図となろう。『真面目が肝心』とは、「アーネストという名前が肝心」と換言でき、極言すれば「名前が肝心」ということでもある。じつは、西欧において男色には常に名づけの問題が深く関わっていた。キリスト教徒が「口にしてはならない」男色をなんと呼ぶか。それが問題だったのである。

男色がそれほど忌避され、イギリスでは死刑さえ科せられていたにもかかわらず、西欧文化圏において男色は根強く存在しつづけた。イギリスのルネサンス期から近代初頭の男色の慣行を明らかにしたアラン・ブレイによれば、男色は特殊な様態において存在していた。男色は嫌悪されながら、「具体的な形を与えられず識別されないで、潜在的にあるいは現実に」社会の至るところに存在しつづけていたというのである。それはなぜか。妊娠の心配なく性欲を解消できたからである。初婚年齢が高く、しかも避妊の仕方が知られていない社会にとって、男色は性欲を解消する安全な装置だった。とはいえ、これを大っぴらに許していたわけではない。男色を「明言できないもの、識別できないもの」として放置した。つまり、男色を男色とは呼ばず、その名を口にすることを禁じつつ存在を黙認したのである。その意味で男色は、「名前のない罪」だった。自身がゲイであった歴史家のミシェル・フーコーが、男色を「表象の彼方」にあったと言ったゆえんである。

ところが十九世紀後半から勃興してきた性についての学問、性科学は男性間の性交渉を、宗教上の罪や悪徳とするソドミーから切り離してこの問題を考え、さまざまな概念を立ち上げては命名していった。今ではもっとも一般的となった「同性愛」(homosexuality) という言葉もその一つで、この他にウラニズムや「第三の性」などもあった。イギリスでホモセクシュアルという言葉が使われるようになるのは、ワイルドの裁判よりもずっと後のことである。

こうした背景を俯瞰したうえでワイルドの命題、「名前が肝心」に戻ると、この言葉の意味がよくわかる。結局、「それ」をどの名前で呼ぶかが肝心だ、ということだ。わかりやすい名前で呼ばなければよいだけの話だ。たとえばこれをバンベリーと呼び、アーネストと呼べば、放蕩三昧《ざんまい》の上流階級は言うに及ばず、上品ぶった中流階級とて何も気づかず笑い転げている。そしてワイルドの懐には大金が転がり込んでくるのだ。

芝居では最後にジャックがアルジーの兄であり、またブラックネル夫人の甥であることが判明すると、父の名にちなんでつけられた洗礼名が何だったかが焦点となる。しかし奇妙にも、アルジーは父の名を知らないといい、伯母さえもその名前を忘れてしまっていた。結局それはアーネストだったのだが、彼女は「ある特別な理由でその名前が嫌いだった」と白状している。一番肝心の父の名が、しばらくの間、空白だったのである。伯母は忌み嫌った挙句に忘却してしまった。そんな「名前」とは、あの「名づけることのできない」名前以外にはありえない。

楽園への逃避行

一八九五年は、ワイルドにとってすばらしい年になるはずだった。一月三日から『理想の夫』がヘイ・マーケット劇場にかかり、二月から『真面目が肝心』がセント・ジェームズ劇場で始まる。そうなれば、ロンドンのウェスト・エンドでワイルドの作品が同時に二本も上演されることになる。これは劇作家にとって華々しい名誉であるばかりか、莫大な収入をもたらしてもくれる。『理想の夫』は、大入りの観客を前に大成功を収めた。客席には、皇太子やバルフォア、チェンバレンなどの名士がずらりと並んだ。この芝居は、チルターンという過去に後ろめたいことをしてのし上がってきた野心的政治家が失脚の危機に遭いながら、善良で嘘などついたことのない夫人の嘘のおかげで、窮地から脱するという筋だ。チルターン夫人のセリフ、「本当は……私が嘘をついたの」は、有名な命題「嘘つきのクレタ人」の逆を行った、ワイルドらしい逆説である。

金銭面での楽観的な見通しがあったからか、ワイルドはダグラスを連れ、太陽と少年の褐色の肌を求めて、アルジェリアへと旅立った。そこで、偶然にもジッドと遭遇する。その顚末はジッドが、自伝『一粒の麦もし死なずば』に記しているので、しばらくこれをたどりたい。

アルジェリアのブリダーという町からビスクラへ出発しようとして、ホテルのフロントにいたジッドは、偶然、宿泊客の名前を書いた黒板にワイルドとダグラス卿の名を発見した。ジッドはとっさに自分の名前を消し、ホテルの勘定を済ませて逃げるようにして駅に向かったものの、すぐさま自分の行為を恥じ、ホテルへ戻った。このときには、ジッドの耳にもワイルドの悪評は届いていた。自分の行為を振り返って、世間体を気にする気持ちがあったのではないかとジッドは述懐する。思い直してワイルドと会おうと決めたジッドには、覚悟があった。

彼がワイルドに会うのは三年ぶりだった。その間にワイルドは見かけだけでなく、態度もひどく変わっていた。それまで持っていた慎みを捨て去る覚悟をしているようだった。久しぶりに会ったジッドに対してワイルドは、ボウジーの美貌を絶讃した。ボウジーと言われても誰のことかわからなかったジッドにワイルドは続けた。

「とにかく会ってみたまえ。そのうえで彼以上に愛すべき神がいるかどうか言ってもらおう。

ぼくは彼を心から崇拝している」

　アルジェに戻って数日後のある晩、長い毛皮のコートを羽織ったダグラスがやってきた。そして甲高い憎悪の声で何かを言うと、踵《きびす》を返して荒々しく立ち去っていった。二人が黙りこんだ後に、ワイルドが口を開いた。

「絶えずああしてぼくに食ってかかるんだ。じつに彼には困る。やっかいな男だろう」。ジッドには、ワイルドのダグラスに対するぼやきもすべて称賛にしか聞こえなかったし、彼の意のままにされる恋人の喜びで一杯に見えた。ワイルドは一種の宿命のようなものに支配されていた一方、ダグラスは、「自分の最上の玩具《おもちゃ》を破壊しないではおかない児童のあの本能」の虜だったとジッドは語る。

「私が、彼に向かって、ワイルドの二人の息子のことを尋ねたことがあったが、ダグラスは、当時まだほんの子供だったシリルの美しさをしきりに称揚したあとで、慇懃《いんぎん》に微笑んで囁いた、「あの子はぼくのものだ」と」

　悲劇が待ち受けているという恐怖とともに、それを期待すらしていたワイルドの特殊な心理をジッドは記録している。

「ぼくは行ける限り遠いところへ行き着いてしまった。もうこれ以上遠くへは行けない。今は、何事か起こるよりほかに仕方がないのだ」

　ワイルドが名句、「私は人生にこそ精魂をつぎ込んだが、作品には才能しか注がなかった」

を吐いたのはこのときだった。

その数日後、ジッドはワイルドに導かれて、ついにモハメッドという少年との情事を経験する。少年のころから自慰に取りつかれ、リセでそれが見つかり放校されたジッドである。この二年前にはその「悪癖」のために自分は気が狂うのではないかと恐れ慄《おのの》いていた。女性との交渉によって「正常に戻ろうと」努力したが、それも続かない。その彼が、モハメッドとの一夜を過ごして、「今や初めて、自分の正常を発見した」と告白する。ワイルドに導かれ、ジッドはようやく自身のセクシュアリティの解放を得たのだった。

カフェでモハメッドを見初めたジッドに、ワイルドは彼を気に入ったかと尋ねた。それを肯定したジッドに、ワイルドは勝ち誇ったように哄笑《こうしょう》した。永遠に続くかと思われるほどに。堕落の最大の楽しみは、他人を堕落に導くことだ。ワイルドはその愉《たの》しさで腹がよじれそうだった。だがジッドは堕落しただけでは終わらなかった。堕落の経験を自身の核として、『背徳者』をはじめいくつもの作品に仕立てあげた。堕落の経験にワイルドとは異なる直截な表現を与えて。ワイルドに嘘をつくことを知らないと指摘されたジッドだが、嘘のつき方が違うだけなのだった。

この自伝の中で自身の経験のみならず、ダグラスやワイルドの少年買いまでをも赤裸々に書き暴露してしまったジッドを、ダグラスやシェラードは「嘘つき」呼ばわりして激しく糾弾した。どちらが真実を語っているかは、一読すればわかることだ。この出来事の直後、二人はアルジェを後にした。ワイルドは、クィーンズベリー侯爵が鞭を手に彷徨《ほうこう》するロンドンへと、破滅の予感を胸に戻っていったのである。

第五章

世紀末を賑わせた裁判

腐った野菜のブーケ

抗《あらが》えぬ宿命に導かれるようにして帰りついたロンドンは寒くて陰鬱だったが、この街はまだワイルドを王者として迎え入れた。『理想の夫』がかかるなか、二月十四日に初日を控えた『真面目が肝心』のリハーサルに、ワイルドはピカデリーのホテルに泊まり込んで通った。このころ、ワイルドは家族からすっかり心が離れていた。コンスタンスは自宅で絨毯《じゅうたん》に躓いて階段から落ちたとき痛めた腰の予後が悪く、療養のため、マウントテンプル夫人とともにババクム・クリフに滞在していた。一月下旬にロスに宛てて、銀行の残高が三八ポンドもマイナスになっていたので、オスカーに五ポンド送るよう連絡してくれと頼んでいる。彼女は、ロスからの返信でワイルドが旅行中であることを初めて知った。ここではお金を使わないからオスカーが戻るまで待つと、つとめて明るい返事を書くが、彼女の腰痛は夫を待ち受ける運命と同じように悪化する一方となる。

リハーサルに立ち会ううち、ワイルドは新作の劇の出来映えに自信を深めていった。ところが開演が近づいたある日、初日のチケットを入手したクィーンズベリー侯爵が騒ぎを起こそうと画策しているらしいという情報を入手した。侯爵には二重予約を理由に返金し、警察にも警備を依頼した。

初日はひどく寒い吹雪の夜だったが、劇場内には大成功の予感がみなぎり、それは裏切られなかった。スズランを襟に飾る人たちとは対照的に、緑のカーネーションを挿して舞台に登場したワイルドが、「今宵《こよい》の花、スズランをよすがに今ここにいない友を思います」と述べた。アルジェリアで少年の褐色の肌を貪っていたダグラスに捧げた、不相応に魅力的な賛辞だった。

その夜の劇場にはもう一人、重要な登場人物が欠けていた。クィーンズベリー侯爵である。大成功の興奮に陶然となっていた観客たちの気づかないところで、彼は彼の茶番劇の主人公を演じていた。侯爵は腐ったカブやキャベツのブーケを持って劇場に入り、最後の作者の挨拶《あいさつ》時、ワイルドにこれを投げつけようと企んでいたのだ。だが、事前に要請されていた警察に阻止された。ウィットに富んだスピーチで観客をわかせていたワイルドも、内心は侯爵の企みに怯えていた。

この宵の勝負は、とりあえずワイルドの勝ちだった。ワイルドがそこかしこに潜ませた同性愛の暗示や、ヴィクトリア朝の上・中流階級への鋭い揶揄《やゆ》や諷刺、そして過激な転覆的意図にもかかわらず、観客は熱狂した。いつもはワイルドに辛口な『ニューヨーク・タイムズ』紙さえ「オスカー・ワイルドの一撃は、ついに彼の敵を足元にひれ伏させた」と報じた。しかしワイルドが勝利の美酒に酔いしれることができたのも束の間、クィーンズベリーの反撃がいつ、どんな形で始まるかわからない。クィーンズベリー・ルールを作った男の戦法を、ルールが嫌いなワイルドが推しはかることはできなかった。

一枚の名刺

恐れていたように、ワイルドの酔いは長くは続かなかった。二月二十八日の午後五時ごろ、旅行から帰って初めてアルビマール・クラブを訪れたワイルドに、受付のシドニー・ライトがクィーンズベリー侯爵から預かっているという封筒を手渡した。その小さな封筒は封緘《ふうかん》されておらず、中に侯爵の名刺が入っていた。その表に侯爵の読みにくい筆跡で何やら書いてあるのを、苦労して判読すると、「男色家を気取るオスカー・ワイルドへ」（For Oscar Wilde posing as a somdomite）と読めた。ワイルドを探してクラブにやってきた侯爵が、ワイルドがいないと知り、ライトの目の前で書いたものだった。最後の単語、'somdomite'は、怒りで興奮した侯爵が、「男色家」（sodomite）の語を綴り間違えたものと思われた。ソドミーは口にすることのできないタブー語であり、ソドマイトも然り。ライトの目につく形でソドマイト呼ばわりされ

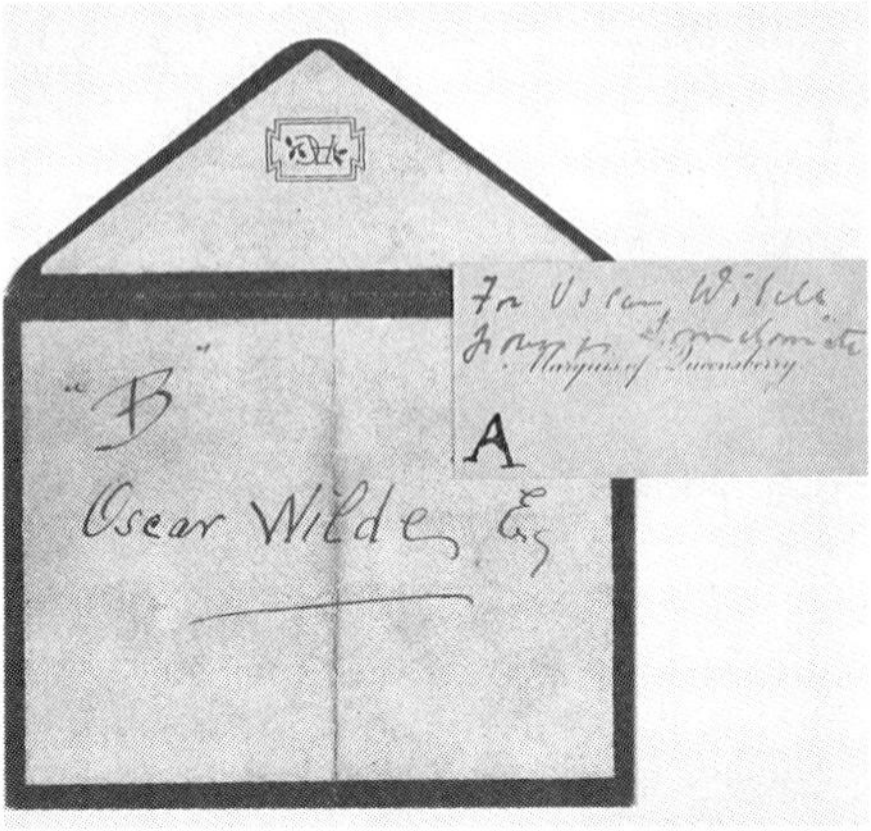

図12　クィーンズベリーの名刺のレプリカ．

たというのは、イギリス紳士として最上級の屈辱であった。色を失ったワイルドは、ロス宛に手紙をしたためた。

「君と別れたあと、事件が起きてしまった。ボウジーの父親が、忌まわしい言葉を書いた名刺をぼくのクラブに置いていったのだ。こうなった以上、刑事告発するしかない。（中略）今晩十一時半に来られるなら、ぜひ来てくれ。（中略）ボウジーには明日来るよう言ってある」

このとき、コンスタンスにも鉛筆の走り書きで、九時ごろ帰るから家にいるように、とても重要な用件だから、というメッセージを送った。文面からワイルドがどれほど動揺しているのか窺える。

ロスが駆けつけると、そこにはすでにダグラスがいた。ロスはワイルドに何もことを起こさないようにと進言したが、ダグラスはこの件を、父親を法廷に引きずり出して監獄に入れる絶好のチャンスだと言ってきかなかった。弁護士に相談することになったが、ロスは、名刺に書かれたことがまんざらでたらめでもない、つまりワイルドが男色行為をしていたことは、弁護士に知らせておいたほうがいいと主張した。だがワイルドとダグラスはこれを一蹴《いっしゅう》した。

翌朝、三人でハンフリーズの法律事務所に出向いた。名刺を精査した弁護士は、侯爵を名誉毀損で訴えることはできると言った。だが非常に大事なことだが、と前置きして、侯爵が書き散らしたこの言葉にいかなる真実も含まれていないと誓うことができるかと尋ねた。ワイルドは含まれていないと答えた。これは、彼がこの後弁護士たちにつくことになるあまたの嘘の最初だった。

次に問題となったのは、多額の訴訟費用をワイルドが用立てられないということだった。しかし、厄介者の父親をおとなしくさせるためなら自分の家族は喜んで訴訟にかかる一切の費用を出す用意があると、ダグラスが申し出た。弁護士は、「あなたが無実であるかぎり、必ずや勝つでしょう」と請け合った。ワイルドの耳に、この言葉がどれほど痛かったことか。

このときのことをワイルドはこう述懐する。

「ぼくはあの運命の日、ハンフリーズの事務所で、自分を破滅させることになる契約にしぶしぶ同意するのではなく、本当はフランスにでも逃げたかった」（『獄中記』）

だが、一四〇ポンドにのぼるホテルの支払いができなくて、ワイルドの荷物の持ち出しが断わられた。その多くは、ダグラスが連れてきたいかがわしい連中の滞在費だった。

このときワイルドが取った行動は、じつはクィーンズベリー侯爵の思うつぼだった。侯爵は自分が訴えられるという形で裁判に持ち込み、逆にワイルドが男色に耽っていた証拠を法廷で暴露しようと狙っていた。ワイルドらが最初に赴いたのはジョージ・ルイスの事務所だったが、クィーンズベリーに依頼されているという理由で返答を拒否した。彼は後に、あの時アドバイスが可能だったなら、名刺を暖炉に投げ入れ、すべて忘れ去るように言っただろうと振り返っている。

舞台は法廷へ

ハンフリーズとワイルドは軽罪判事裁判所に赴き、クィーンズベリー侯爵の逮捕状を請求すると、侯爵は翌朝逮捕された。当初はジョージ・ルイスがクィーンズベリーの代理人弁護士だったが、ルイスは友人のワイルドと争うのを避けるため、一週間の猶予を求めた。そしてワイルドとダブリンのトリニティ・カレッジで同級だったエドワード・カーソンに白羽の矢が立ったが、彼は当初、依頼を断わった。この時点ではクィーンズベリーを弁護する証拠としては、ダグラス宛の熱烈なラブレターくらいしかなく、難航が予想されたし、デリケートで扱いにくい案件だったからだ。

ところがクィーンズベリーが雇った探偵たちの諜報《ちょうほう》活動によって、事態が大きく変わった。ロンドンの地下世界に潜入してくまなく渉猟した結果、ワイルドが男色家のポーズをとっているどころか、男色家そのものであることを立証できる証拠が多数あがってきたのだ。この新証拠が示唆するワイルドの行状にカーソンは衝撃を受けたが、もう後には引けなかった。事態を一変させる証言が男娼のチャールズ・パーカーから得られたのである。審理は三月九日に再開された。

クィーンズベリーが手配した探偵は、娼婦からの情報を元に、ワイルドと関わりのある男娼やゆすり屋たちを芋づる式に割り出し、ワイルドに不利な証拠を着々と集めていた。その間、あろうことか、ワイルドとダグラスはモンテカルロのカジノにいた。事態を楽観視していたのだ。「ロンドンにいて分別のある人のアドバイスを聞き、自分がうかつにもはまってしまった恐ろしい罠《わな》のことを冷静に考えるべきときに」（『獄中記』）カジノに行くなど、狂気の沙汰であった。旅費だけでなくカジノで泡と消えた賭金は、これからかかる莫大な弁護士費用にあてるべきだった。ワイルドはハンフリーズにすでに一五〇ギニーを支払っていたが、モナコから帰ると、さらなる費用を求められ、身のまわりのものを売るなどして八〇〇ポンドの金をつくらねばならなかった。

法廷弁護人は、エドワード・クラーク卿が引き受けてくれた。彼は、前の法務次官を務めた高い名声を誇る弁護士だった。この辣腕《らつわん》弁護士もハンフリーズと同じことをワイルドに尋ねた。クィーンズベリーの主張は本当に事実無根なのか。ワイルドは苦しい嘘を重ねた。次にクィーンズベリーが提出した正当化事由抗弁書に目を通したワイルドは、衝撃で目の前が真っ白になった。新しい証拠にもとづくワイルドの罪状が延々と書き連ねてあったのである。しかもクィーンズベリーの探偵たちが派手に荒らしまわったおかげで、証拠の内実はロンドン中に知れ渡っていた。友人たちはこぞって国外に逃亡するように説得したが、ワイルドは頑として聞き入れなかった。

裁判の二日前にワイルドは、コンスタンスとダグラスを伴い、『真面目が肝心』がかかっているセント・ジェームズ劇場にやってきた。終演後、主役を演じていたアレクサンダーに会いに楽屋に行くと、こんなときに観劇なんて悪趣味だと思われる、と非難された。ワイルドは笑いながら「そもそもこの芝居にくる観客は皆悪趣味さ」と答えた。なぜ訴訟を取り下げて海外に逃げないのかと聞かれ、こう言った。

「みんな、ぼくに海外に行けとうるさいな。ぼくは海外に行って、帰ってきたところなんだ。そんなに海外に行ってばかりいられないさ。宣教師じゃあるまいし」

『フォートナイト・レヴュー』誌の編集長だったフランク・ハリスは、ワイルドから『ドリアン・グレイ』が反道徳的でないことを法廷で証言してほしいと頼まれた。この依頼を快諾したハリスは、自分なりに調査をして、ほとんどの人がワイルドの有罪を確信していることを知った。

ハリスはワイルドに裁判を断念させるつもりで、その数日後、バーナード・ショーを交えてカフェ・ロワイヤルでランチをともにした。息子を守ろうとする父親を断罪する陪審員はイギリスにはいない、父親との戦いにワイルドの勝ち目はないとハリスは断言し、国外に逃げるよう説得した。

「君は戦う人ではなく、美しいものを生み出す人ではないか。一方、クィーンズベリーは戦いにしか喜びを見出せない人間なのだ」

ワイルドが心を動かされたかに見えたそのとき、ダグラスがやってきた。ハリスが同じ言葉を繰り返すと、ダグラスは、小さな顔をくしゃくしゃにして立ち上がり、「真の友人ならそんなことは言わない」と叫んで出て行った。するとワイルドもそのセリフを繰り返して跡を追った。その後ワイルドは、病的な優柔不断状態に陥り、その後何を言っても「ぼくにはできない」というばかりだった。ワイルドをこの茶番劇に駆り立てたのは、彼の弱さにほかならなかったとハリスは言う。この時期、ワイルドはまったく自らの意志と決断力を喪失してしまっていた。

クィーンズベリーに対する名誉毀損裁判

四月三日の朝、自宅を出たワイルドは、中央刑事裁判所、通称オールドベイリーに着くと、襟に花を挿したフロックコートを着て余裕綽々の様子で馬車から降りてきた。とはいえ、弁護弁護士たちに話しかけた声は上ずっており、内心の緊張は隠せなかった。裁判官はコリンズ氏、訴追側の弁護士はエドワード・クラークほか二名、侯爵の弁護人はカーソンのほか二名が務めた。クィーンズベリーの弁護は、ワイルドが「男色者のポーズをとっている」と書いた文言が真実であること、それを公にすることが社会の利益になることを証明するのが主眼となる。弁論は、侯爵の主張が真実であることを以下の三点から証明しようとした。まず、ワイルドが書いた、「若い人々の使用に供する箴言《しんげん》と思想」および『ドリアン・グレイの画像』。次に、ワイルドがダグラスに宛てて書いた剣呑《けんのん》な内容の、ウッドからゆすられた手紙。最後は、ワイルドが男娼相手に行ったとされる男色行為である。

イギリスの裁判では、地域住民から選ばれた陪審員団が訴追と弁護の双方の主張とその後の裁判官の総括を聞いたのちに評決を下す。ワイルドの裁判でも陪審員を主に構成するのは中流階級だったから、ワイルドはこれまで自分が馬鹿にしてきた人々によって裁かれることになった。

裁判はクラーク弁護士の弁論によって口火が切られた。小柄でずんぐりとして立派な頬髯《ほおひげ》をたくわえたこの弁護士の外見だけ見ると、今を時めくやり手弁護士というより、古風な聖職者のようだった。だが『ドリアン・グレイ』が不道徳で猥褻な書物であるという主張に反駁《はんばく》するために述べられた概要は、選び抜かれた言葉で正確に内容をまとめたみごとなもので、敵のカーソンさえ舌を巻いた。クラークは続けた。この本は、ドリアン・グレイが犯している悪徳といって、欠陥を仄めかしはする。しかし、ワイルド氏が書いた本の登場人物が堕落しているからといって、ワイルド氏本人もその種の悪徳に耽る人物として告発するのは、じつにおかしな推論である。

クラークの冴えた弁論はさておき、この裁判の焦点は、カーソン弁護士によるワイルドへの反対尋問であった。昼食のための休憩後、いよいよ、元学友同士の一騎打ちが始まった。カーソンは、ワイルドがクラークから最初に受けた尋問で年齢を三十九歳と答えたことを突いてきた。出生証明書を根拠に、もう四十を超えているはずだと切り出したのだ。年齢の偽証の指摘は侮れない痛手だった。弱冠二十四歳のダグラスとの年齢差を強調することがカーソンの狙いだったが、そんな二人が友情で結ばれていると公言してホテルに連れ立って現れたり、ともに旅行するところを想像するのは、傍聴席の者にはぞっとすることだった。

カーソンの矛先は次に本丸の『ドリアン・グレイ』に向けられた。フィクションとして書かれたものによってその作者を裁くことができるのか。芸術作品に表現された美は、法律上の罪を免れるのか。『ドリアン・グレイ』の表現から、いかに作者の男色への嗜好を読み取るかに収斂《しゅうれん》したこの裁判での丁々発止は、およそ法廷らしからぬ、文学作品の解釈の応酬となった。

まずは、『ドリアン・グレイ』が「倒錯的な小説」ではないかというカーソンの解釈が示されると、ワイルドはその指摘を「牛のように鈍感で無教養な人間」のものだとして一蹴した。「俗物どもが芸術に抱く見解」になど関心はない。自分の芸術観のみが問題なのだ。

「しかし、『ドリアン・グレイ』の画家が抱く愛情や恋心をごく普通の個人が読めば、それがある倒錯的傾向を持っていると思うことはあるのではありませんか」

「ごく普通の個人が抱く見解など、私の知るところではありません」

一般読者への軽蔑をあらわにするワイルドに、カーソンは皮肉たっぷりに言った。

「しかし、そのごく普通の人々が本を買うのを止めたりしなかったではありませんか」

「もちろんですとも」

ワイルドは、役者が一枚上手であると言わんばかりににこやかに返答した。

このあとカーソンは、作品からかなり長い引用を読み上げ、具体的な表現を標的にしてきた。バジルのセリフ、「ぼくは君のことを狂おしいほど崇拝していたことを正直に告白するよ」を引用し、ここで描かれているような感情をワイルド自身が抱いたことがあるのか尋ねた。「私は自分以外の人間を崇拝したことなど、金輪際ありません」とワイルドが答えると、場内は爆笑に包まれた。こんな具合に、作品の具体的な文言についてのやりとりとなると、ワイルドは詭弁《きべん》を弄《ろう》したり、思いついたときにはウィットで、そうでない場合はのらりくらりとかわしてカーソンに付け入る隙《すき》を見せなかった。カーソンは、ウィットではワイルドにかなわなかったものの、どんなに馬鹿にされても冷静かつ執拗《しつよう》に質問を繰り返し、粘り強くワイルドに肉迫した。とはいえ、文学作品についていくら尋問したところで、カーソンに勝ち目はなかった。男色が仄めかされる小説を書いたからといって、その作者が罰せられることがないのは、殺人の凄惨《せいさん》な現場を描いた画家がそのことで罰せられることがないのと同じである。勝機のない戦いであったにもかかわらず、カーソンはワイルドにしつこく食い下がり、善戦した。それは、ワイルドがカーソンの粘り強さにいらだちを表す場面がしだいに多くなっていったことに表れていた。

次に、ゆすり屋の手に渡ったラブレターが焦点となったが、これはもっと手ごわかった。生身のワイルドが生身のダグラスに宛てて書いた文章だからである。ワイルド自身、最初にゆすられた段階で警戒し、文学作品であると主張するために、わざわざフランス語に訳し雑誌に掲載させていたほどだ。はたしてこの「文学作品説」が、どれほど通用したのだろうか。

「「君のソネットはとてもすてきだ。君のバラの花びらのように赤い唇が歌を奏でるためだけでなく狂おしいほど情熱的な接吻のためにあるとはなんとすばらしいことか」。これが、若い男性に向けるのに、自然にかなない、かつ適切な語り口だとおっしゃるのですか」

「ええ、美しい手紙だと思いますよ。（中略）私は適切なことを書くなどということを端から意図していないのです。美しいものを作り出すという目的で書かれたものです」

「もし、芸術家ではない普通の男性がハンサムな青年――アルフレッド・ダグラス卿だと思いますが――に向けて書いたのだとしたら、それは適切で自然にかなったことでしょうか？」

「芸術家でない人間にこの手紙を書けるはずがない」（笑）

「この表現に、ことさらすばらしいものなどあるとは思えないのですが」

「あなたに読まれると美しくはありません。しかし私がそれを書いたときには美しかった。あなたの読み方が悪いのです」

「私は芸術家を自称するつもりなどありませんから。それにあなたの証言を聞いていると、芸術家なんかでなくってこれ幸いですよ」（笑）

要するにこの手紙は、ワイルドがダグラスに対して使っていた普段の言葉で書かれたラブレターにほかならないとカーソンは決めつけ、法廷内はその見解に納得した。さらにカーソンは、サヴォイ・ホテルに滞在中にワイルドがダグラスに宛てて書いた手紙を紹介して駄目を押した。

「ぼくがソールズベリーに行ってもいいかい？　だけどいろいろと困難があるよ。なにしろこの請求書は、週に四九ポンドにもなるのだから」

この最後の部分が読まれると、傍聴席からは爆笑が起こった。これが美的効果を狙った「文学作品」であり、「卓越した手紙」であるというのか？　カーソンに何度同じことを聞かれただろう。ワイルドはそれでもこう強弁した。

「私が書くものすべてが卓越しているのです。私は凡人であるというポーズなど取ってはいないのですから」

当人は気を利かせているつもりのこの返答には、さすがにもう誰も笑わなかった。ワイルドがしだいに追い詰められてきたことは誰の目にも明らかだった。それがいわゆる「散文詩」でないことは認めざるをえなかった。それでも、書かれたもので争う限りカーソンに勝ち目はない。だが、勝負はこれからだ。なんといっても、生身の証人を隠し玉に持っているのだから。

午後遅くにカーソンは、ワイルドをゆすろうとしたウッドのことに水を向けてきた。ワイルドは、ダグラスを介して会った夜、レストランで食事をおごったこの男から、例の手紙の件でゆすられたことを認めた。だが三〇ポンドを渡したのは、ゆすられたためではなく、アメリカへ渡る彼への餞別《せんべつ》のつもりだったと主張した。

二日目は十時半に開廷した。ワイルドは初日よりはいくらか控えめにしていたが、それでもまだ余裕の表情を見せていた。この日の尋問は、ワイルドに若い男性を紹介したとされたアルフレッド・テイラーのことから始まった。男娼宿を営んでいたテイラーこそ、ロンドンの地下世界に広がる同性愛サークルの中心人物と目される人物だった。カーソンは、テイラーの家の室内の様子を仔細《しさい》に尋ね、昼間からカーテンを引いて蠟燭《ろうそく》を灯《とも》していたこと、部屋が芳香で満たされていたことが明らかにされた。このあたりから陪審員たちは衝撃を隠しきれない表情をしはじめていたが、テイラーの部屋に婦人用の仮装ドレスがあったことを知っているかと聞かれると、傍聴席は騒然となり、ワイルドは断固として否定しなくてはならなかった。

焦点は、テイラーに紹介されて知り合ったチャールズ・パーカーと兄のウィリアムのことへと移っていった。カーソンが彼らの職業がボーイと馬丁であることを知っていたかと尋ねると、ワイルドは答えた。

「知りませんが、仮に知っていたとしてもまったく気にしません」

十九世紀末ではイギリスの階級意識は今よりもはるかに強かった。そうした職業の青年たちに紳士の洋服をあつらえ、一流レストランに連れてゆき、高価なシャンパンやワインをおごっていたことが明かされたワイルドの振る舞いは、陪審員だけでなく傍聴席の人々に相当な嫌悪感を与えた。

ワイルドは前日の尋問で、一般人に対する軽蔑をあらわにしていた。そんな高尚な芸術家が、一体なにがよくて馬丁や御者風情と付き合うのか。しかも彼らに高級レストランで最上のワインをおごり、プレゼントを贈っていたというのだ。

「いかがわしいことがあったのではないですか?」

「断じてありません」と否定したのち、ワイルドは続けた。

「私は自分よりも年若い人たちと一緒にいるのが好きなのです。私には階級の格差なんてものは意味がありません。若さというものが、私にはとてつもなくすばらしいことなのです。若者と半時間でも語らうほうがよっぽどいい。法廷でこんな反対尋問なんぞをされるよりも!」

パーカーがワイルドに宛てた手紙を読み上げたカーソンに、クラークがその手紙が写しだとして異議を申し立てた。するとカーソンは、それではパーカー本人に出廷させると言い出した。この発言に、傍聴席はざわめいたが、証人台に立っていた男はもっと大きな衝撃を受けていた。パーカーとワイルドは共犯関係の嫌疑をかけられており、ワイルドに不利な証言をすればパーカー本人も罪に問われかねないことから、よもや彼が出廷するとは誰も思いもしなかった。

これに動揺したのか、ワイルドの躓きは不意にやってきた。ウォルター・グレインジャーというオックスフォードでダグラスの部屋の給仕をしていた青年にキスをしたことはあるかと聞かれ、こう答えた。

「あるものですか。彼はそれは不器量な子だったんですから」

ついに反撃の糸口を見つけたカーソンはすかさず噛みついてきた。

「あなたが彼にキスをしなかった理由というのは、彼が不器量だからだというのですか？」

「あ、いいえ、そんなことはありません」

「それではなぜ、彼が不器量だなどと言ったのですか？」

こう畳みかけ、しつこく同じ質問を繰り返してくるカーソンに、ワイルドは何一つ、意味のある答えを返すことができなかった。

「たぶん、あなたが失礼な尋問をして私をちくちくと責めさいなんだからです」

かろうじてこう答えたワイルドは、泣き出さんばかりだった。

「私があなたをちくちく質問攻めにしたから、彼が不器量だと言った、というのですか？」

「あなたは私を攻め、侮辱し、ありとあらゆる方法で私の神経を逆なでしているのです。人は時に、真面目に話すべきときにうっかり軽薄なことを言ってしまうことがあるものです」

カーソンの質問はさらに続いたが、すでに最大の山場が過ぎたことは、明らかだった。

昼食の休廷後、二時の開廷時になってもワイルドは現れなかった。午後の尋問に向き合うのがいやで、国外に逃亡したのではないかと人々が噂しはじめたところで、ようやく現れ、遅刻をわびた。午後になり、クラークが証人を要請しないと告げると、失望の声が廷内に響いた。「散文詩」に謳われた美青年の登場を誰もが心待ちにしていたのだ。ダグラス本人も強く希望していたが、ダグラスの出廷がワイルドに不利に働くというのがクラークの一貫した考えであった。

この日の法廷対決を締めくくったのは、カーソンの長い弁論の最後の言葉だった。

「（ゆすり屋の）ウッドは今ここにいて、皆さん方の前で証言する用意があるのです。ダグラス卿に宛てたラブレター、もとい「散文詩」をめぐる話はすべてウッドが証言すれば明らかになります」

これがとどめの一撃となった。

告訴の取り下げとワイルドの逮捕

長い一日を終えてテンプル法学院に戻ったクラークは、ワイルドを危機から救うための対策を考えた。裁判をこのまま続け、翌日にウッドらが証言をすれば、裁判官はワイルドの逮捕を命じるだろう。息子を救い出そうとするクィーンズベリーに陪審員が有罪判決を下す可能性はない。下級弁護士の一人のマシューズは、最後まで戦いぬくべきだと主張した。カーソンが呼ぶ証人たちは共犯を認めている連中だし、名うてのゆすり屋なのだから、彼らの証言は信用されないだろうと言うのだ。だが、クラークの決心は揺るがなかった。小さな罪を認めれば、ワイルドはこれ以上の追及を免れるだろうと考えたのである。

翌朝、開廷前にワイルドと会見したクラークは、訴えを取り下げるよう進言した。厳粛な面持ちで静かに聞いていたワイルドは、忠告を受け入れた。その際にワイルドは出廷する必要がなく、クラークが一人で弁明を読み上げればよいのだということも伝えたクラークは、その間にワイルドが海外へ逃亡するだろうとひそかに期待していた。

クラーク弁護士が、ワイルド氏に代わって訴えを取り下げる旨を述べ、クィーンズベリー侯爵の勝訴が確定した。クィーンズベリーの勝利に法廷内が沸き返っていたころ、ダグラスとロスに付き添われたワイルドは裏口からこっそり出てホテルに向かった。

残念ながら、クラークの読みは甘かった。クィーンズベリーの事務弁護人のラッセルが証人による証言と裁判の速記記録を検察に送ると、検察庁はただちに動きはじめた。また下院にも書類が送られ、内務大臣のアスキスや法務官らが仔細を検討し、逮捕状の発行に同意した。刑事がボウ・ストリートの中央警察裁判所からワイルドの逮捕状を請求し、約一時間半後に発行された。逮捕状がすぐに発行されなかった理由はわからないが、このことから、裁判所の判事がワイルドをフランスへ逃げさせるための時間的猶予を与えたのではないかと憶測された。この当時、ドーヴァー行きの列車は午後九時半まであったが、それでも判事がワイルドに逃亡のチャンスを与えたという可能性は消えない。

これほど世間が注視しているなかでつぎつぎと明らかにされた証言からして、訴えないわけにはいかないものの、ワイルドのような著名人を相手にスキャンダラスな裁判を起こすのは、当局としても本意ではなかっただろう。この種の犯罪に対して見て見ぬふりをするというのが、イギリス社会が一貫して取ってきた態度だった。下手に突いて、猥褻な行為の詳細などを法廷の場に晒されては堪《たま》らない。ワイルドを今、逮捕して裁きにかけることは、法の正義にはかなう。だがその正義は歴史の検証に耐えうるだろうか。そのうえ、この裁判でも法務次官ロックウッド卿の甥、モーリス・シュワブのことが名前を伏せられながらも、たびたび言及されていた。突かれたくはない腹をひそかに抱えていた人間は少なからずいた。

この間、ワイルドはカドガン・ホテルで待機していた。ロスは、今すぐドーヴァー海峡を渡ってフランスへ行くよう説得を続けていたが、ワイルドはこれまでと同じく、「もう列車が出てしまった」と繰り返すばかりだった。ついにある雑誌記者がワイルドの逮捕状が発行されたことを外出していたロスに教えてくれた。ロスがそれを伝えると、ワイルドは蒼白《そうはく》になった。ロスはただちに出発するよう、ワイルドに最後の説得を試みた。

午後六時半をすぎたころ、ドアのノックが聞こえた。皆が怯えながらも待っていた瞬間だった。刑事は、「あなたがワイルド氏ですか。あなたを重大猥褻罪で逮捕する令状を持っています」と告げた。ワイルドは、保釈はされるのかと尋ねたが、それは判事が決めることだと一蹴された。

「わかりました。行かねばならないのなら、お手間は取らせません」

ワイルドには、これだけ言うのがやっとであった。

スコットランド・ヤードに連行され、ワイルドの罪状が読み上げられた。複数の男たちと重大猥褻行為を犯したというのが、逮捕の理由だった。重罪であるソドミーではなく、八五年の刑法改正時に初めてできた罪に問われたことになる。このとき一緒に逮捕されたアルフレッド・テイラーの罪状はソドミーだったから、テイラーよりは罪が軽いとみなされた。ロスとダグラスがボウ・ストリートの警察署に駆けつけ保釈申請をしたが、却下された。

裁判は四月二十六日から始まることになった。それまで事務弁護士のハンフリーズがボウ・ストリートでの訴訟手続きにあたっていたが、クラークは、ワイルドが望むなら次の裁判も無報酬で自分が引き受けると申し出た。名誉毀損裁判に負けたワイルドは、クィーンズベリーの訴訟費用を負担しなくてはならなかったが、七〇〇ポンドにものぼる大金を払うあてはなく、ワイルドが破産必至なことは承知のうえだった。ワイルドは深く感謝して、この申し出を受けた。

ワイルドの周囲ではダグラスも逮捕されると思われていたが、捜査の手はダグラスには及ばなかった。当局はダグラスの証拠を持っていなかったし、当時の政府の高官たちもダグラスをさして非難してはいなかった。それは彼が貴族だということと関わっていたかもしれない。これまでの裁判でのやりとりを見てもわかるように、彼らの関心事は中流階級の紳士たるものの振る舞いであり、下層階級の荒くれどもは眼中になかった。それと同様に、貴族の振る舞いというのも、いくらか不問に付されていた。ほとぼりが冷めるまでダグラスはイギリスを離れていたほうがいいと彼らは考えていた。しかしダグラスは、絶対にイギリスを離れないと言い張った。

ホロウェイ監獄に移送されたワイルドは、そのころ、ほとんどの友人から見放されていた。脛《すね》に傷ある身の上の彼らは逮捕を恐れ、ヨーロッパ大陸へ逃れていたのだ。腹心の友ロスは、ワイルドの裁判費用を肩代わりすると母に説得され、やむなく国外に脱出した。そのなかでダグラスだけはイギリスに残り、ホロウェイ監獄にいるワイルドを毎日のように見舞った。生ける屍《しかばね》のようになっていたワイルドには、その訪問だけが唯一、生につなぎとめてくれる縁《よすが》であったが、それとて鉄格子に隔てられた屈辱的なものだった。ダグラスの訪問は、裁判の前日まで続いたが、彼の存在そのものがワイルドの裁判に不利に働くというクラークの助言もあり、ダグラスもフランスへと発《た》った。ワイルド自身が強く説得したことだったが、この別れはこたえた。

クラークが無報酬で裁判を引き受けてくれたからといって、ワイルドの破滅的な財政がどうにかなるものではなかった。芝居がかかっていた間は印税が入ってきたが、『理想の夫』は逮捕の翌日、公演中止となった。『真面目が肝心』のほうは、アレクサンダーがワイルドに少しでも収入を確保しようと、看板上の作者名を黒塗りにして一週間持ちこたえた。パリ演劇界の名花、サラ・ベルナールとは『サロメ』の上演契約をかわしていたから、ワイルドは彼女に、四〇〇ポンドほどで独占契約権を買わないかとシェラードを介して何度か打診した。サラは大いに同情し、気持ちを動かされはしたが、結局何もしなかった。これは彼女の大失策である。のちにオペラにもなった『サロメ』の契約権を得ていれば、軽くその一〇〇倍もの金が転がりこみ、後世において彼女の声望も高まっていただろう。

さらに破産の追い討ちがワイルドを叩きのめした。ワイルドの逮捕は、借金返済の目途《めど》がなくなることを意味したから、ワイルドの債権者たちがワイルドの所持品の競売を要求したのである。裁判費用をワイルドに課しているクィーンズベリーが率先して、差し押さえ執行官をワイルドの自宅に入らせ、ワイルド家の所持品——シメオン・ソロモンらの絵画やワイルド自筆の原稿、高価な初版本、カーライルの机など——が二束三文で叩き売られてしまった。このとき散逸したものの多くは買い戻すことができなかった。

ワイルド、被告人となる

前回の裁判はワイルドが訴える立場だったが、今度はワイルドが訴えられた。この裁判は、四月二十六日に始まり、五日間続いた。ワイルドの弁護団は前回と変わらぬ顔ぶれだったが、カーソンは降りた。前回のめざましい活躍で彼は一躍名を挙げたのだが、かつての友人と争って窮地に追い込んだことに本人はひどく傷ついていた。

ワイルドはテイラーと並んで証言台に立ったが、ソドミー罪を問われたテイラーと共犯にされ一緒に裁かれたことは、ワイルドにとって非常に不利だった。テイラーの隣に立ったワイルドの面変わりした様子に人々は衝撃を受けた。長い髪はぼさぼさで、やつれ憔悴《しょうすい》しきっていた。

口火を切ったチャールズ・パーカーの証言はなかなか聞きごたえのある、ではなく、とても聞いていられないものだった。ワイルドと初めて会ったのは一八八三年、失業中の身だった彼は、テイラーに出会い売春をしないかと持ちかけられ、紹介された。高級レストランで何本もシャンパンを開け、ワインを飲みほしたのちに、ワイルドがパーカーをサヴォイ・ホテルに誘った。部屋に通されて寝室に行き、ワイルドにソドミーの行為をされ、翌朝二ポンドを受け取った。ワイルドがパーカーの部屋に来たときには自分のことを女で、ワイルドを男性の恋人だと想像するよう言われた。男女の恋人がやるように、ワイルドの膝の上に座って、いちゃついたりもした。銀のシガレットケースや金の指輪ももらったが、質に入れて金に換えた。彼は二、三度、彼の「あれ」をぼくの口に入れてもいいかと聞いてきたが、それだけは絶対にやらせなかった。具体的な行為を恥じ入りもせず淡々と述べるパーカーに、法廷内の人々は度肝を抜かれた。

フレッド・アトキンスの証言がこれに続いた。この男はさまざまな職業を転々としながらゆすりを生業としていた。彼は、法務次官、ロックウッド卿の甥にあたるシュワブと関わっており、この男の尋問でシュワブの名が出ることを当局は大変恐れていた。クラークは反対尋問によって、アトキンスがプロのゆすり屋であることを強く印象づけようと試みた。実際、その翌日にはアトキンスの偽証が証明された。これによってアトキンスのみならず、証人たち全体が犯罪者集団であると印象づけ、証言の信憑《しんぴょう》性を疑わしくさせるのがクラークの戦略だった。

男娼やゆすり屋たちのほかに、今回の裁判では、サヴォイ・ホテルの客室係、ジェイン・コッタも証言台に立った。彼女は、ワイルドのベッドのシーツに「妙な汚れ」がついていたと証言した。この「妙な汚れ」とは、精液と大便とワセリンの混合物を指し、ソドミーの裁判では具体的な行為の証拠としてよく採用されるものだった。この証言は手ごわかった。口にするのもおぞましい行為をリアルに連想させるだけではなく、彼女がゆすりたかりの輩とは縁のないホテルの従業員であり、その動機に不純なものを想定しにくかったからである。

このときの裁判では、窮地に陥ったワイルドがぶった演説が目玉となった。即興ながら、同性愛擁護の弁論として後世に残る名演説であった。五日間続いた裁判の四日目、クラーク弁護士がワイルドの無罪をこんこんと論じたあと、ギル検事が『カメレオン』誌にダグラスが寄稿した、「二つの愛」と題された詩の「名前を名乗らない愛」という表現について尋問してきた。

「ここで謳われている「愛」というのは、「自然の愛」と「自然に背く愛」のことを言っているのでしょうか。「あえて名前を名乗らない愛」とは、いったい何なのですか？」

しばし逡巡していたワイルドであったが、いったん口を開くと言葉はよどみなく流れでてきた。

「今世紀の「あえて名前を名乗らない愛」とは、年長のものが年若いものへ抱く崇高なる愛情のことです。かつては（旧約聖書の）ダヴィデとヨナタンを惹き寄せ、プラトンが彼の哲学の礎とし、ミケランジェロやシェイクスピアのソネットのなかで謳われるのと同じ愛です。それはたいそう深い精神的な愛であり、完璧にして、かつ純粋なものです。この愛は、シェイクスピアやミケランジェロに見られるような偉大な芸術作品を生み出し、そのすみずみに行き渡っている。それは私のあの二通の手紙にしても同じことです。ところが今世紀になってからというもの、その愛はあやまって理解されている。その誤解たるやあまりにひどく、ついには「あえてその名を名乗らない愛」と呼ばれるに至ったのです。私が今こうしてここにいるのも、まさにそのためです。しかるにそれは美しくも卓越した崇高なる愛情であります。この愛情に「自然に背くもの」など何一つありはしない。きわめて知的な愛情であり、年長者と少年との間に常に存在していました。知性あふれた年長者と、喜びと希望、そしてこれから花開こうとする人生の輝きのすべてを持つ若者と、そんな二人がいるところにこの愛情はいつだって生じるのです。いや、あってしかるべきなのに、世間は理解しようとしない。この愛情を世間の人々は嘲《あざけ》り、時にこの愛ゆえに人をこうして晒し者にさえするのです」

ワイルドが席につくと、称賛の嵐が沸き起こった。この即興の演説はその場にいたすべての人々の胸を打った。廷内の興奮を鎮めるために、裁判官は何度も「静粛に！」と叫ばなければならなかったほどだ。前の裁判のときに見せていた余裕の片鱗《へんりん》もなく、尾羽打ち枯らした風情のワイルドがただ一度誇りを取り戻した一瞬であった。

この裁判でクラークは、ワイルドが関係を結んだとされる証人たちが職業的なゆすり屋であると強調し、ワイルドや陪審員たちが属する中流階級と一線を画そうとする戦術をとった。なんといってもワイルドは、自分たちと同類の中流階級人であり、突出した知性と才能を持った我々イギリス人の誇りである。そんなワイルドが、犯罪者集団の餌食となり、共謀者の連中に言いがかりをつけられているのだ。ワイルドがダグラスに宛てた手紙で表明した愛情にしても、純粋かつ真実の愛なのであり、ゆすり屋たちが手を染めている薄汚れた振る舞いとは無縁のものだ。

そもそもワイルド氏が、本当にその罪を犯しているのならば、証言台になど立つだろうか。氏は自らへの罪状を事前に読み、どんな証言を突きつけられるか知りながら、あえて立った。氏は並みの人間ではなく、すばらしい戯曲や小説をものしてきた文人である。凡人からみると高揚した調子で手紙を書くこともあろう。その彼が証人台に立ち、手紙に書いた言葉は純粋な愛情を表現したものだと言った。氏がそう言うのなら、その言を信じることはできないものだろうか。

クラークが語り終えると、感動と称賛のざわめきが法廷内を駆けめぐった。ヴィクトリア朝の裁判史に残る名演説であった。もっとも感動したのは弁護された本人だった。ワイルドは頬に伝わる涙を拭い、感謝の念を記した紙片をクラークに届けさせた。老弁護士はそれを見てただ軽く頷《うなず》いた。

翌日は、ハンフリーズ弁護士によって、今回の主たる証言が共犯者による証言であり、しかもそれが補強されていない証拠であると主張する弁論がなされた。イギリスの刑事裁判では、自白証拠だけでなく別の証拠によって補強されない限り、被告人の有罪を認定することができないとされてきた。今回の証言は被告人ワイルドの自白ではないものの男色行為の共犯者による証言にあたるため、この原則に準じる扱いをするべきである。ハンフリーズはこう訴えた。

最後の裁判官による総括の際、チャールズ裁判官は意外なほど公平な判断を示し、フィクションの内容と作者の倫理性は切り離すべきと明言した。ダグラス宛の手紙についても、情熱的な感情を扱ってはいるが、カーソンが言った「自然に背く感情」とまでは言えないのではないかとした。もっとも重要な証言は、サヴォイの従業員、コッタのものだった。これこそがこの裁判のもっとも不快な部分の証拠となりうるものなので、よく留意して判断するようにと締めくくった。

五時過ぎに審議から戻ってきた陪審員長が、全員一致に至らず、陪審員団は評決を下せないと発表すると、ただちに次の裁判が開かれることが告げられた。陪審員団が解散されるやいなや、クラーク弁護士は保釈の要求をした。ワイルドのような軽犯罪にこれまで保釈が認められていなかったことが異例の事態であり、これ以上認めない理由はなかった。五〇〇〇ポンドの保釈金が課せられたが、そのうち半分はワイルドの誓約により減免され、実質必要だったのは二五〇〇ポンドだった。この巨額の保釈金を工面するのが次の大問題となった。

幕間

ダグラスの兄のパーシーがワイルドの身元引受人となり、金を工面することになった。手持ちの金などないパーシーが苦労して掻き集めたものの、どうやっても半分にしかならなかった。そこに現れたのがスチュワート・ヘッドラムという聖職者である。この男とワイルドはほとんど面識がないも同然の間柄であった。だが彼は新聞・雑誌の報道の仕方に批判的でワイルドの境遇に深い同情の念を抱き、純然たる善意から申し出てくれた。「自然に背く罪」の嫌疑をかけられた男に保釈金を提供するとは聖職者にあるまじき行いとして世間から白眼視されたが、彼はワイルドとて偏見から解放され公平に審理されなくてはならないという強い信念を持っていた。

ワイルドは五月七日にようやく保釈された。一か月以上もの間、ホロウェイ監獄に収監されていた彼は、「ああ、これで万事よくな

図13　裁判の模様を描いた絵新聞（*The Illustrated Police News,* 4 May, 1895）.
所蔵：The British Library, London.

るといい。そして以前のような「芸術と人生」の日々に戻りたいものだ」と言った。だが次の裁判までの自由な時間は三週間にも満たなかった。しかも警察裁判所を出て娑婆《しゃば》に戻ると、そこはある意味でもっと悲惨な場所であった。

ワイルドは、パーシーの馬車に乗り、ダグラスらと一緒にホテルに行った。ところが部屋に落ち着く間もなく、支配人がやってきて、ワイルドであることが確認されると、追い出されてしまった。クィーンズベリー侯爵が手配した一団がワイルドの跡をつけ、ロンドン中のどのホテルにも滞在できないよう仕向けていたのである。

日付も変わるころになり、ようやく追っ手をかわすことができたが、投宿できるホテルもない。母と兄の住む家にようやくたどり着いたワイルドは、ドアを開けるなり「どうかかくまってくれ。さもなくば野垂れ死にしてしまう」と言うと、玄関に倒れ込んだ。数日間はしのいだものの、ここはここで地獄だった。興奮した母とアル中のウィリーは口を開けば、アイルランド人らしく立派に振る舞えだの、最後まで運命に立ち向かえだのと喚《わめ》きたてるばかりなのだ。パリから駆けつけたシェラードにワイルドは、なぜパリから毒薬を持ってきてくれなかったのかと泣きついた。

ワイルドを救ってくれるのはいつも女性の友人である。ワイルドが破産したと聞きつけ、アデラ・シュスターが一〇〇〇ポンドの小切手を送ってくれたが、今度もエイダ・リーヴァソンが家にかくまってくれた。ここに移ってワイルドはようやくしばしの小康を得たのである。

友人たちはまたもや、ワイルドに保釈金を踏み倒して国外に逃亡するようにと熱い説得を始めた。保釈金を払ってくれたパーシーさえも、折半したヘッドラム師に、師の分を自分が補償するから国外に逃げてもらいたいと思っていると告げた。妻のコンスタンスも駆けつけてきて、ワイルドに涙ながらに訴えた。しかし今度もワイルドは頑として首を縦にふらなかった。法からの逃亡者として大陸をこそこそとうろつき回る自分の姿を想像するのはとても耐えられない。それがワイルドの言い分だった。ヘッドラム師にこう言った。

「ぼくはあなたと母に誓いました。それで十分です」

ハリスが一度ワイルドを昼食に連れ出した。イギリスの裁判制度がゆすり屋ごときの証言だけで人一人を有罪にすることはないが、サヴォイ・ホテルの従業員の証言だけは侮れないというのがハリスの意見だった。するとワイルドは意外なことを言い出した。

「彼らは誤解している。サヴォイで彼らが言ったのは、ボウジーのことだよ。ぼくにはあれほど大胆な振る舞いはできない。あの朝、ぼくはボウジーに会いに行っただけなのだよ」

新たな事実を知ったハリスは興奮して、どうしてそのことをクラーク卿は法廷で明かさなかったのかと尋ねた。もちろんクラーク卿はそうしたかったのだが、自分がやめさせたのだ。ボウジーには誠実でいなければならないから、とワイルドは答えた。ハリスはなおも、それではワイルドの部屋の見取り図と証人を見つけて、自分が立証してみせると息巻いた。悲しげな顔をしてワイルドは、力なく言った。

「フランク、君は情熱と確信をもって語るね。まるでぼくが無実だとでも言うように」

「え、だって君は無実なんだろう？」

「いいや。君は全部知っているのだと思っていたよ」

驚きのあまり、ハリスはしばらく言葉を継げなかった。

「僕は知らなかったよ。罪状を信じたことはなかった。一瞬たりとも」

友との距離がとてつもなく遠くなるのは、こんな瞬間である。友は自分のすべてを受け入れたうえで親身になってくれていたわけではなかった。それでもハリスはまだいい。この真実を知ったあとも変わらぬ友人でいてくれた。もっとつらいのは、ワイルドが罪を犯したという事実を受け入れようとしない友人たちだった。ワイルドが監獄に入れられてから見舞ったシェラードが、告発された罪状などすべてでたらめで、ワイルドは陰謀の犠牲者だと信じていると語ったことがあった。ワイルドはそれを聞くなり、号泣した。自分自身の生活が倒錯した快楽に満ちていたことは本当なのだ、その事実を受け入れ、認めるのでなければ君とはもう友人ではいられない。表面上受け入れはしたシェラードだが、心底でそれを認めることはできなかった。

ワイルドは、保釈が切れる五月二十日までリーヴァソン家に身を寄せたのち、残りの裁判の間は母の家に滞在した。この間、パリからトゥールーズ＝ロートレック伯爵がワイルドを訪ねてきて、霧に煙るビッグベンとテムズ川を背景にしたワイルドの姿を画布に収めた。

三度目の裁判

二十日にワイルドは再び被告人として刑事裁判所に出廷した。今度の裁判官は、古典学および数学の学者としても業績のあるアルフレッド・ウィルズ卿、訴追側は、法務次官という司法行政の要職にあったフランク・ロックウッド卿が任命された。この人選からは、なんとしてもワイルドを有罪にしようという当局の決意が窺える。ワイルドとテイラーの二人が前回のように被告人席に立ち、それぞれ罪状を否認した。引き続き無報酬で弁護を引き受けてくれたクラークは、共犯の容疑が撤回されていることを根拠に、二人を別々に審理することを要求した。

図14　トゥールーズ＝ロートレックによるワイルドの肖像画（1895年）.

前回の裁判でテイラーの驚くべき生活が明らかにされたことが、ワイルドの評決に影響したからである。クラークの要求が聞き入れられ、二人の裁判は別々に行われることになったものの、テイラーが先に審理されることになり、ワイルドの裁判は二十二日に開始されることになった。

今回の裁判では、『ドリアン・グレイ』などの著作物に対する罪状が撤回された。その代わりに争点となったのは、ダグラス宛の手紙とサヴォイ・ホテルの従業員による証言だった。ウッドやパーカーの証言は前回とほぼ同じ内容が繰り返された。ワイルドが証人席に立ったのは三日目からだったが、クラーク弁護士の尋問に答えるワイルドの憔悴した姿とうつろな声に、傍聴席は衝撃を受けた。クラークは、訴追側のロックウッド卿が法務次官という司法権力の要職にあることを問題視した。法務次官職にある者が一介の裁判に出てきて検察官役を果たすというのは、司法権力への政治権力の介入であるというのがクラークの主張であった。司法権が政治権力から独立していないイギリスならではの旧態依然たる権力の集中であるが、クラークの抗議は却下された。

これに続くロックウッドのワイルドへの尋問は、この抗議のせいか手加減された気配があったが、ゆすり屋の手に渡った手紙が問題にされ、これまでと同じやりとりが繰り返された。ロックウッドは、ワイルドが交際していた若者たちとの会話は文学的なものだったのかと尋ねた。それを否認したワイルドは、相手が誰であれ自分は人から称賛されることがたまらなく好きなのだと続けた。信じられないという表情を浮かべてロックウッドが、ワイルドほどの文学者が、あんな連中から称賛を浴びることに満足を得たのかと尋ねた。

「どんな人からであれ、褒められればうれしいものです。文学関係者からの賛辞には、いつでも皮肉がこめられていますからね」

これが、ワイルドのもっとも気の利いた応酬だった。

これに続く弁論で、クラーク弁護士は、この裁判がロンドン中のゆすり屋たちの特赦の機会になろうとしていることに警鐘を鳴らした。ウッドとパーカーは、当局の意に沿うような証言をすることにより、過去に犯した罪業を免責される特権を得ているという事実を突いたのである。つまり、自分たちの特赦と引き換えになされる証言が、ワイルドを断罪する根拠となっている。そのうえ彼らの証言を補強する証拠もない。最後に、サヴォイ・ホテルの従業員、コッタが証言したシーツの奇妙な汚れについてこう弁明した。そのときワイルド氏は腹を下していたのである。

「陪審の皆さん方が無罪評決を下してくだされば、この人物の偉大な才能がわが英文学にさらなる成熟を迎えた成果をもたらしてくれることを期待できるのです。これまでのワイルド氏の活躍とて、まだその天分は十分な開花を迎える前の一端の発露にすぎなかったのです」

クラークがこの言葉でもって演説を締めくくると、廷内の人々は感動で胸を熱くし、拍手喝采が響き渡った。

しかしながら訴追側のロックウッドによる仮借ない論告求刑は、クラークの熱弁をものともしなかった。ロックウッドは、テイラーをワイルドの友人でないと主張するクラークに反論した。二人はファースト・ネームで呼び合う仲であり、誰が見ても友人同士だ。それをあえて引き離そうとするクラークは、一人だけを断罪して、もう一人には文学的キャリアを追求する自由を与えようとしている。クラークは芸術というまやかしの魔力によってワイルド氏を救おうとしているのである。この発言に対してクラークは強く抗議したものの、その後のロックウッドの弁舌は冴えわたった。

ワイルドからダグラスに宛てた手紙を「散文詩」であるとするワイルドの主張はこう論破された。

「これは散文詩であるとか、ソネットだとか、我々は卑俗すぎて到底鑑賞しえない美を備えたものであるとかなんとかと主張されました。それならそれでよろしい。我々にはその手紙そのものの価値しか理解できないのです。そしてその価値たるや獣以下のものだ。まともな精神の人間が読めば、あの手紙は罪深い情欲の証拠として読むしかないのです。皆さん方は、「散文詩だかソネットだか美しいものだか」のストーリーに騙されるか否かが試されているのです」

ゆすり屋の恩赦となるかもしれないというクラークの指摘については、こう撥《は》ね除《の》けた。おぞましい行為を隠すために金を払う人間がいるから、ゆすりという犯罪が生まれる。そもそもこの悪徳こそがゆすりの温床なのである。

自らの行為が辛辣きわまりない言葉で弾劾されるのを被告人席で聞いていたワイルドは、陶然としているように見えた。ワイルドはこう述懐する。

「自分の耳から入ってくるおぞましい話を聞き、我ながら吐き気をもよおした。なぜだか突然、自らの行為すべてを語っているのが私自身だったらどんなにすばらしいことだろうという考えが浮かんだ。（中略）人間の至高の瞬間とは、塵芥《ちりあくた》のなかにひざまずき、胸を打ち、生涯に犯した罪のすべてを語るそのときなのである」（『獄中記』）

その間もロックウッドは淡々と論告を続けていた。ワイルドが過去に文学上成し遂げた業績や将来の可能性は、今回の裁判とは一切関わりがない。陪審員がワイルドを無罪であると信じれば、無罪評決を下せばいい。それはワイルドの文学的才能とは別の問題である。しかし、陪審員が有罪であると信じるならば、宣誓の義務に忠実に従ってもらうほかない。

弁護側のクラークと訴追側のロックウッドの主張は、行き着くところ、芸術家の才能を法律がどう裁くかという論点に尽きる。クラークは、英文学のためにさらなる貢献が見込まれる傑出した才能の持ち主を、中流階級の基準でもって判断すべきでないと訴えた。対するロックウッドは、法の前に人は平等だと述べた。

陪審団は、法の前の平等を支持した。八つの罪状のうち一つを除き全員一致で有罪の評決を下したのだ。裁判官は、ワイルドが若者たちを蝕み、今もなお蔓延する忌むべき堕落の中心にあり、それを先導していたことに疑いの余地はないと断じた。法律が許すもっとも重い刑でさえ不十分であると断わりつつ、重労働を伴う二年間の懲役刑を下した。

判決を聞いていたワイルドは、絶望的なまなざしで前を向き、口を動かした。しかしわずかに聞き取れたのは、「一言言わせていただけないのですか?」という、虚《むな》しい懇願だけだった。看守に導かれて階段のほうに進んだが、恐怖に打ちのめされた顔を法廷に向けて何ごとかを言いたげなそぶりを見せた。しかしすぐに階下の監禁室へと姿を消した。

第六章　深き淵にて

独房

判決後、ワイルドはホロウェイ監獄へと移送された。着くなり受付の看守に現金と貴重品を没収されたうえ、シャツ一枚で刑務所の役人の前に立たされ、細かな人相書が刑務所台帳に書き記された。そして、すでに多数の囚人が入ったために汚れた湯の張られた風呂に入れられた。着ていたものは没収され、用意された囚人服に袖を通した。

六月初旬に既決囚の刑務所であるペントンヴィル監獄に移された。医療検査を受け、軽作業が可能と診断されたため、槙《まい》はだ摘みや郵便袋の縫製といった仕事があてがわれることになった。かつてワイルドは「人は監獄のなかでさえ完全に自由でいられる。魂は解き放たれ、人格も惑わされることを知らずにいることができるのだ」（『社会主義下の人間の魂』）と高らかに謳ったものだが、現実の獄中生活は、到底こんなきれいごとではすまなかった。

独房の板のベッドにはマットレスもなく、毛布と硬い枕が支給された。最初はトイレが房内にあったが、配管が囚人同士の伝達手段に使われる恐れがあるとの理由で撤去され、代わりにブリキのオマルが置かれた。中身を捨てるのは日に三度しか許されなかった。刑務所の食事に慣れずよく下痢をおこしたから、中身を捨てられない夜間は悲惨だった。朝、看守が見回りに来てみると、床一面が糞尿《ふんにょう》だらけになっていたことも一度ならずあった。

往時のワイルドの想像が遠く及ばなかった監獄の一日は、こんなふうに始まる。朝六時に起床し、独房の床を洗い、ブリキの食器を磨く。七時にココアと茶色いパンの朝食を食べ、他の囚人たちとともに屋外で一時間、運動をする。独房に戻り、槙はだというロープを裂いて摘む作業に従事し、正午にはベーコンと豆、あるいはスープの昼食。十二時半に作業を再開し六時まで続ける。六時に夕食の紅茶を飲み、七時に消灯、就寝する。

「板の寝床、吐き気をもよおす食事、硬いロープを引き裂くために痛みで指先の感覚がなくなってしまう槙はだ摘みの作業、来る日も来る日も明け暮れねばならぬくだらない仕事、単調な日々の日課をこなすためには不可欠な厳しい規則、哀れを通り越して滑稽なほどに醜い囚人服、沈黙、孤独、屈辱」(『獄中記』)

獄中でワイルドが狂気に陥っているという記事がたびたび新聞・雑誌を賑《にぎ》わせた。法務次官まで動員してワイルドを強引に獄に追いやった内閣は、世論の動向に神経質になっていたから、内務大臣のアスキスはすみやかに医療検査を指示した。だがその結果は、良好な健康状態にあり、精神も完全に正気を保っているという報告だった。刑期を短くすることが認められるのは、病気などの医療的な理由だけだったから、医療検査の実施は、減刑の可能性を探るという意味が含まれていた。そのせいもあってか、刑期中にたびたび行われた医療検査の所見はどれも素っ気なく簡潔なもので、医者たちは決してワイルドに病を認めなかった。問題なしとの医療検査報告を受けても、ワイルドの精神状態を問題視する記事は後を絶たなかった。『ペル・メル・ガゼット』は六月四日付で、ワイルドの状態が当局の心配の種になっていること、狂気に陥り安全保護室に入れられていると伝えているし、翌日の『デイリー・クロニクル』も同様の内容を報道すると、ワイルドへの同情の声が世論のなかに起こりはじめた。

報道の約一週間後、内務省の刑務所委員会のメンバーであるホルデインがワイルドの視察にペントンヴィルを訪れた。彼は、絶頂期のワイルドに数回会っていたが、感受性の鋭いワイルドが監獄で他の囚人と同じ処遇を受けているのではさぞかしつらい思いをしているのではないかと心配していた。この訪問が、絶望の淵にいたワイルドに一縷《いちる》の望みを与えてくれた。ホルデインは、貝のように押し黙っていたワイルドの肩に手を置き、その処遇について意見をしようと思っていると告げ、本や紙、筆記用具を入手できるよう手を尽くすとも語った。さらにホルデインは、ワイルドが偉大な文学の天分を十分には発揮していないと続けた。これまでは快楽のうちに人生を送ってきたから、大きな主題を自分のものにしていない。だがこのたびの不幸な出来事を機に、ようやく深遠な主題を手に入れたのだから、むしろこの苦難はワイルドの人生にとって幸いとなるだろう。ホルデインが語り終わるや、ワイルドは号泣した。このとき所望した本は、聖アウグスティヌスの『告白』やパスカルの『パンセ』、ペイターの『ルネサンス』、モムゼンの『ローマ史』、ニューマン枢機卿のエッセイなどだったが、それらは約束通り届けられた。

それから約三年後、ホルデインのところへ差出人の名のない郵便物が届いた。中には『レディング監獄のバラッド』という書物が入っていたが、表紙にはただ「C.3.3.」とのみ記されているだけだ。「C.3.3.」とは、レディング監獄でのワイルドの部屋番号である。ホルデインは、ワイルドが自分との約束を果たしたのを知った。

ワンズワース監獄

七月四日にワイルドは、ワンズワース監獄へと移された。刑期を終えるまではペントンヴィルに収容されるはずだったから、この移送は急に決められたものと推測される。背後に、看守がワイルドの友人から賄賂《わいろ》を受け取っているという疑惑があったことが明らかになっている。この友人とは、ダグラスの可能性がある。兄のパーシーに親戚筋を使って食料の差し入れを依頼する手紙が残っているからだ。他にもロスをはじめとして、さまざまな方面から早期釈放の可能性が模索されていたから、その動きにも内務省は敏感になっていた。

ワンズワースはさらなる地獄だった。まず、食事が格段にまずく、下痢の症状がひどくなった。刑務所の医師の検査結果によれば、ワンズワースに来てから九月半ばまでに約一〇キロも体重が減り、本人も空腹を訴えているために食事量を増やす指示が出た。

服役後三か月が経過し、手紙を一通書き一通受け取ることと、面会人一人に会うことが許され、刑務所近くに住んでいたシェラードがワイルドを訪れた。彼は変わり果てたワイルドの姿と、失意に沈んだ精神状態に衝撃を受け、仔細を妻のコンスタンスに報告した。ワイルドは正気を失うことを極度に恐れ、自殺しないのは手段がないだけだと、目に涙をためて語るのだった。

ダグラスからの手紙も来ていたが、ワイルドは一通だけ受け取る手紙として、コンスタンスの兄、オウソのほうを選んだ。それは、ワイルドがコンスタンスに手紙を書き謝罪すれば、離婚の訴えを起こさないという彼女からの言伝《ことづて》を伝えていた。親戚や弁護士のルイスから離婚裁判を起こすよう勧められていたし、彼女もそのつもりだった。それは子供たちへの配慮からだった。服役直後、彼女は「金銭に関わる今までの振る舞いを見れば、私に何かあって彼が私のお金を自由にできるようになったら、子供たちの面倒をきちんと見るとは到底思えない」と友人に宛てて書いている。

ワイルドがこのとき書いた手紙は残っていないが、真摯《しんし》な謝罪だったと推測される。感動し、離婚の意志を撤回したコンスタンスは、ワイルドの訪問を決意した。腰痛が悪化して歩くこともままならなかったのに、スイスからの遠い道中をはるばるやってきたのだ。彼女もワイルドの悲惨な状況に衝撃を受け、口を開くことも触れることもできなかったと嘆いた。

この刑務所には教誨師《きょうかいし》の補佐を務めるウィリアム・モリソンという聖職者がいた。彼は刑務所改革の唱道者であり、またヨーロッパの犯罪学などにも通じた論客として何冊かの啓蒙書をものしていた。医務官の報告を信用できなくなったホルデインは、モリソン師にワイルドの状況に気を配り、何かあれば知らせてくれと頼んでいた。ほどなくして届いたモリソン師の報告に、ホルデインはじめ内務省の幹部たちは大いに困惑した。

ワイルドが非常に落ち込み、打ちひしがれた状態にあるとの記述は、医官たちの報告にはなかった指摘である。ホルデインらが驚いたのはこれに続く一節である。

「一つの面で堕落した受刑者は、他の面での堕落にも陥るものであるが、私が見聞したところから判断するに、ワイルドは再び倒錯的な性の悪癖にまた耽っているようだ。彼の独房の臭いがひどくて、担当する看守は一日おきにフェノール石鹸を使わなくてはならないほどだと言っている」

直截的な表現は避けているが、モリソンが仄めかすのは自慰である。ワイルドの精神状態に関しては理性を保っているとしながらも、「彼は決定的なまでに病的な体質を有した人物である」と断言する。

「病的な夢想に耽るのを好み、これまでの生活も非常に不健康な種類のものであった。長期に及ぶ恒常的な監禁生活は、その種の人間をさらに病的にし、生来的な弱さを助長させる」

　この記述に衝撃を受けたホルデインと刑務所委員会は、医務官を刑務所に派遣し、再調査を命じた。派遣された医師は、自慰に耽っているとの主張を裏付ける事実は見出されなかったこと、それどころか刑務所内の規律に従った生活のおかげで、精神・身体の両面で以前より健康になっているという報告をした。ホルデインはこれにも違和感を覚えた。モリソンの自慰説は噴飯ものだが、精神状態に関しては自分が見聞したことと違いすぎる。ホルデインはワイルドの精神状態を危機的に捉えていた。発話は聞き取りにくく抑鬱がひどいうえに、記憶にも混乱があった。そこで彼は、外部の著名な精神科医の診断を受けさせるよう指示した。

　この直前、ワイルドが二〇キロ近くも痩《や》せ、精神的にも危険な状態にあると『デイリー・クロニクル』紙が報道して以来、世論はワイルドに同情的になっていた。イギリスの刑務所制度の野蛮さを批判する声も聞こえてきた。この間もワイルドの健康状態は悪化し、十月初旬には卒倒して医務室に担ぎ込まれるまでになった。政府は、ワイルドの状態に神経をとがらせないわけにはいかなかった。

　十月下旬に、ニコルソンとブライアンという医師がワンズワース監獄に派遣された。彼らは法医学のなかでも「犯罪性痴呆《ちほう》」と呼ばれる分野の専門家であり、とくにニコルソンは、国立ブロードムア犯罪精神病院の医務長を務める、この分野でイギリスの最高権威だった。三時間にもわたってワイルドを診断・調査して記した詳細な報告書によれば、医務室に収容されてからは特別食を与えられ、現在は身体的な疾患は見受けられない。質問すべてに理性的かつ明晰《めいせき》に受け答えしているし、幻聴や幻覚も現れていないことから、精神状態も危惧すべき状態にはないとされた。

同性愛は精神病か

ここで気になるのは、専門医による報告書の記述とモリソン師の筆致の違いである。ニコルソンらの報告は委細を尽くしてはいるが、ワイルドになんらの病気を認めない点で、これまでの報告と同じ論調である。ところが、内務省幹部を慌てさせたモリソン報告はそれらとは一線を画していた。それは、モリソンが同性愛について最新の学問的知見に通じていたからである。

繰り返しワイルドに医療検査を受けさせたのは、彼の健康状態がメディアの関心の的となり、悪化すれば厳しい批判に晒されることになるからだが、内務省が刑期短縮を判断する材料とするためでもあった。医者たちの報告の素っ気ない報告は、そのことを意識していたせいかもしれない。いずれの検査でもワイルドの心身になんらの病気を認めたことはなかった。

ところでこの齟齬《そご》は、じつは看過できない歴史的問題を孕んでいる。十九世紀後半に発達した性科学が男性間性交の新しい概念を立ち上げたことは再三述べた。〈ウラニズム〉よりもっと一般的な〈同性愛〉という言葉が英語圏に初めて入ったのは一八九二年、クラフト＝エビングの『性的精神病理学』の英訳によってであるが、実際に使われ出したのは一九三〇年代のことである。

性科学は正常な異性愛よりも、もっぱら逸脱したセクシュアリティを研究対象としたが、それを病気、とくに精神病の症候の一つとみなし、疾病モデルに当てはめた。それまでのソドミーという概念は、厳密には肛門性交を指し、男性同士に限らず、動物や男女間でも肛門を使った性交はこれに当てはまる。キリスト教では七つの大罪の一つとされ、そこから「道徳的違反」という観念とも結びついていた。ところが性科学は、これを悪徳ではなく、生まれつきの体質であるとか病理であると説明することで、法律で罰することをやめるよう主張したのである。

一方、性科学の新しい機運とは無縁だったイギリスにはこの時点で、〈同性愛〉という概念はまだなかったし、ワイルドの裁判でも〈同性愛〉という言葉は発言されていない。ワイルドが罪に問われたのは、八五年につくられたばかりの重大猥褻罪だったが、これは〈同性愛〉と同じ概念ではない。これがもし〈同性愛〉と同じであれば病気とみなされるはずなのに、ワイルドは医師らによって精神病ではない、と明言されているからだ。つまり、イギリスには、同性愛を疾病とみなす新しい考え方が及んでいなかったのである。犯罪傾向のある精神病の最高権威、ニコルソンの報告書さえ前時代的なもので、当時のヨーロッパの先進的知見からは大きく隔たっていた。

これと対照的なのがモリソンの報告である。このほうがワイルドに対して侮蔑的で失礼な見解を披瀝《ひれき》しているともいえるが、しかしモリソンこそ性科学が同性愛を語るのと同じ言説を採用していたのである。実際、彼は犯罪人類学者、ロンブローゾの『女性犯罪者』を翻訳してイギリスに紹介していたし、『犯罪とその原因』（一八九一年）というロンブローゾの影響を受けた本を執筆したりもして、イギリスにおける犯罪人類学の先駆的存在だった。ちなみにイギリス随一の性科学者ハヴロック・エリスもロンブローゾの『犯罪者』を翻訳していた。モリソンとエリスは近いところにいたのである。じつは、性科学と犯罪人類学は浅からぬ関係があった。犯罪人類学は、犯罪を犯す資質を生まれながらに持っているタイプの人間がいると唱え、そうした人々を「生来性犯罪者」と称して、彼らを何世代前もの先祖の素質を先祖返りして発現させたものだと説明した。主唱者のロンブローゾは、ダーウィンの進化論、正確に言えば、進化の反対の退化・変質に着想を得て生来性犯罪者という概念を作り上げている。その限りではこの説も変質論の申し子であったが、とりわけイギリスではエリスが生来性犯罪と性的倒錯を変質論という共通の土台から展開させたこともあり、結びつきが強かった。

モリソンが同性愛と自慰を関連づけて考えている点も見過ごせない。自慰に対する関心の高まりは同性愛よりも早く、自慰（オナニズム）という現象が歴史に登場したのは、十八世紀の初頭のことである。健康を害する悪徳として警告する匿名のパンフレットが現れるや、この孤独な性欲解消装置に対する恐怖は西欧世界を席捲し、十九世紀半ばには集団ヒステリーの様相を呈した。脳・神経系の消耗により性的情動が制御できなくなるために起こるとされた自慰は、すべての堕落行為の出発点に位置づけられ、最初は自慰に耽ることから始まる青年の堕落は、じきに男色へと至ると説かれた。ただし、同性愛が不問に付されていたイギリスではこの連続性が言及されることはなく、自慰のみが論じられていた。この点においても、モリソンは例外的である。

モリソンはワイルドを「病的な体質を有している」と指摘しているが、こうした表現も当時の性科学の常套句だった。同性愛や自慰に耽る人々というのは、この「病的な体質」ゆえに性欲を抑制できないと言われたが、それは彼らの身体が「変質」しているからなのだ。「変質」という考え方は、十九世紀後半以降、精神病が起こるメカニズムの説明に使われた概念だが、性科学の大家クラフト＝エビングは同性愛の原因にも「変質」説を採用した。

「変質」を再び確認すると、罹った病気によって生じる病変が次の世代に遺伝され、代を重ねるほどその形質が累積的に悪化して伝わるとする疾病モデルである。「変質」説の特徴は遺伝性を強調する点であり、またそのことから差別的な発想である。「変質」論が受け入れられると、社会理論家たちは貧困や犯罪などの社会的な問題にまでこれを当てはめ、原因をそうした人々の体質に帰した。「外傷または伝染性の病原によらないあらゆる種類の病的な現れが変質に帰せられるというのは、すでに習慣となっていた」（『性欲論三篇』一九〇五年）と述べたフロイトが精神分析を創始したのには、反ユダヤ主義のイデオロギーでもあった変質論に対抗する意図もあったのである。

メンデルの遺伝の法則が再発見されたのは、一九〇〇年のことである。それ以前の医学ではまだ遺伝の仕組みは解明されていなかったから、医学の学説から出発したとはいえ、変質論は昔からある人種論やら宗教観からなる偏見と迷信の入り交じった伝統思想とでもいうべきもので、実態は差別と排除のイデオロギーだった。医学者は中流階級の規範からはずれる人間を「変質」していると決めつけ、反社会的行為の原因を「変質した」体質のせいにした。「変質者」の群れには、犯罪者や精神病者（精神薄弱も含む）、神経症やアルコール中毒の患者、それに同性愛者も加えられた。モリソンがワイルドの体質を「病的」としたのは、ワイルドの同性愛の根幹に「変質した」体質をみているからである。

性科学が発達していなかったとはいえ、イギリスにこの種の研究が皆無だったわけではない。ヘンリー・モーズレーという医学者が、自慰を変質論の文脈から論じていた。しかし、肝心の同性愛になると、イギリスの医学者たちは皆尻込みしてしまい、ほとんど手がける者はいなかった。一八九七年にイギリスで唯一の性科学者であるエリスが『性的倒錯』という著作を刊行した際には、出版社を探すのに苦労した挙句、刊行早々発禁処分をくらった。ちなみに、ワイルドを精密に診断する医者にモーズレーの名が挙がっていたが、なぜかこの診断は実現しなかった。

進歩的な刑務所改革者としてその名をとどろかせていただけあって、モリソンの見識は同時代のイギリスの医者たちに先んじていた。だが先走りすぎたのか、内務省の役人は、モリソンが刑務所改革という彼の目標を実現するために、不幸なワイルドを利用しようとしたのではないかと考え、警戒した。彼らはワイルドをこのままモリソンの監督下におくのは危険だと考えた。ニコルソンとブライアンが環境のよい郊外の刑務所に移送するよう提言していたこともあり、ロンドンから適度に離れ、かつ適切な規模のレディング監獄に移されることになったのである。

破産

ワンズワース監獄にいたワイルドは心身とも最悪の状態だったが、それには外部の要因も与かっていた。ワイルドの破産裁判が進行していたのである。これは、ワイルドが起こした名誉毀損裁判の費用、六七七ポンドの不払いを理由にクィーンズベリー侯爵が破産申請を起こしたことに端を発した。その後、全債権者に対する負債総額は三五九一ポンドにのぼることが判明し、正式に破産宣告を受けた。ここにきて、ワイルドはダグラスへの苦い思いを嚙みしめることになる。裁判の前、訴訟費用の全額を負担すると言い募ったのは一体誰か。

ワイルドの友人たちが負債弁済のために寄付金集めに駆けずり回ったが足りず、十一月十二日、破産裁判が公開法廷で開かれた。醜い囚人服に身を包んだワイルドは公共の交通機関でロンドンにある破産裁判所まで出向かねばならなかった。そこにはワイルドを一目見ようと大勢の報道陣と野次馬が押し掛けていた。彼らはワイルドを罵っては唾《つば》を吐いた。

そんな地獄にも一抹の救いはあった。ワイルドはそれをこう書いた。「悲哀のあるところに聖なる地がある」(『獄中記』)。

「破産裁判所へ移送されたとき、ロビー(ロス)が裁判所の陰気な長い廊下で待っていてくれた。野次馬が群がる中、手錠をかけられ、うなだれて通りすぎた私に向かって、彼はうやうやしく帽子を取ってくれたのだ。その様子が気取りのない、とても素敵なものだったから、群衆もシンと静まり返ったほどだったのだよ」

その一方、ダグラスの想像力のない振る舞いには深く傷つけられた。破産手続きのために弁護士事務所の事務員が面会に来たことがあった。看守のいる部屋で、彼は突然身をかがめてワイルドの耳に囁いた。

「アイリスの君から言伝を預かっております」

ワイルドは何のことかわからなかった。事務員が「その方は、今現在、海外にいらっしゃいます」と続けたので、初めてダグラスとわかった。そして腹がよじれるほど爆笑した。

「その笑いには、全世界へ向けたありったけの軽蔑が込められていた」

ワイルドは文字通りの汚穢《おわい》のなかで塗炭の苦しみを舐《な》めているというのに、ダグラスはこんな偽名に美しい詩想を追求しているのだ。このときワイルドには名前さえなかった。

「小さな独房にいる私は、人の形をした影と番号にすぎなかった」

偽名にしても、現実にある名前でいいではないか。「アイリスの君」とは、場違いにもほどがある。

二十一日、ワイルドは破産裁判の公開法廷に立たされ、破産手続きが完了したその数日後、ただちにレディング監獄へ移送命令が下された。移送の際、ワイルドはさらなる辱めを受けた。ロンドンのクラパム・ジャンクション駅の中央プラットフォームで再び衆人の見世物にされた。かつてロンドン一の洒落者と謳われた男が、醜悪きわまりない囚人服をまとったその姿を嘲笑されたのだ。

「群衆は私を見ては笑った。……列車が着くたびに群衆はふくれあがった。それも彼らが私の何者たるかを知らなかった間だ。知るや否や、残酷な嘲笑が私を突き刺した。半時間もの間、私は十一月のそぼ降る冷たい雨のなか嘲り笑う群衆の見世物として立ち尽くしていた。その後の一年の歳月、私は毎日同じ時刻に同じ時間、泣いた」（『獄中記』）

レディング監獄の悲歌

このときのレディング監獄の刑務所長は、アイザックソンという元海軍中佐だった。ワイルドのような著名な受刑者を受け入れることに自尊心はくすぐられたが、規律と統制を重んじる軍人気質のこの人物にワイルドを特別扱いしようとする考えは微塵《みじん》もなかった。境遇がよくなることを期待して移ったのに、彼が率いるレディング監獄は一層の地獄だった。

刑務所長の狭量さをよく示すエピソードがある。獄中で初めて新年を迎えた九六年一月にア

図15　現在のレディング監獄外観．監獄横に整備された散策路の門扉はワイルドを象っている．
出所：筆者撮影．

デラ・シュスターの兄が、パリのリーブル座の支配人からきた『サロメ』の上演許可を求める手紙を同封し、ワイルドに渡してくれと頼んできた。ところがアイザックソンはワイルドに断わりもなく、受刑者は本状を受け取ること能《あた》わず、とだけ書いて突き返した。『サロメ』は、結局、二月にリュネ・ポーが自ら率いるリーブル座で上演されたが、「汚名と屈辱のなかにあってなお、芸術家として扱われること」（ロス宛）が、ワイルドにとってどれほどの慰めだったことか。

二月にワイルドの母が長逝した。この気丈な女傑も、自慢の息子をみまった悲劇に耐えて生きのびることは難しかった。経済的にも不遇だった晩年は、「可哀相《かわいそう》なオスカー」を思って部屋に引きこもっていた。気管支炎をこじらせ最期を予感したのか、彼女はなんとかオスカーが自分のところにくることを許してもらえないかと尋ねた。それは無理だと言われると、壁のほうを向き、「監獄があの子を救わんことを！」と叫び、息を引き取ったと伝えられている。

この悲報を伝えるために、コンスタンスはわざわざイタリアからやってきた。腰のけがが悪化して、脊椎《せきつい》全体と腕にまで痛みが及んでいた彼女に道中はこたえるが、「こんな恐ろしいことを他人の口からぞんざいに伝えられずにすむと思えば、旅もしのげるわ」とウィリーの妻に書き送っている。この会見が実現したのは、二月十九日だった。ワイルドにとって途方もなくつらい報せではあったが、わざわざ病身をおして遠くから来てくれた妻の誠意とやさしさには大いに感動し癒された。看守のいない個室での面会は、二人の心を久しぶりに近づけ、前回の訪問からここに至るまでの二人の間の不穏な気配が払拭されたかに思えた。

このときコンスタンスは子供たちともどもワイルド姓を捨て、ホランド姓に改名していた。コンスタンスがイギリスまでやってきたのは悲報を伝えるだけでなく、懸案の離婚問題、そして財産や子供たちの養育をめぐる法律的な事案をワイルドや弁護士と話し合うためもあった。ワイルドが入獄後の最初の手紙をコンスタンスに書いたことは触れたが、にもかかわらず離婚問題は相変わらずくすぶりつづけていた。その二人に決定的な亀裂をもたらしたのは、破産宣告だった。

二人の結婚時に交わされた夫婦財産契約では、コンスタンスは存命中、年に八〇〇ポンドの

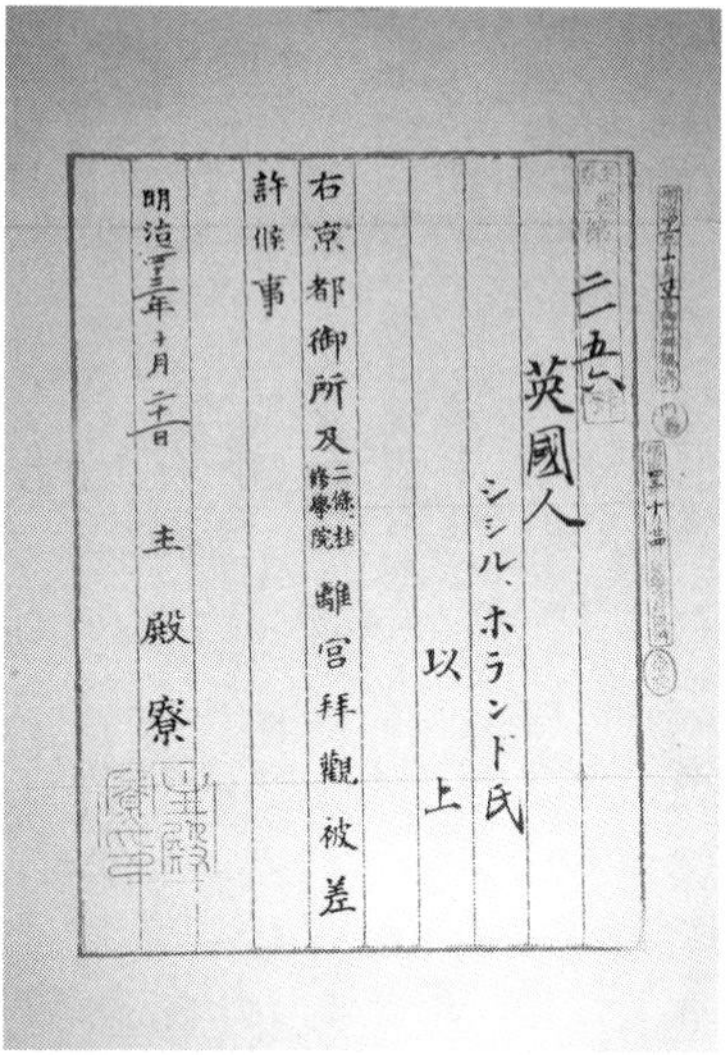

図16　長男シリルが明治43年（1910年）に日本を訪れた際の，京都御所などの参観許可証．「ホランド」姓になっている．
所蔵：The William Andrews Clark Memorial Library, UCLA, Los Angeles.

利子収入（年金）を受けることになっていた。また、もしコンスタンスがワイルドに先立った場合、彼は生涯その年金を引き継ぎ、亡くなったらその年金は子供たちに行くはずだった。ところが彼女の年金受給権には、夫が破産した場合にその権利を保護する特約がついていなかったため、ワイルドの破産によりこの権利は破産管財人の管理下に渡ってしまった。さらにその夫婦財産契約によれば、オスカーは結婚時に、コンスタンスから一〇〇〇ポンドの金を年利五パーセントで借りたが（「美の家」の改修費用）、九五年八月の時点で一ペンスも返していなかったから、負債総額は一五五八ポンドに膨れ上がり、コンスタンスがワイルドの最大の債権者となっていた。

この年金受給権が破産時の財産目録に含まれていたため、債権者たちはそれを競売にかけるよう要求した。当然、コンスタンスは自分の死後、子供たちの生活と十分な教育を確保するため、自ら買い戻そうとした。ところが、ワイルドの友人たち――モア・アディとロス――は出獄後のワイルドの生活を支える資金にしようと、年金受給権の競売に加わったのである。年金受給権をめぐって、コンスタンスとワイルドの友人たちとが競り合い、値が吊り上げられるという理不尽な事態に陥った。コンスタンスは激怒し、友人たちと激しく対立した。

二月にワイルドの母の訃報をもって訪ねた直後、コンスタンスはロンドンで長くロイド老に仕えた事務弁護士のハーグロウヴと法律上の諸々《もろもろ》を話し合った。このとき、彼女が法律面でワイルドに申し出た条件はかなり好意的なものだった。年金受給権をワイルドの友人たちが妨害しなければ、彼女は離婚の訴えを起こさないこと、ワイルド釈放後は年に二〇〇ポンドの手当が彼女の財産から支払われることなどを伝えてきた。ただし、子供たちの監護権はコンスタンスにあった。この直後、ワイルドはロスに宛てて、妻の年金受給権の取得に異存はないと、弁護士に伝えてくれるように書いた。

「彼女をあれほど不幸にし、子供たちの人生も台無しにしてしまった以上、ぼくに彼女の意に反する権利などないと思う」

しかしロスとアディはこれに反対した。ワイルドが出獄したのちの収入源を確保しなくてはならない、さらに、子供たちの監護権まで失ったら終わりだ。

この間、夫と友人へのコンスタンスの不信感は募る一方だった。コンスタンスは、金銭面ではワイルドのことをまったく信用していなかった。そもそも破産に陥ったのはワイルドの濫費のせいだったし、逮捕前の絶頂期、莫大な収入があったときでさえ家計にはほとんど入れなかった。年金受給権の金がワイルドの懐に入ったら、子供たちのことなどお構いなしに使ってしまうだろう。コンスタンスはロスに、年金受給権の撤回も仄めかした。

「お金はそもそも私のものですし、私がオスカーの最大の債権者だということを、どうかお忘れなく」

家族としてやり直す希望を持っていたのに、年金受給権をめぐる攻防が彼女の心をワイルドから遠ざけてしまったのである。

減刑嘆願書を書く

レディング監獄に来てから、破産による生々しい問題が降りかかるうえに最愛の母までも喪《うしな》い、ワイルドにはつらい日々が続いた。二月にパリで『サロメ』が上演されたことは慰めにはなったが、その他の状況があまりに厳しすぎて心は鬱々とした。破産した今は、『サロメ』の上演から上がるはずの上演権料のことも気にかかる。無論それは債権者に吸い上げられるだけなのだが。

六月にロスとシェラードが連れ立って面会に行った。このときの様子をロスはアディ宛の手紙に、証拠を残す意図で克明に記している。数か月のうちに死んでしまうことも危惧されたからだった。ワイルドは、自分が早期に釈放される可能性はないか、マスコミはどう報道しているか、現内閣は自分に好意的かといったことしか口にせず、面会の間中泣きつづけていた。何か話してくれと言っても、話すことなんてない、君たちが話すのを聞いていたい、と答えたのには驚いた。シェラードには、フランス国民に感謝の意を伝えてくれ、しかしイギリスの友人たちに特別なメッセージはない、と語った。そしてしきりと、自分の脳が大丈夫と思うかと尋ねた。この訪問記は友人たちに大きな衝撃を与え、ただちに何らかの行動をとらねばならないと痛感させた。

そこで、ワイルドを見捨てずにいた友人のなかで大きな影響力を持つハリスに当局のお偉方への接触を依頼した。ハリスが友人で、内務省の刑務所委員会の委員長をつとめていたラグルズ＝ブライスと会い状況を伝えると、ハリス自身がワイルドと面会するよう提案され、それが実現した。ワイルドはこの面会に大いに励まされ、内務大臣宛に減刑嘆願書（七月二日付）を書いた。この嘆願書のなかでワイルドは自分の罪を認めている。そのうえでそれは、精神病の一種であったのだと弁明している。病気を理由にして刑期を短縮してもらおうとしているのだ。

……私が申し上げたいのは、その種の違反は性的狂気の一種なのであり、フランスやオーストリア、イタリアなどでは最新の病理学の知見のみならず、最新の立法措置においても精神病の一つと認められているということです。これらの国々ではこの種の違反は裁判官によって罰せられる犯罪ではなく、医師により治療されるべき疾病とみなされており、これを取り締まる法律は撤廃されております。

例を挙げさせていただきますと、ロンブローゾやノルダウらの著名な科学者たちの著作において、狂気と文学および芸術的気質との密接な関連を説明する際にこの事実が強調されております。ノルダウ教授に至っては一八九四《（ママ）》年に出た『変質』という著作において、申請者がこの宿命的な病の典型的な例症にあたるとして一章を割いているほどなのです。

ワイルドが、イギリスにまだ広まっていなかった性科学の知見を根拠として減刑を請願したという事実は興味深い。同性愛の解明をもっとも重要な課題として掲げていた性科学は病気という理解を導入することで、堕落による悪徳という旧弊な見解から救おうとしていた。そしてワイルドも、同性愛＝病気説にすがったのである。

この嘆願書の論調は、皮肉にも驚くほどモリソン師の報告書に似ている。それもそのはず、ワイルドはロスにモリソンの本を差し入れてくれるよう頼んでいた。モリソンの報告書は、刑務所委員会などの関係者が衝撃を受けたほどワイルドに失礼な内容だった。ところが当のワイルド本人がモリソンの口ぶりを借り、自分からすすんで遺伝的疾患の犠牲者になったのだ。かつてなら鼻で笑っていただろうノルダウの自身についての記述まで引き合いに出して、ワイルドは助けを請うた。この嘆願書を批判するのは容易だが、話をその方向にもっていくのはワイルドが置かれていた状況に対する想像力に欠けることになるだろう。つまり、それほどまでにワイルドは窮していたのである。

とまれ、この嘆願書とハリスの報告を受けラグルズ＝ブライスは動きだした。議会のメンバー五名がレディング監獄を訪問し、ワイルドや刑務所長、医務官らと面会した。その報告書の内容は相変わらず病気とは認められないというもので、ハリスから伝えられた様子とのあまりのギャップにラグルズ＝ブライスは困惑した。モーズレー医師に検査を依頼する話が出たのはこの段階だった。

減刑嘆願は拒否されたが、その代わりにレディング監獄の刑務所長が交代することになった。七月下旬に、ネルソン大佐が刑務所長に就任した。彼は前任者とは対照的な柔軟な思考の持ち主で共感力に富む人物だった。本、筆記具と紙が与えられるよう特別に配慮した。ワイルドは、期するところのあった減刑嘆願が認められなかった落胆を、「鉛の剣を突き刺されたような」痛みに譬《たと》えたが、それでも、十一月の手紙では、「ダンテを読みながら、ペンとインクを使う楽しみを味わいつつノートを取る。多くの点で以前よりもよくなったことを実感している」とロスに書いている。ここはこんな勉強をするのに向いているからドイツ語の勉強を始めるつもりだとも言っている。書物とペンとインクのおかげで、独房は、かつての沈黙と孤独が支配する地獄から、知的な楽しみと精神の集中をもたらしてくれる場所に変わりかけていた。

家族紛争

年金受給権をめぐって争っていたコンスタンスとの関係はさらに泥沼化していた。買い取りをあきらめなかったアディとロスは、コンスタンスが子供たちのために買い取ったあとの残りの半分を七五ポンドで買い取ったが、これが仇となり、コンスタンスの心は再び離婚裁判のほうに傾いた。離婚問題の再燃は、刑期を終える間際のワイルドの煩悶《はんもん》の種となった。コンスタンスの弁護士ハーグロウヴから、もしこの落札を撤回しなければコンスタンスから支払われるはずだった手当（この時点では年に二〇〇ポンドから一五〇ポンドに減額されていた）も撤回されるだろうと知らされたワイルドは、怒り狂った。

年が明けてから、事態は悪化の一途をたどった。手始めにコンスタンスは子供たちの後見人を決める訴訟を起こした。ワイルドは新たに依頼した弁護士ハンセルの口から、この訴えに反論する権利はないことを告げられ、衝撃を受けた。今まで友人たちは子供らへの権利だけはあきらめるなと、口を酸っぱくして言っていた。だが権利なんて、端からなかったのだ。裁判は、三月一日に開かれ、以下のことが正式に決められた。ワイルドの子供たちのシリルとヴィヴィアンは裁判所の管轄下におかれる。コンスタンス・ホランドとエイドリアン・ホウプが子供たちの後見人となる。この決定はつまり、ワイルドが子供たちに手紙などで連絡をしようとすれば、法廷侮辱罪で投獄されることもあるということだった。ワイルドの嘆きはすさまじかった。「子供たちが取り上げられた」ことは母の死とともに、自分の獄中生活の、いや生涯の二つの恐ろしいことだったとロスに書いた。

「もし私が自分の子供と一緒にいるのにふさわしくないほど堕落しているというなら、私は生きてなどいたくない」

後見人に任命されたホウプはコンスタンスの従弟だが、子供の養育になど何の関心もない、中流階級的価値観に凝り固まった人物だった。彼はワイルドの死後も、子供たちを父の世界から遠ざけることしかしなかった。

コンスタンスは次に離婚訴訟の準備に入った。これはワイルドが死ぬほど恐れていた事態である。離婚の訴えとして認められる訴因のうち、コンスタンスが使えるのはソドミーの事由だけだった。前回の裁判でワイルドが起訴されたのは、重大猥褻罪でありソドミー罪ではなかったから、離婚を訴えるためにはソドミーを立証する新しい証拠を集めて新たな裁判を起こさなくてはならなかった。しかもソドミー罪は、重大猥褻罪よりもはるかに刑が重く、生涯を獄中で過ごさねばならない恐れもあった。すでに刑事と破産の二度の裁判にかけられ心身ともずたずたになっていたワイルドにとって、さらに離婚裁判でも被告人席に立たされるなど、想像するだに恐ろしいことだった。この地獄絵を独房で突きつけられたワイルドは、不眠に悩まされた。

離婚訴訟をコンスタンスが考えたのは、年金受給権を守るためだったと推測される。子供たちの将来を守ることで頭が一杯だった彼女が、年金受給権を取り戻すのに残されていた唯一の手段は離婚だった。離婚して夫婦財産契約を解消すれば、年金受給権も彼女の意のままになる。

四月一日付のロスに宛てた手紙でワイルドは、「離婚に同意しなければならない」と記している。それは裁判に関して楽観的な見込みを抱いてのことだった。

「ラブシェアやらステッド、はたまた社会浄化連盟のうるさ方が背後に控えるイギリス政府であっても、ぼくを再び逮捕して監獄に入れるなんてことはさすがにできないだろう。それはあまりに馬鹿げている。（中略）ほかの文明国ではどこでも病理学と医学的治療の対象となっている軽犯罪（同性愛、挿入引用者）を犯した廉で二度も投獄したら、物笑いの種になるだけだ」

ここには八五年の刑法改正の立役者たちがずらりと顔をそろえている。

ワイルドのこのときの手紙にはコンスタンスへの率直な思いが綴られている。「長いこと夫婦の絆《きずな》を断っていた」とはいえ、「本当は彼女のことが大好きだったし、心からすまなく思っている。もし彼女が再婚するなら、今度は幸福な結婚であることを希望している」。

人生でもっとも重要な手紙

獄中にいてダグラスへの遺恨を募らせていたワイルドとは裏腹に、ダグラスは海外の安全な場所で、「オスカーの失墜の原因となった」当事者として彼なりに反省し、殊勝な気分に浸っていた。ダグラスにはワイルドの悲劇の中心人物たる美貌の青年として、あの事件を世紀の恋愛事件として総括したいという気持ちが芽生えていた。ここにきて、二人の気持ちの温度差が表面化する。

服役後三か月がたったころ、ダグラスが『メルキュール・フランス』誌に記事を書き、裁判中ワイルドが書いた手紙三通も掲載しようとしているという話をシェラードから聞いた。この話は、ワイルドの苦い記憶を甦らせた。ダグラスの上着のポケットに入っていた「美しい散文詩の手紙」のせいで、ワイルドは裁判であれほど痛めつけられたのだ。しかも減刑嘆願に一縷の望みをかけているなか、とてもそんな手紙など公にできるものではない。ワイルドは手紙の掲載を断固拒否した。エッセイの序文にワイルドの手紙を引用して花を添えるつもりだったダグラスは、ショックを受けた。しかも、手紙だけでなく記事の掲載そのものも撤回するよう伝えてきた。

一方、ワイルドが破産裁判にかけられることを知ったダグラスの兄パーシーは、父の侯爵が申し立てた裁判費用分（六七七ポンド）だけでも払うべきではないかとダグラスに問い合わせた。だがダグラスは、記事の掲載を許可しないワイルドに腹を立て、かつての約束を反故《ほご》にした。この後の破産裁判により正式に破産宣告を受けたことはすでに触れた。喜んで払うと約束した、たかだか七〇〇ポンドの裁判費用をなぜ払わないのか、しかも他の借財の多くはダグラスとの遊興に費やしたものだったのに。彼とともに過ごした二年間の記憶や、彼が父への憎しみから自分を地獄に突き落としたのだという思いはワイルドを悩ましつづけ、減刑嘆願の望みが絶たれた秋以降、ダグラスについての思考を言葉にせずにはいられなくなった。ダグラスへ宛てた手紙は、年が明けた一月から書きはじめられた。

「かつては愛によって占められていた私の心」には、今や「憎悪と遺恨と軽蔑とが居座」っている。それらの苦いものをすべて表出しなければ、ワイルドは立ち直れない。ワイルドのダグラスへの憤懣は一度堰《せき》を切るとすさまじい勢いで吐き出され、とどまるところを知らない。

「私が責めるのは私自身なのである。非知性的な友情、美しいものを創造しそれを観照することに目的を持たない下劣な友情に私の人生をすっかり支配されてしまったがゆえに、私は自分自身を責めるのである」

他方、ダグラスに対しては自分が破滅させた当の人間の真価を彼が知らないことを責める。

「向こう見ずな濫費生活を送ることへの執拗なこだわり、金の絶え間ない無心、君と一緒にいようがいまいが君の遊ぶ金はすべて私が払うべきという君の主張、こういった一切によって私はじきに深刻な財政難に陥ってしまった」

「しかし他の何にも増して自分を責めるのは、君のせいでもたらされた完全なる倫理上の堕落を己に許してしまったことである」

ことが起こるたびに、恐ろしいほど人格を変え、「見るのも聞くのもおぞましい」人間へとなり下がる癇癪の発作に振り回され、ワイルドは疲れ果てた。

「小人が偉大な人間に勝利したのだ」

こんな調子でワイルドはダグラスとの過去を回想しつつ、彼のことを情け容赦ない言葉で難じつづける。ダグラスとの過去はいやでもワイルドの想念につきまとい、独房にいると彼に対するどす黒い感情で胸が張り裂けそうになるのだった。しかしながら、この地獄でのたうちながら見つけたものは、許しである。この地獄から逃れ出るには、結局、ダグラスを許す以外にないことをワイルドは知る。

「そしてとどのつまりは、私は君を許すに至ったということなのだ。私は許さねばならない。この手紙を書くのは、君の心に苦痛を与えるためではなく、私の心から苦しみを抜き取るためなのである。君を許さねばならないのは、まさに自分自身のためなのだ」

「君や君の父親が一〇〇〇人以上寄ってたかったとて、私のような人間を破滅させることなどできなかった。私が自らの手で自らを破滅させたのだ。（中略）君が私にしたことは確かにひどかった。だが私が我とわが身にした仕打ちは、それよりもはるかにむごいものだったのだ」

ダグラスを許すこと。それはたやすいことではなかった。ワイルドは「赦《ゆる》し」を自分の心の中に取り込むために、自らをイエス・キリストになぞらえた。イエスがユダを赦したように、イエスの気持ちをたどって自分を破滅に導いたダグラスを赦さなければならない。それは、監獄のなかの苦悩を意味あるもの、価値あるものへと作り変えて初めて可能となる。つまり、「わが身にふりかかったあらゆることを霊的な体験へと昇華しなくてはならないのだ」。ワイルドは、イエスの精神と身振りをなぞってゆくことでそれを試みた。

それは、どのような人間として刑務所から出てゆくかを模索することでもあった。「私を欲しない世界へ歓迎されざる客として戻ら」（ロス宛）なければならない時が近づいていた。「墓から甦る死者はおぞましいが、墓から戻り来る生者は一層おぞましい」

キリストを導きとして、刑務所という「墓」からいかに「復活」して生還を果たすかをワイルドは必死に考えていた。

「あらゆる裁きは、人の生に対する裁きである。あらゆる宣告が死の宣告であるように」

この一節には、自らが受けた裁判と宣告という屈辱の個人的体験を、普遍化しようとする意志が窺える。ワイルドの生は裁かれ、三度死を宣告された。社会から死を宣告されたワイルドが戻る場所は社会になく、ただ慈愛に満ちた自然だけが彼の帰還を受け入れてくれる。ここに至るまでの文章でワイルドがたどっていたのは、すべての人類の罪を贖《あがな》い、死に、復活したキリストの象徴性であった。ワイルドは、キリストの象徴性を身に帯び、一度死んで復活したキリストのように、彼なりの復活を果たそうと願っていた。そしてわが身に降りかかった個人的な悲劇をキリストの悲劇に譬えることによって、この悲劇の人生を最後まで生き抜こうと格闘していた。

ワイルドはこうしてダグラスを赦した。この手紙は、ダグラスへの憎悪や怨恨といった一切の悪感情を浄化するための魂の遍歴でもあった。手紙を書いてゆくうちにワイルドは自らのうちにダグラスへの愛を再び見出す。「六月のバラが豊かに咲き誇るころに、できればブルージュのようなひっそりとした外国の街で君に再会」したいという希望を、あの恨みつらみの言葉の後、綴るに至る。

「どんな世界であれ、愛が忍び入る隙間を見出しえぬ監獄などありはしない」

ワイルドの心には押しとどめることのできないダグラスへの愛が甦っていた。

「私にはまだ君について知らなければならないことがある。おそらく、私たちは互いをもっと知らなければならないのだ」

しかし、ワイルドが言うように、社会に彼を受け入れる余地はない。この手紙を三月に書き終えたのち、出獄を前に浮き立つはずのワイルドの心を占めたのは、この境地とはほど遠い浮世のいざこざと、娑婆へ戻ることへの怯懦であった。

もう一つの牢獄

四月になり春の気配が濃くなるのと裏腹に、ワイルドの心は鬱々とした。出所が近づくにつれ、その後の暮らしが具体的な問題となってのしかかってくる。ダグラスに手紙を書いていたころは、友人たちがカンパしてくれた約八〇〇ポンドもの金があると思っていた。しかしその後、ワイルドはそんな金などどこにもないことを知らされ、大きな打撃を受ける。親の仇のように金を使わずにはいられないワイルドは、この財政状態を知るに及んで狼狽した。絶望した彼は、ロスやアディを厳しく難詰した。ダグラスに宛てて、「とにかく一年半ほどは生き延びるのに事足りぬことはないだろう」と言っていたのに、その金の当てが霧消するや、ワイルドは不安と恐怖に駆られ、『獄中記』の最後でたどり着いた静謐な境地を失った。アデラ・シュスターが裁判前に気前よくくれた一〇〇〇ポンドも、借金や弁護士費用などを払ったらいくらも残っていない。情けないことに、母の葬儀費用もここから賄わねばならなかった。ロスが言っていた八〇〇ポンドとはこの金のことだった。ロスとアディに宛てて立て続けに書いた非難の手紙を読むと、このころのワイルドは不安と心配のあまり、ノイローゼ状態に陥っていたことがわかる。

結局、コンスタンスは離婚訴訟を起こすのをやめ、「協議による別居」を選んだ。それと引き換えに、ロスたちが買った年金受給権はコンスタンスが買い戻し、釈放後、ワイルドには年一五〇ポンドの手当が生涯支払われることになった。ただし、ワイルドが「不道徳な振る舞い」をしたり、「好ましからざる人々」と交際すれば、手当の支払いは即刻停止されるという条件がつけられた。「好ましからざる人々」とは、ダグラスを暗に指していたから、もう彼とは会えないということだった。これはワイルドにとってかなり酷な条件だった。罰せられ悔悛したところで、美男子好みという生来の嗜好を変えることなどできない。獄中でも、とくにレディングで待遇が良くなってきた後半には、美形の青年を目にする眼福《がんぷく》をまた享受するようになっていた。この取り決めにワイルドが署名したのは、出獄を三六時間後に控えた五月十七日のことである。

じつはこのとき、妻のコンスタンスがワイルドの弁護士、ハンセルに同行して刑務所に来ていた。手続きの間、ワイルドに気づかれずに彼の姿を一目見せてくれるよう看守に便宜をはかってもらっていたコンスタンスは、涙にむせびながら静かに立ち去った。

刑務所から釈放されるといっても、結局、「一つの牢獄から別の牢獄へと移ることにほかならない」（ロス宛）。監獄に入ったとき、自由は失ったがまだ多くのものを持っていた。出るとき、自由は手に入ったもののほとんどすべてを失っていた。血を分けた子供たちさえも。

第七章

墓場からの帰還

自由の身

釈放の前日にあたる一八九七年五月十八日、ワイルドはレディング刑務所を出発してペントンヴィル刑務所へ向かった。最初に収監された刑務所から釈放されると定められているからだ。翌朝、五月十九日の六時十五分、ワイルドは二年間の刑期を正式に終えた。

ワイルドの乗った馬車は、刑務所からブルームズベリーのヘッドラムの家に向かい、そこで旧友たちとの再会を果たした。ワイルドは服を着替えて、二年ぶりとなるコーヒーをしみじみと味わった。祝福にきたエイダ・リーヴァソンに向かって上機嫌で「朝の七時に友人を迎えるのに、完璧な帽子をかぶっているね！」と軽口をたたいた。煙草の煙をくゆらせて話しまくるワイルドの様子を見ると、まるで昔の日々が戻ってきたかのようだった。

ところが、次にワイルドが取った行動には皆、啞然とさせられた。突然の思いつきで、イエズス会の教会に半年間隠遁《いんとん》させてもらえないかと問い合わせさせたのである。戻ってきた遣いの者がイエズス会からの断わりの手紙を渡すと、それを読んだワイルドは激しく嗚咽《おえつ》した。刑務所という隔離された空間から出てきたワイルドは、外の世界が恐ろしくてたまらなかったのだ。

娑婆では、セバスチャン・メルモスという偽名を使って外国で暮らすことに決めていた。殉教した美貌の聖人、聖セバスチャンと、ワイルドの母方の大伯父にあたるマチューリンの小説『放浪者メルモス』の主人公からそれぞれ借用した名前である。当面の逗留《とうりゅう》先は、ノルマンディ地方の港町、ディエップということになっていた。

その日の真夜中にニューヘイヴンからディエップ行きのフェリーに乗り、朝の四時半に着くと、桟橋にはロスとレジナルド・ターナーが迎えにきてくれていた。ワイルドはすぐさまロスに、ダグラスへの手紙を入れたかさばる封筒を手渡した。オリジナルをロスが保管し、二部複写して一部をダグラスに送り、一部をワイルドに渡すようにロスに指示した。彼らはホテルに直行し、ワイルドは朝の九時まで上機嫌でしゃべりつづけた。墓場から戻ってきたワイルドの新たな人生はこうして始まった。

ワイルドはまず、妻のコンスタンスに宛てて和解を求める手紙を書いた。この手紙は残っていないが、悔悛の情に満ちたもので、また家族として再起したいという希望が切々と綴られていたらしい。ワイルドは妻よりも二人の息子に会いたくてたまらなかった。ドイツやイタリア、さらにはスイスなどヨーロッパ各地を転々としていたコンスタンスは、このころ、ワイルドの昔からの友人で今はパリに住むカーラス・ブラッカー夫妻と親しくしていた。ワイルドとコンスタンスの直接のやりとりは残されていないから、このあたりはブラッカーが書き残したところから推測するしかないが、コンスタンスの返事は、同居を同意するでもなく、却下するでもない、煮え切らないものだったらしい。たっての希望である息子たちとの再会も、そのうち実現するよう努めるとしか伝えられなかった。かなり落胆したが、息子たちとの再会の望みはつないでいた。

七月下旬になってワイルドは、コンスタンスの状況をブラッカーの手紙から詳しく知ることになった。腰を痛めていた彼女の容体はさらに悪化し、このころには麻痺《まひ》が脊髄《せきずい》全体に及び、歩くことはほぼ不可能になり、文字を書くことさえ難しかった。それほど悪いとは露ほども知らなかったワイルドには大きな衝撃だった。家族との再会が先延ばしにされたのはこうした事情もあった。

ノルマンディ地方の港町ディエップは、地の利のよさからイギリス人が多く滞在するリゾート地である。イギリスの中流階級社会の一部分をそのまま移植したようなディエップに滞在するのは、ワイルドは最初から気が進まなかったが、その懸念が現実になるのに長い時間はかからなかった。イギリス人旅行客がワイルドを無視したり、嫌悪感を示したりするのは予想していたことだった。だがディエップに多数滞在していた芸術家たち、ましてや反体制的で無頼のボヘミアンを気取っていた芸術家たちまでもがワイルドを露骨に無視するのにはひどく傷つけられた。そのなかには『サロメ』のおかげで世に出たビアズリーもいた。彼は他の芸術家仲間と一緒に歩いているときワイルドに遭遇したものの、無視したと伝えられている。ワイルドがその後ビアズリーを夕食に招待した手紙が残っていることから、まったくやりとりがなかったわけではなさそうだが、この招待をビアズリーがすっぽかし、ワイルドは激怒した。またあるレストランで三人の友人たちと席に着こうとしたところ、店の経営者に「うちは三名にしか食事は出せない」と言われたこともあった。

こうしたことは、プライドの高いワイルドには耐え難いことだった。彼は自分の評判をとても気にしており、ワイルドに対する「パリの住民たちの態度を知ることはぼくにとって何にもまして重要」だから、パリの新聞に出た自分についての記事——とりわけ悪意の記事——をすべて知らせてくれるようにと、ダグラスに頼んでいる。エイダにもロンドンでの噂を知らせてくれと書いている。イギリス人の多いディエップを早々に引き払い、そこから八キロほど離れたバルヌヴァルという小さな村のホテルへと移ったのは、五月二十六日のことだ。外界から隔離されたように海辺にへばりついている静かなこの村でなら、ワイルドもわずらわしい浮世から適度に遮断され執筆に集中できるだろう。

ワイルドはこのころ、芸術家としての再起にかけていた。とりあえず、獄中生活のなかで湧き出た詩想をまとめあげなくてはならない。そして戯曲を書きたい。戯曲を書いて上演にこぎつけなければ、金を稼ぐことができない。釈放されたワイルドの当座の軍資金として、ロスらが友人に呼びかけて寄付を募り、四〇〇ポンドが集まった。年金受給権の件でさんざん責められたアディは一〇〇ポンドも出したし、ハリスもかなりの額を寄付した。今回も大部分を寄付したのはアデラ・シュスターである。六月上旬の時点での手紙によれば、まだ二〇〇ポンド残っていた。この金はロスが管理して少額ずつワイルドに送金していた。経済的不安はワイルドの心に重くのしかかり、文通が復活していたダグラスには「もし金を稼げなければ、秋以降、どうやって暮らしていけばよいかわからない」と書いている。この状況は金遣いの荒いワイルドには耐え難かった。しかしこの焦燥感がこの時点では、創作欲を刺激する方向に働いていた。

ちなみに、バルヌヴァルに落ち着いて早々にダグラスとの文通が復活していた。出獄した直後、ワイルドはロスにダグラスのことを「想像力が欠如した自己中心的で恩知らずなあの若者」と書き、対照的にロスには、「君はキリストの心をもってやってき」て、「ぼくの魂を救う手助けをしてくれる」として深い愛情と感謝の念を綴っている。だが再会を求めて何通も手紙をよこすダグラスに、ワイルドが堅苦しい説教調の手紙をいったん書くや、堰を切ったように文通が再開した。六月六日には「毎日君に手紙を書くという喜びに溺れている自分をどうにかしなくてはならない。君に毎日話しかけることがぼくにとって新鮮な楽しみになってしまった」と書いた。ダグラスとの友情の復活は、ロスにも知らせてはいたが、『獄中記』を書き終えてからわずか二か月でのこの振る舞いのすべてをロスに知らせるわけにはいかなかった。

心は罪びと

ワイルドはバルヌヴァルへ移る直前、『デイリー・クロニクル』紙に寄稿するための長い手紙を書いた。レディング刑務所で親切にしてくれたトマス・マーティンという看守が数日前、ウサギを盗んだ廉で刑務所に入れられた子供にビスケットをあげたことを理由に解雇されたことを知ったからだ。それへの抗議から始まり、刑務所で子供たちがどんな残酷な扱いを受けているかを切々と訴え、十四歳以下の児童を刑務所になぞ収監すべきではないと熱く語った。ワイルドは釈放される前日にその子供たちがホールに立たされているのを目にして胸を痛めていた。その日のうちにマーティンに手紙を書き、子供たちの罰金を自分が代わりに払うから釈放させられないかと尋ねていたのだった。そして今回の事件である。ワイルドの義憤は頂点に達した。

かつてワイルドとの交友を誇っていた人々が、今ではそのことを恥じ、ワイルドと会っても顔さえ合わせない。中流階級を気取る人々の、手のひらを返したような仕打ちに傷つけられたワイルドの心は自然と刑務所に暮らす囚人たちの側に向いた。しかもワイルドは出獄したあとも「罪びと」でありつづけたし、自分でもそう認識していた。男性を愛することをやめたわけではないのだから、同性愛を罰する法律のあるイギリスにいれば「罪びと」であることに変わりはない。

ディエップでの冷たい視線から逃れバルヌヴァルに移った日に、ワイルドは早速刑務所で親しくなった囚人たちに宛てて手紙を何通も書き、ロス宛の手紙に同封した。ロスには一〇人もの囚人たちの名前を挙げて、彼らが出所した際に郵便局で金を受け取ることができるように、一〜三ポンドの郵便為替をつくるよう依頼した。総額二〇ポンドにものぼるこの金を、ワイルドは友人たちがなけなしの金から寄付してくれた基金によって賄おうと考えた。

当然のことながら、金庫番のロスは首を縦にふらなかった。友人たちから恵んでもらったワイルドが、囚人に恵んであげる余裕などあるはずがない。もっともな話だ。するとワイルドはターナーに泣きついた。彼らが「外の世界に出てまず郵便局に行くと、ぼくからの金が連中を迎えてくれる。素敵なことだと思わないかい」。とはいえその金は、ターナーから借りて用立てようという話なのだ。友人から借金をしてまで、囚人たちに金を施す。これがワイルドの慈善の流儀なのである。この話は、自分の宝石や金箔を剝いで困窮する者らに施す幸福な王子を彷彿とさせる。王子がつばめを巻き込んだように、ワイルドも慈善をするのに友人を巻き込まずにはいられない。

もちろんターナーとてすぐに快諾したわけではない。ワイルドは「ともに苦しい時を過ごした仲間たちをいくらかでも援《たす》けたい」一心なのだと弁明する。そしてそれは自分の過去の振舞いに対する償いなのだ。自分はかつて、若者たちの人生にあまりに無頓着《むとんちゃく》だった。連中を街で拾っては情熱的に愛し、飽きたらポイと捨てた。ぼくは今、過去のこの行為をとても悔いている。今、わずかでも他人を援けることができれば、罪を償うことができるような気がするのだ。

ちなみにターナーには六ポンドあまりの借金を申し込んでいる。これが高額なのは、アーサーという男に洋服を購入させるつもりだったからだ。紳士の装いに身を包んだアーサーにはワイルドを訪ねるよう伝えていた。アーサーはまったく美男子ではないから、彼に対する感情は「友情と愛情以外」の何ものでもないというのは、ワイルドの弁だ。アーサーの容姿がいかに凡庸であるかについての仔細な記述を読むと、かえってワイルドの本心が疑わしくなってくる。ワイルドはこの時期、裁判前の自分の行動や振る舞いを大いに反省していたのだが、少なくとも性の嗜好を変えることは一切なかった。そもそも彼にそうしなければならない理由はなかった。

ジッドの訪問

ワイルドは孤独に耐えられず、常に自分よりも年下の者たちにちやほやされていたい性分である。バルヌヴァルに引きこもるようになってからも、友人たちが入れ替わり立ち替わり訪ねてきたが、そのなかにジッドがいた。ジッドはワイルドが失墜する前に会った最後のフランスの友人だったから、出獄後に訪問する最初の人になりたくてこの侘《わび》しい小村に駆けつけた。六月にしてはずいぶん寒い日だった。ジッドが訪ねたときワイルドは留守だった。ワイルドが滞在していたホテルで帰りを待ったものの夜になっても戻らず、ワイルドと同じホテルに取った自分の部屋で待っていたら、夜半に寒さにかじかんだ「メルモス氏」が戻ってきた。

ワイルドはホテルの一番いい二部屋を占領し、そこをセンスよく整えていた。テーブルの上には多数の本があり、そのなかにジッドの『地の糧』もあった。グロッグ（水で割ったラム酒）をすすりながら、ランプの灯に顔を寄せて語り合った。アルジェリアで、ワイルドが自分の破滅を予言していたことを覚えているかとジッドが尋ねると、もちろんだとも、と答えた。

「あれはあんなふうにでもして終わらせるほかなかった。あれ以上進むことはできなかったし、そのままでいることもできなかった」

「監獄は私をすっかり変えてしまった。しかしB（ダグラスのこと）は私が以前と同じ人間には戻れないことを理解できずに、私を変えたと言って他の人々を責める」

「私の人生は芸術作品のようなものだ。芸術家は同じことを再び始めることはない」

ワイルドは煙草に火をつけながら語った。

「大衆というのはひどい連中で、やつらは人が最後にしでかしたことしか覚えちゃいない。もし私が今パリに戻っても、彼らが私という人間に求めるのは「前科者」の顔だけだ。だから私は戯曲を書くまで連中の前に姿を現すつもりはない」

それから、この地でヴィクトリア女王の在位六〇年を祝って、土地の子供たち四〇人と教師を呼んで盛大にご馳走《ちそう》をふるまったことを話した。子供たちが私のことを慕ってくれた、とうれしそうに語った。ジッドはあえてワイルドを深刻な気分に戻らせるような質問をぶつけた。ドストエフスキーの『死の家』を読みましたか。

ロシアの作家たちがすばらしいのは、悲哀を作品に描き込んでいることだ。悲哀において作品は外部に開かれ、無限へとつながる。ねえ君、知っているかい。私が自殺を思いとどまったのは、悲哀のおかげだということを。最初の半年間は本当につらかった。あまりにつらくて自殺しようと思っていたよ。ところがある日、背後にいる囚人が私の名を囁いているのが聞こえた。

「オスカー・ワイルド、俺はあんたが気の毒でたまらない。あんたは俺らよりもはるかにつらい思いをしてるだろうよ」

私は頭を動かさずに答えた。

「友よ、それは違う。ぼくらの苦しみはみな同じなのだよ」

その日から私は自らに死を望むことがなくなった。そして悲哀というものを知ったのだ。悲哀というのはたいしたものだ。私はそれの何たるかを知らなかった。君は悲哀がどんなにすばらしいものか、ちゃんと理解しているかね。私は、毎晩ひざまずいて悲哀を教えてくれた神様に感謝しているのだ。自分の快楽のことばかり考えて石の心を持って牢屋に入ったから、私の心はすっかり割れてしまった。そして悲哀がそこに入りこんできた。悲哀はこの世にあるもののなかでもっとも偉大で、もっとも美しいものだということを、今ようやく理解できた。ワイルドはそのほかにもこんなことを語った。独房にいたときにはギリシャ文学も、キリスト教の教父たちの著作も読む気になれずにいたが、ふとダンテなら読めると思いついた。そしてダンテの『神曲』を毎日イタリア語で読んでいた。最後まで読了したけれども、『煉獄篇《れんごく》』も『天国篇』も自分にはしっくりこなかった。だが『地獄篇』は、まさに自分のために書かれているように感じた。だって我々は地獄にいたのだから。監獄はまさに地獄だった。

夜が更けるまで、苦難のときをともに過ごした囚人仲間のことや次に書くつもりの戯曲の構想などを話した。翌朝、ワイルドはジッドをホテルの近くの小さなヴィラに案内した。戯曲の執筆に専念するつもりで、その家を借りて家具を整えはじめていたのだった。ジッドはその日パリに戻った。馬車にワイルドが乗り込み、途中まで送るという。最後に話題はジッドの最新作『地の糧』のことになり、ワイルドは称賛した。とはいえどこか奥歯に物の挟まったような口ぶりだった。馬車が停まり、いよいよワイルドが降りるとき、突然振り向き言った。

「ねえ君、私に約束してくれたまえ。『地の糧』はすばらしい、ものすごくいい。だがね、これからは一切、「私」という言葉を使ってはいけない」

腑《ふ》に落ちない様子のジッドにワイルドはこう言い直した。

「芸術に一人称なんてものはないのだよ」

ジッドは、ワイルドの話を忘れないうちにと、帰宅してすぐにこれらを書き留めたというから、大方はこの話の通りだったのだろう。ところが、パリにいたダグラスに会うと、そんな馬鹿な話があるものかと一蹴された。ダグラスが言うには、ワイルドは孤独や退屈な生活には耐えられない。現に彼は自分に毎日手紙を書いてよこしていて、戯曲を一つ書き終えたら、またダグラスのもとに戻って二人で暮らすのだと言っている。ワイルドは自分がそばにいないといいものが書けないいんだよ、と言って、ワイルドから来た最後の手紙を見せた。その通りのことが書いてあった。

自分の人生が一つの芸術作品であると常々豪語していたワイルドは、自分語りが大好きだった。語っているワイルドは生き生きとしていたとジッドも記憶している。この話も芸術作品の一つで、語り手のワイルドその人が主人公の小説と思えば、理解できないこともない。この時期のワイルドは、ジッドに見せたような悔い改めた神妙な顔を持っていた一方、ダグラスにはまた別の顔を見せていた。いや、この時期に限らず、ワイルドという人は一つではない複数の人格を持ち、それらを状況に応じて演じ分けていたと言ったほうがいいのかもしれない。このころ、ダグラスに毎日手紙を書いては、再会を画策していた。ダグラスに宛てたこれらの手紙の調子は、『獄中記』の、精神的苦難の果てにたどり着いた、赦しと諦観《ていかん》に満ちた静謐《せいひつ》な精神とはすでに遠くかけ離れていた。そして『獄中記』の複製はまだ終わっておらず、ダグラスのもとには届けられていなかった。どうやら永遠に届けられなかったらしい。

白鳥の歌

オックスフォード時代の同級生で画家として活躍していたウィル・ローゼンスタインがバルヌヴァルのワイルドを訪ねてきたことがあったが、ワイルドはそれを楽しげに「罪びとへの巡礼」と称した。ワイルドは自嘲気味に、自分のことをたびたび「罪びと」と呼んでいる。自分はかつて罪を犯して獄屋につながれたが、出所した今でも罪びとであることに変わりはない。その意識は出所後のワイルドに一貫していた。「私は刑務所に入れられたことを恥じてはいません。恥じているのは、芸術家として――しかも偉大な芸術家として――それにふさわしくない生活を送ったことなのです」と、弁護士のハンフリーズに宛てて書いている。

俗っぽい快楽の飽くなき追求、驕奢《きょうしゃ》、無感覚なまでの懶惰《らんだ》、流行の追随、その他人生に対する私の態度全般のことごとくが芸術家としてあるまじきことでした。幸いなことに私は今、打ちひしがれてはおりません。（中略）感謝の心――私にとっては新鮮な教えでした――と謙抑《けんよく》の精神を学んだからです。私はもう富の豊かさや激しい浪費などを欲してはおりません。（中略）もしかするといつの日か、あなたを楽しませる作品を創る日がくるかもしれません。

「前科者」の人生を生きることを余儀なくされたワイルドは出所直後の時期、最後の矜持《きょうじ》からか、このように語っていた。男を愛した廉で獄に入れられた詩人がまずすべきことは、獄中で沸き起こった詩想を作品にすることだった。バルヌヴァルのヴィラでワイルドは詩作に打ち込み、『レディング監獄のバラッド』と題された詩は八月下旬までに第一稿が書き上げられた。

これはワイルドがいたレディング監獄で一八九六年七月七日に絞首刑に処された元近衛《このえ》騎兵、チャールズ・ウルブリッジの事件に想を得て書かれたもので、この死刑囚に献呈されている。当時三十歳の元近衛兵は、その年の三月、自宅で当時二十三歳の自分の妻の喉《のど》を斬《き》りつけて殺害した廉で逮捕され、裁判の結果死刑を言い渡されていた。着飾って男たちの眼を惹くのを楽しんでいた若妻への嫉妬の炎にとらえられ激情的に起こした事件だとされた。しかしこの男は、罪状をあっさり認め、悪びれもせずに堂々と自らの刑に服して勇敢に死んでいった。この男の死はワイルドに格別な想いを掻き立てた。なぜなら、この男は愛ゆえに犯した罪によって死んでいったからだ。愛ゆえに犯した罪というならば、ワイルドとて同罪だ。ワイルドはただ男を愛したがゆえに罪びととなったのだ。

この作品は、それまでのワイルドの作品とは趣の異なる新境地を開いた。ホルディンが予言したように、人生の「大きな主題」を手に入れたのである。現実に監獄で過ごした者のみが知る苦痛と絶望と死の恐怖が、飾りのない簡潔な言葉と心地よい韻律で謳われている。塀の向こうの異貌の世界とそこに住む人の心情が、バラッドという古くからある素朴な形式において珠玉の表現を得た特異な傑作である。これは出獄後のワイルドが書いた唯一の作品となった。

ともに過ごした六週間の間、死刑囚は近衛兵の真紅の制服をもう着ることなく、「もの狂おしい目で」「ぎらぎらする太陽」を見つめるばかりだった。

「私はそのわけを知っていた。あの男は愛する者を殺したのだ。だからあの男は死なねばならなかった」

縛り首にされる運命にありながらも泰然としているこの男を目にすると、囚人たちは己の身の不遇とて忘れてしまう。処刑の朝、六時には囚人たちは独房の掃除をし、静まり返ってその時を待った。その間、誰もが心の中で希望が死ぬのを感じた。正義は、脇道にそれることなく、弱者も強者も一緒くたに殺《あや》めながらひたすらその道を進むだけだ。処刑の瞬間、「黒ずんだ梁《はり》にひっかけた油じみた麻縄が見え」、「祈りが悲鳴に変わった」。そり返って歩く看守たちは、日曜の晴れ着を着て、靴の先に石灰をつけている。大地がぱっくりと口を明けた穴にあの男の遺骸《いがい》を放り投げ、石灰をかける作業をした痕跡《こんせき》だ。石灰は遺骸にかけられる唯一の布であり、それは燃えて男の肉も骨も食らい、心の臓までしゃぶり尽くすだろう。その大地には何の墓標もたてられず、人殺しの心臓は種を汚すと嫌われ何の種も播《ま》かれない。だが本当は、その土地には一層鮮やかな赤い色と、一際清らかな白い薔薇《ばら》が咲くのだ。キリストが救おうとして降臨したのは、本当はあんな男のためだったのに、あの墓にはキリストが罪びとたちに与えた清らかな十字架さえ架けられなかった。

「裁きの法が正しいのか誤りなのか、私は知らない」

これこそワイルドの心からの真率《しんそつ》な叫びである。海峡を越えた大陸の国々では罪に問われず、イギリスでも一〇年前なら罪に問われなかった行いによって、自分は塀の中の人となった。いつのまにか、処刑されたあの男の魂はワイルドの心のなかに忍び込み、あの男の罪はワイルドの罪となる。この頑強な塀の内部で行われていることは、キリストの眼から隠されている。幼な子が怯え空腹で昼も夜も泣き叫ぶ。弱者が苦しめられ、愚人は鞭打たれ、白髪の老人は嘲られる。囚人たちが住む独房はどれも悪臭たちこめる便所そのもので、飲む水は塩辛く、パンは白亜の混ぜ物だらけだ（昔、パンの増量剤としてチョークの粉が使われた）。囚人がクランクを回し、麻縄を裂く作業をする場所は地獄である。そして我ら囚人は、「すべての者に忘れ去られ、しだいに朽ちてゆくばかり」。しかし神の掟《おきて》は慈悲深いから罪びとの石の心さえ打ち砕き、心のその割れ目からキリストが入ってくる。そしてキリストの血の涙が囚人たちの魂を癒《いや》してくれるのだ。

愛は、人の世が定めた法を気にかけないから、人は愛ゆえに時に法を犯し刑を宣告される。この法は生きている者を殺すことさえ正義だと言うし、囚人を生かしながら殺すこともできる。そんな法によって生き死にを握られた、か弱き罪びとを最後に救うのはキリストだ。ワイルドはキリストが自分のような者こそを救うために降臨したのだと信じることによって、獣のように絞め殺され穴の中に捨てられたあの男の無残な死に様を目の当たりにしながら、かろうじて発狂せずにいられた。「レディングの街近くのレディング監獄に屈辱の穴」を掘られ、そこに横たわっている哀れな男は、「キリストが死者を呼び覚ますまで、しじまのなかで眠らせてやれ」。

このバラッドが出版されてから、ダグラスはワイルドに「あらゆる男は愛する者を殺す」の句の意味を尋ねたことがある。ワイルドは答えた。

「君にわからないとは言わせない」

しかしダグラスがこの詩句の意味を理解するには、まだしばらくの時間と人生の苦汁が必要だった。一九三八年に刊行された自伝『弁明せず』でダグラスは書いている。もしかすると父は父なりに自分のことを愛していたのではないか。

「父はただ、オスカーがあのバラッドのなかで謳っていたのと同じことをしただけではないのか、彼の愛する者を殺すということを。ワイルド、私の父、そして私は、多かれ少なかれあれと同じことをしていたのではないのか」

あの一連の出来事は、父の自分に対する愛ゆえの、ワイルドへの嫉妬からきていたのではないかと思い至ったのである。ダグラス自身も獄中で半年を過ごす辛酸ののちに知った、苦くて甘い人生の真実であった。

ダグラスの元へ

『レディング監獄のバラッド』はレオナード・スミサーズが引き受けて出版してくれることに

なっていた。彼はヨーロッパ随一のポルノ研究家かつ艶本《えんぽん》マニアで、これまではもっぱらポルノグラフィの類の出版を手がけていた。当時ワイルドの作品を出してくれる出版社は、そんなところしかなかったのである。この間、ワイルドは何度も彼に金の前借をして助けてもらった。

第一稿が八月下旬に彼の元へ送られると、ワイルドはダグラスに会いたい気持ちを抑えることができなくなった。これまでにもダグラスがバルヌヴァルにやってくる計画があったのだが、ハンセル弁護士の知るところとなり妨害されていた。二人の仲を嫉妬するロスがハンセルに告げたらしい。ロスには、獄中でダグラスを非難するあれだけの手紙を書いたワイルドが再び寝返るというのは、理解を超えることであり、自分に対する裏切りに思えた。さらにコンスタンスへの裏切りであり、これまで支えてくれたすべての友人たちへの裏切りであった。

八月二十八日、ルーアンでついに二人は再会を果たした。ダグラスによれば、駅で彼の顔を見るなりワイルドは涙を流したという。二人は夜通し腕を組んで街を歩き、この上ない幸福を噛みしめながら愛を再確認したのだった。

至福の二日間を過ごし、バルヌヴァルに戻ってきたワイルドはダグラスに宛ててこう書いた。

「もう一度芸術に関わる美しいものをつくりたいというぼくの唯一の希望は、君とともにある」

「ぼくが君のところに戻ることを皆、激怒しているが、彼らはぼくらのことが理解できないのだ」

「ぼくの破滅した人生を再建してくれたまえ。そうしたらぼくらの友情と愛は世間に対して新しい意味を持つことになるだろう」

　夏が過ぎた北フランスの海沿いの街は、うら寂しいばかりだ。来る日も来る日も続く陰鬱な曇天にワイルドの気分は滅入る一方だった。そのうえコンスタンスは、ちっとも子供たちに会わせてくれようとしない。『バラッド』を書き上げた今、新しい作品に取りかからなくてはならない。次は『フィレンツェの悲劇』という戯曲を書くつもりだった。だがバルヌヴァルでは到底書けない。もっと強烈な太陽を浴びなければ、生きる気力も創作欲もわかないのだ。ワイルドはナポリでダグラスと暮らすことを夢見ていた。ナポリまでの旅費を捻出するのが問題だったが、幸運なことにパリで会ったアメリカ人の詩人、ヴィンセント・オサリヴァンが工面してくれた。今回のナポリ行に関しては、友人の誰からも大顰蹙《だいひんしゅく》をかった。もしかすると友人たちを失ってしまうかもしれない。その恐れにもかかわらず、ワイルドはダグラスとナポリでやり直すことに賭けたかった。ナポリの太陽の下でダグラスと暮らすこと。それが、もう書けないのではないかという恐怖から逃れる唯一の道だった。

　夏に俳優のチャールズ・ウィンダムがワイルド詣でにやってきて、新作の戯曲を書いてほしいと申し出てくれていた。だが九月になってから、それを断わらざるをえなかったとブラッカーに書いた。

「今は気の利いた喜劇を書く気力がわかない。とても残念だったがやむをえない」

「もしイタリアで書けなければ、どこで書けるというのだ。これは私にとってただ一つ残ったチャンスなのだ」

そして「私の足を南へと向かわせるのは、私が倒錯しているからではなく、不幸だからなのだ」とも言う。友人たちからは非難囂々《ごうごう》のナポリ行だったが、ワイルドにとっては創作への再起をかけた抜き差しならない決断だった。

ナポリ郊外のポシリポのヴィラで二人は創作に打ち込み、それなりの収穫があった。ワイルドは『バラッド』の最終稿を完成させたし、ダグラスは三篇のソネットを書き上げた。創作面では充実していたが、この生活は経済的な不安に脅かされていた。ダグラスが母からもらっていた週に八ポンドの手当と、ワイルドの三ポンドで二人の生活を賄わねばならなかったが、浪費家の二人には十分ではなかった。しかも二人の同居を知ったコンスタンスは激怒して、ワイルドのわずかな手当もほどなく打ち切られた。さらに、ワイルドを毛嫌いする侯爵夫人も二人を別れさせようと画策し、ついに息子に、ワイルドと同じ屋根の下に暮らす限り、今後手当を打ち切るという最後通告を付きつけた。他に収入の当てがない二人にとって、この兵糧攻めにはなすすべがなく、同居生活は断念せざるをえなくなった。しかも侯爵夫人は、ナポリでヴィラに落ち着くまでに滞在した高級ホテルの未払いの宿泊費を清算したうえ、手切れ金としてワイルドに二〇〇ポンドを支払うという約束までしたのである。ダグラスは十二月上旬にナポリを去った。

ナポリの別離とワイルドの二枚舌

この別離をダグラスは、やむにやまれぬ決断だったとして、母親に宛てた手紙で次のように語る。

「ぼくが彼に対する考えを変えただとか、道徳観を変えたとは考えないでください。ぼくは今でも彼のことを愛しているし、崇拝もしている。（中略）ぼくは彼を、進歩のための殉教者とみているのです。彼の成功を望んでいるし、また本来彼のいるべき場所である英文学の頂点に立ち、彼が芸術的に再生することを希望している。ぼくは彼との文通をやめるつもりはないし、パリやその他のところで会いつづけます」

一方、ワイルドが語った別れの顚末はまったく違う。ロスに宛てた手紙でこう語る。

「彼の考えは、私が二人の生活費を出すべきだというものだったので、そのようにした。私が渡した一二〇ポンドで、ボウジーは幸せに暮らした。そして私の手当が途絶えると、彼は去って行ったのだ。（中略）言うまでもないことだが、これは私のつらい人生のなかでももっとも悲痛な経験だった。この衝撃があまりにも大きかったので、私の心は麻痺してしまった。彼とよりを戻すべきではなかった。もう彼には会いたくない」

さらに「ここ四か月、ダグラスから手紙はきていない」とも書いた。だが実際には、ナポリでの生活費の多くはダグラスの懐《ふところ》から出ていたし、ナポリを去るとき三か月分の家賃を前払いして、ワイルドには二〇〇ポンドを渡したとダグラスは言う。にもかかわらずワイルドは数週間しか滞在せずにパリに出てきた。そしてパリではダグラスを避けることなく頻繁に会い、以前と同じほどとはいわないものの、親しく交際していたのだった。しかし、この手紙の記述から、ダグラスがワイルドを見棄てたという話が流布して定着した。『獄中記』で展開されたダグラスへの個人攻撃や裁判へ至るまでの言動、さらにはハリスが後に出版したワイルド伝でこのダグラス像を踏襲したことなどもあり、ワイルドのストーリーが信じられているが、ここでは公平を期して、もう少しダグラスの言い分に耳を傾けたい。

ワイルドがダグラスのことを悪《あ》しざまに言いながら、ダグラス本人には愛情のこもった手紙を書いていたことはジッドが証言した。ダグラスも『自伝』中で、釈放されてからのワイルドが自分に対して二枚舌を使っていたと、困惑しつつ書いている。そしてワイルドがそんなことをした理由は、酷薄なダグラスに裏切られたかわいそうな自分を演出して人々の同情をかい、財布の紐《ひも》をゆるめさせるためだったのだろうと推測する。なぜなら、ダグラスにはやはりロスやハリスのことを、ケチだの送金がないだのと悪口を言っていたからだ。ワイルドが出獄を控えたころから金銭への執着が尋常でなくなり、献身的なアディやロスにさえ口汚く非難していたことは先述した。

一九三〇年代後半にダグラスはショーと親密な文通を続けたが、そのなかで、ダグラスはハリスの『ワイルド伝』で、ワイルドが吹聴した悪しきイメージのまま自分を伝えたとしてハリスに激怒していた。ショーはダグラスをなだめて言う。

「ワイルドが獄中で自らを慰めるために始めたゲームに、君たち（ダグラスとハリス）二人が引き入れられたのだ。ひどい仕打ちにあった主人公と冷酷で不実な友人のロマンス、というゲームだ」

晩年のワイルドが友人たちに寄生しながら、その陰で彼らの悪口を言っては同情を集めていたというのは、残念ながら本当のようだ。

約三か月におよぶダグラスとの同居生活の間、ワイルドは『バラッド』を完成させて最終稿をスミサーズに渡したから、芸術的創造という当初の目的は達成した。それでもこのことでワイルドは一時四面楚歌《しめんそか》に陥り、多くの友人たちに愛想を尽かされた。翌年の二月になってからロスに宛てて、自分の行為を次のように総括している。

みんながボウジーやナポリのことで私を非難するのは、間違っている。祖国を愛した廉で獄に入れられたからといって、愛国者は祖国を愛することをやめない。少年を愛した廉で獄に入れられた詩人とてやはり少年を愛することをやめはしない。自分の生活を変えたら、ウラニズムの愛（同性愛のこと）が卑しいものだと認めることになってしまう。私はそれが高貴なものであると奉じている。他のどんな愛の形よりも崇高な愛だと。

コンスタンスに月々の手当を復活させるよう頼んだ手紙のなかで、ワイルドは「自分に何か非難されるべきことがあったとすれば、愛しすぎたということだけだ。だが愛は憎しみにまさる」と書いた。それに対する直接の返答は残っていないが、兄への手紙にはこうある。

「自然に反する愛に比べれば、憎しみのほうがまだましです」

しかし彼女のワイルドへの愛がこれで潰《つい》えたわけではなかった。コンスタンスはワイルドが出獄してからずっと、彼と再会し再び家族として暮らすことを夢見ていた。ダグラスとの同居を知らされる直前まで、彼女は夫を迎えるためにスイスに新しい家を借りていそいそと同居の準備を整えていたのだった。それだけにダグラスとの復縁の知らせは彼女を深く傷つけたが、それでも最後までワイルドへの愛情、というより関心は持ちつづけた。翌年の三月になって、ロスがおずおずと手当の再開の意向を尋ねたら、彼女はすぐさま同意し、さらにこの手当を続行する旨を遺言書に付け足した。

パリに出てからもワイルドとダグラスは頻繁に会い親しくしていたが、かつてのような情熱はなくなり、恋人関係に戻ることはなかった。成年期にさしかかってきたダグラスはワイルドの影響から離れつつあり、自分が生まれ育った貴族社会の暮らしぶりに回帰するように、かつて父が好んだ狩猟や競走馬の育成に惹かれるようになっていた。一方、ワイルドはもっと若く魅力的な青年をパリの街であさりはじめた。そして、モーリス・ギルバートという海兵隊に所属する美青年と一緒に暮らすようになり、その関係は最後まで続いた。

パリのボヘミアン

ワイルドはナポリでも人々の冷ややかな視線やひそひそ話から解放されていたわけではなく、ダグラスに去られた後、ナポリの街をさまよう姿を見かけたローズベリー元首相の友人によれば、「すっかり打ちひしがれたふうで、まるで鞭で打たれた犬のようだった」という。ワイルドにとって唯一の救いと希望は、この数か月心血を注いできた『レディング監獄のバラッド』の完成が目前に迫ってきたことだった。装丁にはスミサーズも協力し、二人で話して表紙にはワイルドの名を出さずに「C.3.3.」とのみ記すこととした。詩集は二月九日に刊行されたが、ほぼ同時にワイルドはナポリを発ち、十三日にパリに到着した。この都市が結局、祖国から追われた根無し草のワイルドを最後に迎え入れた。カルチェ・ラタン近くの若きボヘミアンが多く集う界隈、ボー・ザールのオテル・ド・ニースに滞在し、後になって同じ通りのオテル・ダルザスに移った。

パリに着いたワイルドを最初に迎えてくれたのは、『レディング監獄のバラッド』が詩集としてはめざましい売り上げを記録しているといううれしい知らせだった。急いで増刷して、五月までには合計で六版を重ね四〇〇〇部刷り、その後の七版からはスミサーズの提案で、「C.3.3.」の隣にワイルドの実名を表紙に出すことにした。もちろんほとんどの読者は作者が誰かを知っていた。売り上げだけでなく書評も好意的だった。フランク・ハリスの雑誌『サタデイ・レヴュー』には作家のアーサー・シモンズが署名入りの書評を書き、絶讃した。三月十九日付の『ペル・メル・ガゼット』紙はこれを「今年発表されたなかでもっとも注目すべき詩作品」と評した。

旧い友人

無署名の詩集はコンスタンスの元にも届けられた。彼女は「オスカーのこのすばらしい詩を読んでひどく心が動顚したわ。とても悲しくて泣かずにはいられなかった」と兄に宛てて書いた。ワイルドへの遺恨を拭い去ることはできないまでも、その才能には改めて感服したコンスタンスは、パリに出てきたワイルドの様子を見てきてくれないかとカーラス・ブラッカーに頼んだ。

「オスカーは私と子供たちに対してありえないほどひどい振る舞いをしたために、私たちが一緒に暮らす可能性は完全に潰えました。でも私は今も彼のことが気になるのです」

そしてもしブラッカーが会ってくれるのなら、「『バラッド』がすばらしいと私が言っていた」ことと、「これが刺激になってまた何か書くことを期待している」と伝えてほしいと書いた。

ロンドン一のベスト・ドレッサーとかつてワイルドが評したブラッカーは、二〇年来の友人で、ワイルドは彼に『幸福な王子』を献呈した。ワイルド夫妻の結婚に際して婚姻財産管財人になった縁もあり、コンスタンスがハイデルベルクに滞在した折にはフライブルクに住んでいたブラッカー一家が苦境を支えてくれた。ブラッカーは若いころに寵愛を受けていたニューカッスル公爵から賭博《とばく》で嫌疑をかけられ、公然と侮辱されたことが原因で故国を離れることを余儀なくされ、大陸に居住していた。ブラッカーがこのスキャンダルの渦中にあったとき、ワイルドは救いの手を差し伸べたことがあったからブラッカーの恩人であると、少なくともワイルドは思っていた。その後公爵が自分の非を認めてブラッカーに謝罪し、名誉が回復された後も彼はドイツに居住し、九〇年代後半にはフライブルクとパリを行き来していた。コンスタンスにとりブラッカーは夫との間を取り持ってもらうのに格好の人物だった。

しかし、ブラッカーはワイルドの性的嗜好を裁判になるまで知らなかったし、コンスタンスと親しくしていたこともあり、ダグラスとの復縁は到底受け入れられなかった。さらに気性の激しい妻は、ワイルドを毛嫌いし会うことに猛烈に反対していた。ダグラスとの別離を知らなかった彼はワイルドとの面会を一度は断わったが、コンスタンスからことの顛末を知らされ、意を決して会いに行った。パリでも旧知の友人たちの誰からも相手にされなかったワイルドは、彼をパリの唯一の旧友だと言って再会にことのほか感激したが、ブラッカーにとっては再会はうれしいものではなかった。あまりに落ちぶれ果てたワイルドの姿に衝撃を受け、その様子をコンスタンスに知らせた。

彼女はその報せに心を痛めながらも、夫と自分をかろうじてつなぎとめているのは金の縁だけなのだということを思い知った。ブラッカーが伝えてきたワイルドの伝言は、金をめぐる話題と送金の要求だけなのだ。ワイルドの破滅的な金銭感覚と不誠実さ、そして人の金で暮らしながら臆面もなくさらに無心してくる破廉恥を思い、彼女は憤りを新たにした。自分は頼る人も、金を貸してくれる人もいないなか、だんだんと物入りになってくる息子たちに恥ずかしくない教育を受けさせようと孤軍奮闘しているというのに。それでももし彼がパリのどこかのホテルに落ち着いたら、一日一〇フランをホテルに直接支払うようにしたい。彼に渡せば、絶対にホテルに払わず使ってしまうのだから。三月二十日付のブラッカー宛の手紙で彼女はこんなことを書いていた。自分や子供たちへの仕打ちに対する遺恨と金に対する厚顔無恥な態度への憤り、それでも雨露をしのぐ場所だけは確保してあげたいという配慮と、思いは千々に乱れている。コンスタンスはやさしく思いやりにあふれた女性だったが、その彼女にしても夫への怒りを呑《の》み込むのは難しかった。

　コンスタンスは四月上旬に、ジェノヴァでかかりつけの医師の手により手術を受けることになっていた。その前に、モナコの学校で学んでいた次男のヴィヴィアンに宛て手紙をしたためた。

「お父様のことを恨んではいけません。あの人はあなたの父親なのだし、あなたのことを愛しているのだということを忘れずにいてちょうだい。お父様の苦難のことごとくは、息子が父に抱いた憎悪によって引き起こされたことなの。それにあの人がどんなにひどいことをしたにせよ、そのことではすでに十分苦しんでいるのです」

今回の手術はとくに危険視されていなかったから、彼女が運命を予感してまだ年若い息子にこの手紙を書いたとは思いにくい。だとすれば、こみ上げてくるワイルドへの憤怒と怨恨をなんとかなだめるために自分自身に言い聞かせていたのかもしれない。

ブラッカーとの再会は、意外にもワイルドを別の歴史のうねりに巻き込むことになった。ワイルドを再起させるためには再び筆を取るほかないと考えたブラッカーは、ある秘密を打ち明けた。これを知ればさしものワイルドも驚き、刺激を受けて書く気になるのではないかと考えたからだ。

ドレフュス事件の真相という餌

多国語を操る国際人のブラッカーには外国人の知己が多かったが、その中にパリ駐在のイタリア大使館つき武官であるパニツァルディがいた。彼は、同じくパリのドイツ大使館つき武官で対フランスの軍事情報活動を統括するシュワルツコッペン大佐の諜《ちょうほう》報活動上のパートナーであり、ドイツの対仏諜報活動に深く関わっていた。シュワルツコッペンは、一八九四年に発覚したドレフュス事件で、フランスの軍事機密情報を受け取っていた当事者であったが、この二人に加えて、じつはブラッカーもパニツァルディの親友としてこの諜報活動に関わっていた。ドレフュス有罪の根拠となった重要な資料が、パニツァルディからシュワルツコッペンやローマに宛てた書簡だったことからわかるように、彼は最初からこの事件の当事者であり、非常に早い段階から、ドイツへの本当の情報提供者がドレフュス大尉ではなく、ワルサン＝エステラジー少佐であることをつかんでいた。そしてこの事実は親友のブラッカーにも共有されていた。ブラッカーはワイルドに、絶対に内密にするようにと念を押しつつ、この重大な秘密を打ち明けた。

このころドレフュスはギアナ沖の悪魔島に流刑されていた。真犯人はエステラジーであるとドレフュスの兄が訴えるも退けられたが、エステラジーへの疑念はくすぶりつづけていた。ついに九八年一月にエミール・ゾラが『オーロール』紙上でフランス大統領宛の公開状を発表した。「我、弾劾す」という表題に始まり、激越な調子でフランス陸軍の将軍たちを痛烈に糾弾した。世論は沸騰し、これを機にドレフュス派が急速に勢いを得た。翌月、政府に訴えられて有罪となったゾラはイギリスに逃亡した。ワイルドが真相を聞いたのは、この判決からわずか二週間後のことである。

ところがワイルドは、この秘密を知らされる前からエステラジー少佐と懇意にしていた。そもそも彼をワイルドに紹介したのは、反ドレフュス派を標榜していた友人のシェラードだった。また、彼は北駅近くの酒場を根城に大酒を飲んでは気焔《きえん》をあげており、そこにダグラスが出入りしていたこともあって、ワイルドもこの酒宴にしばしば加わっていた。そこでワイルドはエステラジーを「大将」と呼び、大いに意気投合していたのだった。この男はハンガリーの名門貴族、かつてハイドンが仕えていたことでも名高いエステルハージ家の分家の出だが、本人はフランスで生まれたフランス人である。放蕩好きの貴族の血筋なのか、博打に目がなく、妻の多額の持参金を使い果たしたうえに借金で首が回らなくなっていた。ハンナ・アレントはこの男のことを「いかさま野郎」と呼んだが、金を手に入れるためにはどんな後ろめたい取引にも平気で手を染め、何人もの愛人を囲っていざこざを起こしもした。借金返済に窮した彼はシュワルツコッペンに持ちかけ、陸軍の機密情報を渡す見返りに高額の報酬を得たのである。ドイツ大使館のごみ箱から見つかった問題の紙片（「明細書」）には、砲兵の構成などの重要情報が記されていた。ドレフュス大尉が槍玉《やりだま》にあがったのは、たまたま筆跡が似ていたということに加えて、彼がユダヤ人だったからである。

ブラッカーから途方もなく貴重な情報を聞いてもさして動じず、冤罪《えんざい》に苦しむドレフュスへ同情を示すどころか、エステラジーへの共感的な態度を変えるふうのないワイルドに、ブラッカーは失望した。当時の文化人や知識人を自称する人間であれば、真実を聞いたらたちまちドレフュス釈放を求めていきりたつのが期待される反応である。事件に関わっていたブラッカーはパニツァルディともども、ことの成り行きに重大な責任を感じ、心を痛めていた。なんとかドレフュスの無罪を証明しようと、友人でオックスフォード大学の歴史学教授であるコニービアの協力を得ながら作戦を練っていたところだった。ブラッカーのような中流階級の価値観を持つ人間には、ドレフュスに同情せず、裏切り者のエステラジーに共感を寄せるワイルドは、理解を超えていた。

それどころかワイルドは臆面もなく、ブラッカーにさっそく二〇〇フランの借金を申し込んだ。数日後、カフェで待つワイルドに一五〇フランを持っていったブラッカーは不快感に押しつぶされそうだった。ワイルドは、「君はぼくの人生の恩人だ」と深い情のこもった手紙を書き、近いうちにまた会おうと促したが、ブラッカーは応えなかった。妻が断固、禁じたからである。妻と旧友の板挟みになって苦しむブラッカーに、馬車に乗っていて事故に遭ったワイルドから、けがをしたのでぜひ来てくれという電報がきた。しかしこの哀訴にもブラッカーは応じなかった。

さすがにワイルドも、ブラッカーが自分を避けているとは思わないわけにはいかなくなった。手のひらを返したようなかつての友人たちの仕打ちに、プライドの高いワイルドは深く傷ついていた。ブラッカーとの再会を前にしたときには心情をこう綴っていた。

「私は人生を深く愛してきた。いや、愛しすぎたくらいだ。しかし人生のほうは虎《とら》のように私を襲い、引き裂くのだ」

ワイルドの心は人々の冷たい視線と仕打ちに引き裂かれ、血の涙を流していた。古くからの友人であるブラッカーの裏切りともとれるこの振る舞いによって、ワイルドの心の裂け目から悪魔が忍び込んだ。

暴露

ワイルドは事故のショックと唇が裂けたけがのせいで週末はホテルに蟄居《ちっきょ》していたが、一晩だけ外出してエステラジーらとの酒宴で管を巻いた。この席にいたのはダグラスと友人のジャーナリスト、ロウランド・ストロングおよびクリス・ヒーリーだと思われる。そのころエステラジーは、ゾラの有罪判決にもかかわらず自分への嫌疑が晴れないどころか強まる一方の世論に追い詰められ、ノイローゼ状態だった。ドレフュスこそ裏切り者のユダヤ人でありドイツ人（ドレフュス家はアルザス地方の出身）なのだ、一方の自分は潔白なのにひどい扱いを受けていると、延々とまくしたてて一同をうんざりさせていた。しびれを切らしたワイルドがこんなことを言った。

「潔白なる者というのは常に悩み苦しむものなのだよ、大将。それが連中の仕事なのだ。それに、我々は暴かれない限りは、皆、潔白なのさ。潔白なんざ、凡庸な連中が支配するこの世界では、じつにケチでつまらん役どころだ。本当に面白いのは、罪びとであることだよ。そして他の奴らをも罪へと誘う気配を後光のように漂わせることだ」

エステラジーはしばしぽかんとしていたが、ようやくワイルドの皮肉な含蓄が呑み込めると、「ケチでつまらない」役割に甘んじるほどにつつましい虚栄心の持ち主でなかった彼は、こう切り出した。

「俺としたことが、おまえさんに俺の秘密を打ち明けないとはバカだった。よし、言ってやろう。有罪なのはこの俺、エステラジー様ただ一人よ。あの「明細書」を書いたのはこの俺だ、ドレフュスの奴を監獄にぶちこんでやったのも俺様だ。なのにフランス中がよってたかっても奴を釈放できないときてる。俺が策謀の主で、その主人公こそこの俺、エステラジー様だ」

この爆弾発言を聞いた一同が笑い転げたと伝えているのは、その場にはいなかったはずのフランク・ハリスである。ワイルドは三月二十八日付のブラッカー宛の手紙で、「大将にはまったく驚かされたよ。そのうち君にやっこさんがしゃべったことを洗いざらい教えてあげるよ。無論、奴はドレフュス事件のことばかりしゃべりまくっていたがね」と書いている。ワイルドが言う「エステラジーが話した内容」を確認するすべはないものの、この時の話が先に紹介したエピソードだと思われる。ワイルドが笑ったとしても、一同とはその笑いの意味は違ったはずだ。真相を知っているワイルドが鎌《かま》をかけたら、エステラジーは、ワイルドの思惑にはまった。あまりに狙い通りだったのが愉快でたまらなかったという哄笑であろう。同じ手紙でワイルドはけがのことにも触れている。大事には至らなかったが看病人もおらず、安ホテルの侘しい部屋に閉じ込められるのが大層つらかったとさりげなく触れるだけの文面には、見舞いに来てくれなかったブラッカーへの恨みがにじみ出ている。この手紙を読んだブラッカーは震撼《しんかん》したはずだ。国家の趨勢《すうせい》にも影響を与えかねない重大な機密を、よりにもよってもっとも漏らしてはならない人間に漏らしてしまった、と。

エステラジー本人が真実を自ら語った以上、あの「秘密」はもはや秘密ではない。ワイルドはおそらくそう開き直った。三月末に、『レディング監獄』を仏訳中だったダヴレイを加えた席で、ブラッカーから聞いたドレフュス事件の真相を暴露したらしい。なぜならダヴレイはワイルドの次の言葉を記しているからだ。

「エステラジーは、無実であるドレフュスよりはるかに興味深い。無実なんていうのは常にあやまちだよ。犯罪者たるには想像力と勇気が必要なのだ」

この発言を冷静に記録していることから、同席した人々が皆、真犯人がエステラジーだという事実を共有していることが窺える。そしてワイルドは三月三十日ごろ、確かにダヴレイと会っていた。この席には、前回と同様、ダグラスのほかに特ダネを狙う二人のジャーナリストがいた。その一人であるストロングはエステラジーの友人だったから、ワイルドの暴露をエステラジー本人に伝えに行った。そしてもう一人のヒーリーはエミール・ゾラにこのことを伝えたらしい。

その帰結はとんでもない事態を引き起こすが、その前にワイルド個人を大きな不幸が襲った。四月十二日にコンスタンスの死の報せを受け取ったのである。

コンスタンスの死

コンスタンスは、滞在先のジェノヴァでかかりつけの医師の手により、四月二日に手術を受けた。手術について詳細な記録は残っていないものの、進行していた四肢の麻痺の原因と思われる脊椎神経への圧迫を取り除くためのものと考えるのが妥当だが、この医師が産婦人科医であったことからすると子宮筋腫《きんしゅ》の手術という可能性も捨てきれない。いずれにせよ手術は失敗した。翌日彼女は兄のオウソに宛てて、大変具合が悪いからすぐに来てくれと電報を打った。だが彼が駆けつけた時すでに遅く、彼女は亡くなっていた。コンスタンスは、イタリア人のメイド以外の誰にもみとられず、四月七日に息をひきとった。

遺骸はその翌々日、ジェノヴァ郊外の山麓《さんろく》にある墓地に埋葬された。墓石には「コンスタンス・メアリー、勅撰弁護人ホレス・ロイドの娘」とのみ彫られ、オスカー・ワイルドとの縁を示す痕跡は一切なかった。石の上部に「オスカー・ワイルドの妻」という刻印がオウソの子孫により加えられたのは一九六三年のことである。

ワイルドにはオウソからの電報によって、死の報せがもたらされた。その日（十二日）のうちにロスに宛てて、「コンスタンスが死んだ。明日こちらに来て私のホテルに泊まってほしい。悲しみにくれている」と電報を打った。同じ日にブラッカーにすぐ来てくれと二度も懇願した。動顚して一人ではいられなかったのだ。ブラッカーもこの時ばかりは翌日にかけつけた。だがあきれたことに、すでにロンドンからきていたロスのおかげで、ワイルドは立ち直っていた。その二日後にはハリスやダヴレイらとレストランで会食しているし、ロスはスミサーズに宛てて「オスカーはもちろん全然こたえていない」と書いている。むしろ彼の関心は、再開しないままの手当の行方だった。

コンスタンスの死は、その後ワイルドに大きな不幸をもたらすことになる。これで息子たちに会う可能性が途絶えたのだ。子供たちは母が死んだことで、もう一人の後見人のエイドリアン・ホウプの手にゆだねられたが、彼はワイルドのことが大嫌いだったから、父親と会わせるつもりなど露ほどもなかった。そして息子たちには父親が健在であることさえ知らされていなかった。

裏切りの結末

コンスタンスが亡くなる直前に、ドレフュス事件をめぐる事態は動きはじめていた。四月四日付の『ル・シエークル』紙に掲載された「ある外交官の書簡」という記事を読んだブラッカーは椅子から転げ落ちそうになるほど驚いた。自分がパニッツァルディから得た極秘情報が盛り込まれていたのである。この記事は、エステラジー有罪の決定的な証拠となるもので、世論はまたも沸騰した。ゾラの有罪判決後、消沈していたドレフュス派はこの記事によって再び勢いを盛り返した。ドレフュス事件を歴史的に総括したジョゼフ・レーナックによれば、これはゾラからもたらされた情報をもとにドレフュス派として著名な二人が書いたものだった。ゾラにこの情報を与えたのはヒーリーだったと思われる。ブラッカーは情報源がワイルドであることを確信した。

このとてつもなく貴重な情報をもたらしてくれたワイルドにゾラは熱烈に会いたがったが、

ワイルドはゾラが「反道徳的な小説」の作者だからという理由で断わった。これはワイルドにしては妙な理由だが、ワイルドには断わる別の理由があった。獄中にいたとき、フランスの作家たちの間でまわった刑期短縮の嘆願書への署名をゾラが拒否していたのだ。

世間からこの記事を書いたと思われたブラッカーは、反ドレフュス派からの猛攻撃に晒された。反ドレフュス派の『リーブル・パロール』や『アントランシジャン』といった新聞はブラッカー攻撃の記事を書きたてて、ニューカッスル公との関係や賭博スキャンダルといった古傷から、シュワルツコッペンとパニッツァルディの間の使いっぱしりだった経歴などを洗いざらい暴露した。脅迫状が押し寄せ、家族までもが侮辱された。攻撃はパニッツァルディにもおよび、彼は心労のあまり一気に禿《は》げてしまった。

四月十日の『ニューヨーク・タイムズ』紙に、真犯人はエステラジーだというシュワルツコッペン本人の談話がブラッカーからもたらされたという、決定的な記事が載った。この新聞のパリ特派員を務めているストロングが書いたものである。その証拠は捏造されたものだというエステラジー本人の談話も付記されていた。こうして、ワイルドの暴露によって事件の流れが大きく変わり、ドレフュス再審への道が整いはじめた。とはいえ、時期尚早の暴露により、ブラッカーとコニービアが秘密裏に追求していたドレフュスの救済計画は頓挫した。エステラジーに捏造という言い逃れを許し、イギリスへ亡命する時間的余裕も与えてしまった。

こうなった以上暴露を人の手にゆだねるのではなく、自分たちから知見を発表したほうがいい。六月一日、『ナショナル・レヴュー』に「ドレフュス事件の真実」と題した記事をコニービアが執筆して匿名で掲載され、これがとどめの一撃となった。ブラッカーへの攻撃の嵐が六月以降、一層激しくなり彼は家族を伴いパリを去ることにしたが、その前日、ワイルドに別れを告げにきた。ブラッカーは事件のことには触れず、ワイルドへの深い献身の情を口にして二人は別れた。ところがその一週間後にダグラスとの関係をきびしく非難する手紙をよこし、さらに翌週、新聞に自分のプライバシーを暴露したのはワイルドだという猛烈な抗議の手紙を送りつけてきた。これを事実無根だとワイルドが激怒し、彼らの長い友情は終わりを告げたのである。

引き裂かれた心

ブラッカーに降りかかった数か月におよぶ出来事の一切を、ワイルドは溜飲《りゅういん》の下がる思いで眺めていた。

「ブラッカーについてのひどい暴露記事を読んで、自分を慰めている。タルテュフ（偽善者の意、ブラッカーのこと）がさらし者になるのはじつに愉快だ」（ロス宛）

そしてこれは「ネメーシスの復讐《ふくしゅう》だ」とも。

ワイルドが、かつてルネサンス時代のスケールの大きな犯罪者に惹きつけられていたというのは机上の議論だった。自身が現実に監獄から戻ってきて、蛇蝎のごとく忌み嫌われる存在になった今、「罪びと」であることはワイルドにとって、逃れたくても逃れようのない生の条件となる。ワイルドがブラッカーを何よりも許せないのは、伝道者的な善意とピューリタン的道徳観とがないまぜになった「偽善」だった。ロス宛の手紙で、「あの偽善者の愚か者」への罵詈雑言を延々と並べたあと、「彼の父方がユダヤ系だという事実ですべて説明がつく」と結んでいる。

ブラッカーとの喧嘩別れとエステラジーへの肩入れに関しては、珍しくロスでさえワイルドに同調しなかった。ブラッカーが旧友に宛てて書いた手紙などを通して、ワイルドが反ドレフュス派にくみしてエステラジーと親しかったことは、イギリスの有力政治家たちにも漏れ伝わり、それがワイルドへの愛想尽かしに拍車をかけた。ドレフュス事件の経緯に関心を持っていた心ある知識人や文化人のなかで、ドレフュスに罪を押しつけてすましていた裏切り者に同情する人など、ワイルドのほかにはいなかった。ロスもさすがに意見をしたらしいが、ワイルドは自分の正しさを主張して譲らなかった。だが彼の他の逆説とは違って、ドレフュス事件ばかりは、逆の立場に正しさを見出すのは難しい。あえて弁護できることと言えば、ゾラのように証拠もないまま情熱にかられて修辞だけが武器の弾劾書を発表し、有罪判決を受けたらさっさとロンドンに逃亡するような浅薄と滑稽から袂《たもと》を分かったという点だけであろうか。

むしろ、この一連の出来事から浮かび上がってくるのは、誰からも見棄てられたワイルドの深い孤独と疎外感である。このころのパリで、ワイルドはモンスターと指差された。路上ですれ違うとき、子供がこれ見よがしに父親の身体の影に身を隠したのだという。ワイルドが自分で自嘲気味に言うように、もはや彼は「犯罪者階級」に属する人間だった。コニービアはワイルドのことを「彼ができるのは、死ぬまで酒に溺れるか、自殺することくらいしかない」と評し、ワイルドから最後の手紙を受け取ったブラッカーは妻と食卓で、「オスカーはそのうち野垂れ死にするだろうが、それが彼にふさわしい」などと語り合った。

一方、エステラジーは、破廉恥で悪辣なことにかけては中流階級の道徳観を突き抜けていた。この男の底抜けの悪人ぶりは、確かにワイルドが毒づいたブラッカーが代表する中流階級的な「偽善」の対極にあった。ワイルドに恩義のあるブラッカーさえ見放したのに、エステラジーはワイルドのことを「才人」として尊敬さえしてくれた。ワイルドと同じ時代にパリにいたヴィンセント・オサリヴァンは言う。ワイルドはそのころのパリの街からじつに多くの残酷な仕打ちを受けた。あまりに深い心の傷を負いながらも、恨みを口にすることはなかった。とはいえ、結局そうした傷がじわじわとワイルドの心だけでなく肉体をも蝕み、死に至らしめたのである、と。

旧友のローゼンスタインがその一例を提供してくれている。彼はパリに行くことがあればワイルドと食事をともにするのを常としていた。ある時カフェの屋外席で食事をしていたら、音楽が好きでもないワイルドが楽団の近くに座りたがった。演奏者の一人が気に入ったからだ。露骨にその演者ばかり見つめるワイルドへの嫌悪感で一杯になったローゼンスタインは、二度と会うまいと決めた。ところがその後しばらくして、パリの大通りを歩いていると偶然ワイルドに出会った。知らせていなかったから、ワイルドは彼が自分に会うつもりがなかったことを悟った。彼を見るワイルドの眼には底知れぬ悲哀があった。零落し、見るからに不健康な姿を目の当たりにして、さすがに誘わないわけにはいかず食卓をともにしたが、もう昔日の快活さはなく、ウィットも酒の力でようやく引き出しているといった体《てい》だった。ワイルドが亡くなる数か月前のことである。

ドレフュスを陥れる策謀の最右翼だったアンリ少佐は、ドレフュス有罪判決の決め手となったパニツァルディの手紙を偽造したことが発覚し、一八九八年八月に自殺した。その渦中、エステラジーはイギリスに亡命した。ドレフュスの再審裁判が開始されるのは翌年の八月、再び有罪となるが特赦により釈放された。この事件の正史には、オスカー・ワイルドの名もカーラス・ブラッカーの名も記されていない。しかし、歴史の歯車を解決に向け動かした陰には、同性愛を忌み嫌う社会によって引き裂かれたワイルドの悲痛な心があったのである。

クィーンズベリー侯爵の死

コンスタンスの死の報に接して、ワイルドの立ち直りが意外にも早かったのは、同時に進行していたドレフュス事件をめぐる騒動の影響があったという可能性はある。コンスタンスとのパイプ役を務めてくれたブラッカーと敵対する状況が日々進行していたという事情は斟酌《しんしゃく》する必要があるかもしれない。

ワイルドがコンスタンスの墓へ花束を手向けに赴いたのは、翌一八九九年三月のことである。この直前までワイルドは、金満家ハリスの招待で南仏に滞在し、青年たちとのロマンスに彩られた快楽の日々を送っていた。ワイルドが書きはじめることを期待して招いているのに、創作のエネルギーが枯渇し、一向に書こうとしないワイルドにハリスは業を煮やし、援助の打ち切りを告げた。

そこでワイルドは、南仏で知り合ったメラーという富豪の招待を受けてスイスに向かうことにした。そこでならただで食事ができるし、シャンパンにもありつける。その途上、ジェノヴァにまで足を延ばし、コンスタンスの墓に詣《もう》でたのである。墓はジェノヴァの街を取り囲む山麓にあり、そこから街を一望することができた。墓石に彫られた彼女の名前を見るのはつらかった。自分との縁を示す痕跡は一切彫られていなかったのだ。あたかも彼女の人生にオスカー・ワイルドは存在していないかのようだった。ショックを受けたワイルドはロスに宛てて書いた。

「あらゆる悔悛とて何の役にも立たないという感慨に深く打ちひしがれている。かといって他にどうしようもなかった。人生とはつくづく悲惨なものだ」

しかし、亡き妻への哀悼の情もワイルドの心に長くはとどまらなかった。丘を降りて下界に着くや、美青年を物色しはじめた。幸運にも、ロミオもかくありしかと思わせる美貌の俳優だという青年に遭遇した。ジェノヴァでの三日間をともに過ごし、ワイルドによれば「彼を激しく愛した」。

美青年に事欠かなかったイタリアからスイスに入ると美形の青年は払底していた。そのうえ招待してくれたメラーとも気が合わなかった。すばらしいワインセラーを持っていながらワインをけちる吝嗇《りんしょく》ぶりに辟易したワイルドはすぐに暇を告げ、イタリアのリグリア海岸にしばらく滞在したのち、呼びつけたロスに勘定を払わせ、彼に連れられてパリに戻ったのである。

ワイルドがスイスにいる間、兄のウィリーが四十六歳で没した。アルコール中毒による重篤な状態が長く続いていたため、予期された死だった。妻のリリーとの間には娘が一人いたが、財産といえるようなものは残されなかった。

一九〇〇年早々に、宿敵クィーンズベリー侯爵も鬼籍に入った。侯爵の晩年はかなりみじめなものだった。勝利の美酒に酔いしれたのも束の間、道徳的堕落から息子を守る父親などという役どころは彼の本来の生活や信条とはほど遠いものだったから、裁判直後に集まってきた人々もすぐに去り、娘のイーディスを除いては子供たちの誰も相手にしなかった。さらに、ワイルドの信奉者たちが自分をつけ狙っているのではないかという妄想に取りつかれてノイローゼになっていた。

ダグラスは、孤独と失意にある父親と和解するため、最後の努力をした。会ってくれるよう訴えた手紙を、妹の夫を介して父親に送ったのである。侯爵はこれを受け入れ、二人は涙ながらに抱き合い、感動的な場面を演じた。長年打ち切られていた手当も再開されることになった。

ところがまたもや、侯爵の例のパターンがぶり返す。息子が帰ってから気が変わり、積年の恨みがこみあげてきて、「あの獣のワイルド」との関係の仔細を教えるまではびた一文やらないと書いてよこした。ダグラスもこの父の子だけあって、自分たち父子の間に和解なんてありえない、手当もいらない、と啖呵《たんか》を切り、歴史的和解もあえなく解消した。その後、偶然街で馬車に乗っている父親の憔悴しきった姿を見かけたダグラスは心を痛め、諍いを悔いて父親に愛情のこもった謝罪の手紙を書き送った。しかし返信がないまま、侯爵は一月三十一日に他界した。

最後の手紙が功を奏したのか、ダグラスも遺産の分け前にあずかれることになった。父の死によりパーシーが第一〇代クィーンズベリー侯爵となり、父の代に縮小してしまった所領と財産を相続した。ダグラスは一万五〇〇〇ポンドを二回に分けて受け取ることになる。兄弟は葬式が終わるや早々にパリにやってきて、大いに散財した。そしてダグラスは、パリの郊外、シャンティ競馬場の近くに居を移し、競走馬の育成に乗り出す。すると、ダグラスはワイルドにまとまった金を支払うべきではないかとロスが言い出し、それを打診するようワイルドに入れ知恵をした。ワイルドが二〇〇〇ポンド要求したところ、ダグラスは激怒して、またしても二人の仲は険悪になってしまった。

この件はとかくダグラスの思いやりのなさを示すエピソードとして伝わっているが、ダグラスには別の言い分がある。多くのワイルド伝の伝えるところとは違って、実際にはダグラスとパーシーは、出獄以降、ワイルドに相当な額を援助していた。さらに二〇〇〇ポンドを求めるというのは、強欲とのそしりも免れない厚かましさである。結局、相続からワイルドが亡くなるまでに少なくとも四〇〇ポンドを小切手で渡し（証拠として銀行口座の記録が後の裁判時に提出された）、ほかにも現金でかなりの額を援助していた。そうしたことは伝えずに会う人ごとに、ダグラスが自分に金をくれないとワイルドはぼやいていたのだ。そんなワイルドの愚痴を、ハリスやロスとて真《ま》に受けていたとも思えないが、ハリスは評伝でワイルドの作ったストーリーを広めた。二〇〇〇ポンドの無心の件は、ダグラスに嫉妬しているロスが二人を仲たがいさせようとして、この法外な要求をワイルドにたきつけたという説もある。ダグラスによれば、晩年のワイルドはそれほど窮していたわけではないという。コンスタンスの遺産からの手当は多くはないものの、ダグラスをはじめ友人たちから恵んでもらっていたし、ハリスの援助だけでもかなりの額だった。さらに『レディング監獄』の好調に気をよくしたスミサーズは『真面目が肝心』や『ウィンダミア夫人の扇』を単行本として刊行しはじめ、印税が入ってきた。ワイルドが始終金がないとぼやいていたのは、濫費していたからである。

死を待つ日々

ワイルドは一八九九年の八月からオテル・ダルザスに滞在していた。このホテルは言われているほど粗末な安宿ではなかった。主人のデュポワリエはワイルドにとてもよくしてくれた。支払いが滞っても嫌な顔一つせず、週に四、五本は開けるブランディも儲けをとらずに提供した。午後五時ごろ出かけてカフェですごした後、夕食はカフェ・ド・パリでとり、明け方の二時、三時までそこに陣取っていた。あるとき、煙草をほしがったワイルドに給仕人が中級品を持ってくると、それを拒んだ。別のものを持ってきても満足しなかったため、給仕人はグランド・ホテルのデスクから数本を買ってきた。彼がワイルドから渡された一ルイ金貨の釣りを渡すと、ワイルドは釣銭を全部取らせ、「こうして、高い煙草を吸ってるという妄想にでも浸るさ」と嘯くのだった。

このころのワイルドを昼食時に見かけたという人が、何十年かのち、その様子をワイルドの息子のヴィヴィアンに手紙で伝えてくれた。当時まだ十歳ほどだったその人は、毎日昼食をとりに母に連れられ食堂に通っていた。常連の彼らに割り当てられていたテーブルは、「セバスチャン氏」と呼ばれていた紳士の隣だった。その紳士のエレガントな振る舞いは、むさくるしい小商人や事務員が多い客たちのなかで一際目立っていた。「セバスチャン氏」に挨拶するようになっていた親子は、一体どんな不幸があって、あんなに悲しげにしているのだろうと噂していた。

ある秋の日のこと、少年はコートを着るときにセバスチャン氏の卓上の塩の瓶をひっくり返してしまった。母は少年の無作法を叱り、紳士に謝るよう促した。するとセバスチャン氏は母に言った。「どうかお子さんを叱らないでやってください。子供のすることはいつだって大目に見てあげなくては。もしいつの日かあなたがお子さんと離ればなれにでもなれば……」という言葉をさえぎって少年は聞いた。「おじさんにも子供がいるの？」「ああ、二人いるよ」「どうしてここに連れてこないの？」「私の子供たちはとても遠いところにいるんだよ。だから一緒には来ないのだよ……」。そう言うとセバスチャン氏は少年の手を取って引き寄せ、彼の両頰に口づけをした。少年がさよならと言って振り返ると、セバスチャン氏は泣いていた。

口づけをされたときに小さな声でセバスチャン氏が何か言っていたが、その言葉は聞きとれなかった。翌日、反対側のテーブルに座っていた銀行員が、その言葉は英語で、「私のかわいそうな息子たちよ」と呟《つぶや》いていたのだと教えてくれた。その銀行員は、あの人はイギリス中を揺るがしたあるスキャンダルに巻き込まれた著名な作家に違いないと言った。それから二、三週間すると、セバスチャン氏は食堂に来なくなった。少年は、あのキスが身代わりのキスだったことを悟った。セバスチャン氏の子供の一人は最後に別れたとき、その少年くらいの歳格好だったと知ったからだ。

晩年のワイルドには悲劇的なイメージがつきまとうが、実際にはそればかりに彩られていたわけではなく、概して楽しく過ごしていたとダグラスは伝える。ワイルドには不屈の陽気さが備わっていたとショーも言う。書く力こそ衰えてしまったが、話し手としての無類の素質は最後まで衰えを知らなかった。カフェやレストランに陣取り、天国から地獄に至るまでのありとあらゆる話題について絶妙な声の調子で語るワイルドの周囲には常に人の輪ができ、彼らはワイルドの語りに心を奪われたように聞き惚《ほ》れていた。

ワイルドのお気に入りの主題は、キリストの磔刑《たっけい》と聖痕にまつわる物語だった。フランスの作家のムルヴェールが九九年のクリスマスの晩、あるレストランで聞いた話は以下のようなものだった。アリマタヤのヨセフが、仮死状態にする薬を使ってイエスを十字架から助けだした。イエスは故郷の村に帰り、大工として働いていた。あるとき弟子のパウロがやってきて、イエスの新しい教えを説き、聖痕の話をした。仲間の大工たちはパウロの話に感動してキリスト教に改宗したが、イエスはそれでも正体を明かさなかった。イエスが死ぬと、死体の手のひらと足にある傷を発見した仲間は、イエスとは知らず、「偉大な奇蹟が起こった」と言って大騒ぎをした。

ワイルドはイエスの物語を語りながら、自分自身をイエスになぞらえ、自分を主人公にした話を語っていたのかもしれない。これほどの恥辱に甘んじている自分は、監獄という墓場から甦ってきたイエスである。何も知らずに奇蹟に感動している仲間の大工たちとは、この自分、オスカー・ワイルドの手と足にある傷に気づかず、唾を吐きかけ、白眼視する中流階級人のことなのだ。

こんなエピソードもある。母の親友だったブレモン伯爵夫人が友人たちとレストランで食事をしていると、ワイルドが近づいてきた。しかし伯爵夫人は友人たちの手前、扇で顔を隠してしまった。後悔でまんじりともせぬ一夜を過ごした彼女は、早朝、シャンゼリゼ通りを散歩しながらセーヌの河岸にたどり着いた。遊覧船に乗ろうとしたところで呼び止められると、ワイルドがいた。夫人が、なぜもう書かないのかと尋ねると、こう答えた。

「書くべきものはすべて書いてしまったからです。私は人生のなんたるかを知らないときに書きました。人生の意味を知る今、私にはもう書くべきことがないのです。それに私にはもう時間がありません。私は仕事を終えました。私の生が終わったとき、私の作品は生きはじめるのです。私は幸いにも、監獄で魂を見つけました。魂について知らずに書いたものも、魂の導きによって書いたものも、いつか世の人々の目に触れるでしょう。そのとき、私の魂から人類のすべての魂へ向けて発したメッセージに人々は気づくのです」

船が河岸に着くと、目に涙をためた夫人に言った。

「私のために悲しまないでください。どうか祈り、見守っていてください。そう長いことはかかりません」

人生こそが自分の作品であると豪語した男は、悲劇の人生の主人公を芝居っ気たっぷりに生きていた。そしてその舞台の幕はそろそろ下りようとしていた。ワイルドは終幕が待ち遠しかった。そのときこそワイルドは甦り、人々は彼の真価を知るだろう。ワイルドに残るのは、最後までイエスを演じ切ることだけだったが、人生という舞台の最後の幕で、それは容易《たやす》くはなかった。

断末魔

一九〇〇年の春から秋にかけて、パリでは万国博覧会が開催された。これを機に、国際世論を恐れたフランス政府がドレフュス大尉の裁判を最高法院で開始した（一九〇六年無罪判決）。だがワイルドにはもうそんなことはどうでもよかった。万博見学にモーリスと一緒に出かけたが、そこでもイギリス人たちがワイルドを見ると不快そうに立ち去った。ワイルドはこのことをネタにしてよくこんな軽口を叩いた。

「イギリス人はぼくのことをこれ以上我慢がならないから、万博会場でぼくを見かけるや逃げるようにして帰った。そのせいで万博が失敗した以上、フランス人ももうぼくには耐えられない。だから新しい世紀を迎えるまで生きられない」

秋になり健康状態が急速に悪化してくるとこの軽口が常套句となったが、ロスや友人たちはそれをただの冗談として聞き流していた。

演出する余裕のないところでは、ワイルドは金を求めてさもしくもがいていた。最後の数か月、ワイルドの心をわずらわせたのは、ハリスに売った『ダヴェントリー夫妻』のアイディアをめぐるトラブルだった。もはや書く気力が失せていたワイルドはこの戯曲のアイディアとプロットだけを提供し、細部はハリスが仕上げて上演にこぎつけることに話がまとまっていた。ハリスは手付金として二〇〇ポンド、さらに利益の四分の一の額を支払うという契約を結んだ。

ハリスは、とりあえず二五ポンドのみ払ってから帰国後残りを払うと約束してイギリスに帰って行った。この戯曲はすぐに完成して十月に上演され、そこそこの成功をおさめたものの、ワイルドはハリス以外にもスミサーズをはじめ何人かに同じ話を持ちかけては金を得ていたことが判明した。ハリスは彼らに訴えられそうになるやら、脅迫されるやらのトラブルに巻き込まれ、残金の一七五ポンドをいつまでたっても支払わなかった。

ところがワイルドの健康状態は、このころ深刻な事態に陥り、以前から患っていた耳の手術を即刻受けなければならないと医者に言われた。だが金がない。ワイルドはハリスからの一七五ポンドを当てにして手術を受けた。術後の経過が思わしくなく、看護婦を常駐させ、医師にも毎日往診してもらうなど、経費がかさんだ。ワイルドは手術後、何度もハリスに金を催促する手紙を書き送った。

「私は病気のためベッドに縛りつけられ、日に二度も手当を受け、四六時中痛みと戦い、そのうえ文無しだ」

「自分の命を救うために金が必要だったのだ」

ワイルドはこの心労のせいで夜も眠れなくなり、病状をますます悪化させた。ワイルドが最後に書いた手紙として残っているのは、十一月二十一日付のハリスに宛てたものである。当時、『ダヴェントリー夫妻』は上演中なのにそこからあがる印税の四分の一もまったく支払われていない。手紙の最初から最後まで、金の催促とハリスの契約不履行に対する非難の言葉で埋め尽くされている。君が約束通りに金を支払ってくれていたなら、二週間も前にすっかり治っていたことだろう。

最終的にワイルドの命を奪うことになる病気がなんだったのか、正確にはわかっていない。ワイルドは右耳の炎症からくる発熱と痛みに苦しんでいた。医師の診断書にあるのは、何年も前から化膿《かのう》していた右耳の症状が悪化し、脳髄膜炎を起こしたという所見である。梅毒という言葉は見当たらない。かつて刑務所にいたときに何度も精密な医療検査を受けたが、そのときの記録にも、ワイルドが梅毒に罹っていたことを窺わせるような所見は何もないし、治療もされていない。梅毒説を唱えたのはシェラードが最初だったが、ワイルドが同性愛者だったことを受け入れられなかった彼は、一般には異性愛の病とされる梅毒をワイルドに押し付けることで、いくらかでもワイルドを同性愛から遠ざけたかったのではないだろうか。

ワイルドの病状悪化を受けてパリに滞在していたロスは、十一月中旬に母と過ごすため南仏に行く予定になっていた。別れを告げに来たロスにワイルドは、もう会えないという予感がするから行かないでくれと懇願し、激しく嗚咽した。翌日出発したロスに代わってターナーがワイルドの看病にあたった。医者はワイルドの子供たちに連絡が取れないかとしきりに聞いた。二十八日になるとワイルドは譫言《うわごと》を言うようになり、ターナーはロスに電報を打った。ロスが駆けつけた翌朝、ワイルドはロスのほうを見たものの言葉を発することはかなわなかった。そんなワイルドの姿を見たロスはカトリック教徒として死なせようと決意した。カトリック教会からイギリス人のカスバート神父を連れてきて、意識があるかないかのワイルドに洗礼を施した。翌、三十日の早朝からワイルドは、断末魔の苦しみのように喉を鳴らしはじめた。午後二時になる直前にその音が止むや、ワイルドは息絶えた。ロスから電報を受けたダグラスは十二月二日に到着した。

葬式は翌日執り行われ、喪主はダグラスが務めた。遺骸はとりあえずバニュー墓地に埋葬された。墓地に着いてみると、すでに二四もの花束が手向けられていた。そのうちの二つは、最後までワイルドに親切にしてくれたホテルの主人と従業員からだった。棺の上部に月桂樹の葉のリースが添えられたが、そのリースには出獄してからもワイルドに親切にしてくれた人々の名前を記した紙片が結びつけられた。マックス・ビアボーム、アデラ・シュスター、エイダ・リーヴァソンらの名前とともに、本人の要望によると但し書きのあるC.B.というイニシャルがあった。カーラス・ブラッカーだと思われた。そのほかにロスは、二人の息子の名前による花輪も添えた。

ワイルドの死を伝えたロスの手紙に、長男のシリルは感謝の手紙を書き送った。

ぼくたちの名前で父に花束を手向けてくださり、ありがとうございます。それに、父がぼくのことを愛していたとのこと、うれしく思います。死の床で、父が心から悔悛したことを希望します。（中略）まだこんなに若いぼくらがどうしてこれほどの哀《かな》しみを耐えねばならないのか、ぼくのような若輩者にはわかりかねます。ここでは、一時間だってそんな哀しみを味わったことのない同級生に囲まれているから、ぼくはこの哀しさを一人で耐えなければならないし、同情してくれる人もいません。（中略）

父と最後に会ったのはずいぶん前ですが、覚えているのは、ロンドンで幸せに暮らしていた時のこと、父が子供部屋にやってきてぼくらに煉瓦《れんが》の家を作ってくれたことなどです。（中略）

父の死を最初に知ったのは朝読んだ新聞ででした。活字で淡々と報道されていたので、それほどつらくは感じませんでした。実際どう感じたらよかったのか、わかりませんが。

一方、シリルとは別のカトリック学校にいたヴィヴィアンは、父親はすでに死んだと聞かされていた。突然、学校の神父に呼び出されて父の死を告げられた。この事実は十四歳になったばかりの彼には重すぎてよく理解できなかったものの、とりあえず彼は泣いた。神父は「あなたの父上は美しい物語を書かれた方でしたよ」と言ってくれた。「ええ、知っています」とだけ答えて、ヴィヴィアンはその部屋を後にした。

終章　新生

復活

ワイルドが予言した通り、復活は意外なほど早く実現した。ロスは破産裁判所に申請して、正式にワイルド作品の著作権代理人になった。このとき裁判所の職員は、ワイルドの作品が関心を惹くような時は永久にこないだろうと笑ったが、これが見込み違いだったことがわかるのに長い時間はかからなかった。一九〇一年の十二月には『真面目が肝心』が上演された。この上演権はジョージ・アレクサンダーが購入していたためワイルドの遺産の収入にはならなかったが、アレクサンダーはロスに分け前を取らせた。ロスはそれをオテル・ダルザスの主人に早速送金した。

本格的なワイルド再評価はドイツから起こった。同年、ベルリンでは『サロメ』が初めて上

図17　ロバート・ロス（1914年ごろ）.
所蔵：The National Portrait Gallery, London.

演されたが、ヒットして公演数は二〇〇回を数えた。もともとドイツではワイルドの作品がよく読まれており、ハイデルベルクの学校に息子たちを通わせていたコンスタンスは、「嘘の衰退」の登場人物と同じ名前の兄弟が一つの学校にいると正体がばれるのではないかと恐れ、子供たちを別々の学校に行かせたほどであった。この『サロメ』上演のおかげで、一九〇三年の夏にワイルドの債権者たちは初めて分配金を受け取った。一九〇四年に親権者のホウプが亡くなると、ロスが遺児たちと接触する障害がなくなったことから、負債を返した後に息子たちが印税を受け取れるよう、ロスはワイルドの文学著作権を取り戻すことに力を注いだ。

ベルリンでの『サロメ』の成功を受けて、リヒャルト・シュトラウスがオペラ作品にする準備を始めた一九〇四年には、ドイツの雑誌にダグラスに対する非難の部分を削除した形で『獄中記』の独訳が掲載され好評を博した。翌〇五年、イギリスでも『獄中記』が刊行されるや、評判となり大変な売れ行きとなった。このころまでには、ジッドの回想録やシェラードのワイルド伝が出ており、ほかにもワイルドに関する著作の刊行が相次いでいた。もはやイギリスでさえ、ワイルド再評価の勢いを押しとどめることができなくなっており、ロスにいくつかの出版社からワイルド全集を刊行したいという申し出がきた。ロスの編集になる全一三巻のワイルド全集が一九〇八年十二月にメシューン社から出ると、この売れ行きもすさまじく、すぐにワイルドの負債一切に利子をつけて返却することができた。正式な借財を返済すると、ロスは好意からワイルドに金を恵んでくれた人々に対しても、調べられる限り調べ尽くして利子をつけて返済した。

父の失脚の事情を彼なりに理解していたシリルは、長じていくらか因習的な価値観の持ち主となり、父のスキャンダルを恥じて、陸軍の軍人になっていた。ホウプが亡くなってから、ロスを通して初めて父の世界を知ることとなったヴィヴィアンは、その世界に惹きつけられロスを慕っていたから、兄とは距離があった。ヴィヴィアンほど親しくはなかったものの、シリルもロスには全幅の信頼を寄せていた。ロスが遺産管理人として立派な仕事をしつつ、ワイルドの再評価の機運を予想外に早くもたらしワイルドの遺産の守り手としての立場を固めたのに対して、ダグラスはワイルドの世界からはるか遠くで暮らしていた。オリーヴ・カスタンスという女流詩人と結婚して、レイモンドと名づけた息子に愛情を注ぎ、家庭人としての幸福を追求するなかで、かつての生活を悔いるだけでなく同性愛を忌み嫌うようになっていった。

墓の中からの呪詛

ワイルド再評価の波に乗り、マーチン・セッカー社から依頼され、アーサー・ランサムという若き批評家がワイルドの評伝を執筆することになった。ワイルドと直接の交友がなかったこともあり、ランサムはロスに資料の提供を依頼した。ワイルドへの誤解や偏見に基づいた評伝に憤っていたロスは喜んで『獄中記』のタイプ原稿をランサムに見せた。この『オスカー・ワイルド——批評的研究』が一九一二年三月に出版されると、そのなかで、実名こそあげられていなかったが、事情を知る者にはすぐにわかる書き方でワイルドの失脚の原因とされたことにダグラスは激怒して、ランサムと出版社、販売したタイムズ・ブック・クラブを名誉毀損で訴えた。

裁判は一九一三年四月に行われた。ダグラスがワイルド失脚の原因を作った、ダグラスが出獄後のワイルドの再起を妨げた、またナポリでもワイルドを見捨てたという内容の三点がダグラスへの名誉毀損に当たるか否かが争点となった。ロスの支援を受けたランサム側は、内容が事実に基づいていることの証拠として大英図書館に寄贈され一九六〇年まで封印されているはずの『獄中記』全文の原本を提出した。これが法廷に持ち出され、満員の傍聴席とそしてダグラス本人の目の前で読み上げられた。ダグラスにとってこれは地獄だった。あたかもワイルドが墓の中から呪詛の言葉を吐きかけているかのようだった。いたたまれなくなったダグラスが退廷を申し出て拒否されたが、延々と続く痛罵に耐え難くなった陪審員から朗読の打ち切りが要求された。ダグラスはとりあえず救われたが、しかし手紙の末尾でダグラスを許し、愛を確認した部分も読まれないままとなった。

ランサムの本の内容は名誉毀損的ではあれど真実であるとされ、ダグラスは敗訴した。破産裁判にもかけられていたダグラスは、経済的に破滅しただけでなく、社会的にも窮地に陥った。ランサム裁判の真の構図は、ダグラスとロスの確執であり、根底にはダグラスのロスに対する嫉妬があった。復讐の鬼と化したダグラスは、ロスを失脚させようとして自分の父と同様の行動――ロスに嫌がらせを続けてロスが名誉毀損で訴えるよう仕向ける――を繰り返した。堪忍袋の緒が切れたロスがついにダグラスを名誉毀損で訴え、一九一四年の十一月に裁判が開かれると、ダグラスが周到に集めてきた証拠を法廷で突きつけられたロスは、ワイルドに倣い、訴訟を取り下げて敗訴が確定した。しかしこのころには、ロスに同情する世論の声が強くなっており、ワイルドのような不名誉を蒙ることはなかった。しかしこうした心労が重なったせいか、ロスは一九一八年、四十九歳にして心臓発作で突然世を去った。遺骨をパリのワイルドの墓に埋葬してほしいという遺言は、一九五〇年になってようやく果たされた。その墓は、ヘレン・カルー夫人の寄付によってペール・ラシェーズ墓地に改葬されたのち、一九一二年にジェイコブ・エプスタインの彫刻が施された墓石が建立されていた。

ワイルドの子供たちのその後について簡単に触れたい。二人はコンスタンスの死を機に、イギリスに連れ戻され、ロンドンのネピア伯母の家に仮寓《かぐう》した。この家では父の名は決して口にしてはならぬという暗黙の掟があった。あるとき図書室で数年ぶりに『幸福な王子』を見つけ喜んで手に取ったヴィヴィアンは、表紙から作者の名が削り取られているのを見て愕然《がくぜん》とした。一体父に何が起きたのか。なぜこれほどまで父の名が抹殺されているのか。二人は一族の方針で離ればなれにされていたため、その疑念を兄と分かち合うこともできなかった。

シリルはラドリーというパブリック・スクールに行ったが、宗教を心の拠《よ》りどころにしていたヴィヴィアンは本人の希望でストーニーハーストというカトリックの学校で学ぶことになった。シリルはその後、陸軍士官学校を経て陸軍の軍人となり、一時期インドに駐在し、その間、旅行で日本にまでも足を延ばし、父親の夢を叶えた。シリルはこの直後、初めて胸の内を弟に明かした。イギリスに戻ったときから事情を知っていたシリルは、失われたものを取り戻すため、父とは正反対のものになる、つまり「男」になるために鉄の意志をもって精進してきたのだと告白した。一方、ヴィヴィアンはケンブリッジ大学で法律を学んだが、二年で中退した。

第一次世界大戦が始まるとシリルはヨーロッパに呼び戻され、一九一五年五月、ドイツ軍の狙撃兵に撃たれて戦死した。死を予感していたのか、四月にロスとヴィヴィアンに遺産を半分ずつ託す旨の遺言を戦場で書いていた。入隊していたヴィヴィアンもこの戦争で重傷を負ったが、無事に帰還した後は、文筆家として活動した。

「同性愛」（ホモセクシュアル）という言葉と概念がイギリスに普及しはじめたのは一九三〇年代のことである。「同性愛」を法律で罰するのをやめるべきという主張が公然と語られるようになるまでに、イギリス社会はもう一人のスケープゴートを要した。一九五四年のモンタギュー事件の被告、ピーター・ワイルドブラッドである。モンタギュー男爵らが乱交パーティで男性同士の猥褻な行為をしたとの廉で逮捕された裁判で、ワイルドブラッドというジャーナリストがイギリスで初めて、「同性愛」という概念が自らに当てはまると公の場で認め、公言したのである。これは前世紀の後半に性科学がつくりだしたあの概念である。

この裁判の様子を『タイムズ』は詳細に掲載し、生得的な「同性愛者」を法で裁くことの不当性を問題にした。イギリスの世論はようやく、同性愛を罰する法を改正する必要を支持しはじめたのである。政府はこの声に押され、翌五五年にレディング大学学長、ジョン・ウルフェンデンを座長として、ラブシェア条項における同性愛の扱いを再検討する委員会を立ち上げた。三年後の一九五七年に委員会は「ウルフェンデン報告」を発表し、「成人同士で行われる私的な同性愛行為を犯罪とするべきでない」と同条項の撤廃を提案した。これを受け、一九六七年に議会は、二十一歳に達した男性同士が私的に行う同性愛行為を犯罪の対象からはずす、新たな「性犯罪法」を可決した。ワイルドが裁かれてから、じつに七二年の時を経ていた。

あとがき

ディジェネレーション（変質論）という言葉が英文学批評の分野で流行してから、かれこれ二十年ほどになるだろうか。頽廃論とか退化論と訳されることも多く、言葉の指し示す範囲も広範で取りとめがないこともあり、世間では正確なところが認知されないままに廃れてしまった。正しい全貌がわからないのは、筆者も例外ではない。古代ギリシャの時代からあるし、聖書にもその観念が織り込まれていた。それが伝播し、派生していくうちに、何が何やらわからないものになってしまったようなのだ。そもそもは一つの歴史観だったのだろうが、人種論に援用され、十九世紀半ばには精神医学に利用され、はたまたダーウィニズムでは進化の対概念として取り込まれたりしていくうちに、十九世紀末には相当に広まっていた。これは社会思想というほどのものではなく、欧米知識人の思考の根底にあった伝統思想のようなものである。

筆者はフロイトをめぐる思想史のなかでこの思想に出会ったものの、よくわからないまま深みにはまり、なかなか抜け出せなくなってしまった。フロイトがこの思想と対決して精神分析学を打ち立てたとか、フロイトが変質論に固執していたハヴロック・エリスとこの点の理解で折り合わずに喧嘩別れしたとか、調べれば調べるほど、おもしろい事実が出てくる。当時、エリスは同性愛の原因を「変質」に帰していたのだが、結局、エリスが敗北しフロイトが勝利した形で「変質論」対決に決着がつき、その後忘れ去られてしまった。だがフーコーなどは、この「変質論」的思潮に着目して彼の歴史学のモチーフの一つにした。当然のことながら筆者の手に余るこんな大きなテーマだから、深入りはしたもののうまく扱うこともできず持て余していたのだが、ふとワイルドというゲイのイコンのような人物の評伝の背景に置いてみたらどうだろうかと思った。つまり、変質論を中心とする同時代の思想史を横糸に、ワイルドの生涯を経糸《たていと》にしてたどってみたいと思ったのである。

それまでワイルドを現代思想の観点から論じることが多かったのだが、ちょうどそのころこうしたアプローチに疑問を感じはじめていた。ワイルドの天邪鬼《あまのじゃく》な逆説的発想は、近代否定につながるものがあるから、ポストモダンの文脈にうまく当てはまるのだが、ワイルドは本当にこんなことを考えていたのだろうかと、そんな至極当たり前の疑問が遅まきながら頭をもたげてきたのだ。一九八〇年代後半、ワイルド裁判をイギリスで初めての同性愛裁判であるとする説（エド・コーエン）が出てから、これをイギリス同性愛史の画期とみなす論調が一時盛んだった。しかし二〇〇〇年代に出てきた一連の研究によって覆され、ワイルド裁判は歴史家の間で特別視されることはなくなった。こうした激変を受け、いよいよワイルドという人物を歴史の俎上《そじょう》に載せて一度見直さなくてはならなくなった。その結果できあがったのが本書であるが、書いた本人にとっての必要性が、せめてなにがしかの形で読者に伝わるものがあることを願うばかりである。

資料収集のために、ブリティッシュ・ライブラリーやカリフォルニア大学ロサンゼルス校アンドルー・クラーク記念図書館にも大変お世話になった。後者はワイルド関係の手稿資料では随一のコレクションを誇る。本書で使った未刊行の書簡類はすべてこの図書館の所蔵になるものである。そうした貴重な資料のなかに、ワイルドの長男、シリルの京都御所ほかの拝観許可証を目にしたときの感慨を忘れることはできない。明治四十三年十月発行の、赤い罫線の入った和紙に毛筆で書かれた許可証は、本来事務手続き上の書類にすぎないのだが、シリルがそれを保存しておこうと思うほど美しく立派なものだった。それにシリルは父のワイルドに似ず几帳面だったのだろう。その許可証の名宛が、「英國人シシル・ホランド氏」と、間違っているのもご愛嬌であった。それを手にした筆者はワイルドという歴史上の人物と初めて繋がったと実感できた。そして、当時まだ前途遼遠だったこの仕事を、なんとかやり遂げられそうだという楽観的観測がなぜか湧いてきた。この図書館でこの資料を見た人はたくさんいるに違いないが、日本人でこの許可証を手にしたのは自分が初めてなのではないか。日本人の自分が日本人ならではのワイルド伝を書くことにも意味があるはずだと思えてきた。

本書で取り上げたワイルドの人となりにがっかりした読者もいるかもしれない。本書はことさら偶像破壊を意図したわけではなく、現在わかる範囲の事実をありのままに書き記すことに徹し、筆者の価値判断は控えるよう心掛けたつもりである。

評伝を書くのはこれが初めてだった。評伝を書くという作業が、ある程度決まったコースをたどることとなのだと、書きはじめてからわかった。いくつもの越えねばならない山があり、どんなに険しくてもその山々を避けるわけにはいかない。しかも、越えても越えてもまた新たな山に直面する。そういうことの連続なのだ。相手がワイルドだけあって、とても長い時間がかかった。喘ぎながら登った急勾配もあったが、楽しい下りもあった。特に最初の方はずいぶん遠回りをしてしまい、書いた原稿のかなりの部分を切り捨てなければならなかった。ワイルドのような大きな人物の生涯をたどるという行程は手ごわく、筆者は何度も目前の山から逃げ出したくなった。途中で装備不足に気づき、補給のために立ち止まらなければならないこともたびたびあった。この間、編集の松室徹氏は、静かに、そして時にちくちくと刺激しつつ見守ってくださった。この話が持ち上がったときには中公新書の編集長でいらしたのが、この長い間に編集の現場から離れてしまわれた。それでも筆者の遅筆を見捨てず、つい解釈に走りがちになるところを、巧みな手綱さばきでコントロールしてくださった。その後、松室氏のあとを引き継ぎ、本にするところまで漕ぎ着けてくださった小野一雄氏にも衷心よりお礼を申し上げたい。このお二人と、ワイルドへの共感を分かち合いつつ仕事ができたことは何よりも幸せなことであった。

なお、本書は、JSPS科学研究費（課題番号＝二三五二〇三三四）の助成を受けて行われた研究に基づいている。記して謝意を表する。

二〇一三年十月

宮崎かすみ

――『ジッドの日記1』新庄嘉章訳，小沢書店，1992年.
野田恵子「イギリスにおける「同性愛」の脱犯罪化とその歴史的背景」『ジェンダー史学』第2号，2006年.
ノックス，メリッサ『オスカー・ワイルド――長くて，美しい自殺』玉井暲訳，青土社，2001年.
平井博『オスカー・ワイルドの生涯』松柏社，1960年.
富士川義之『英国の世紀末』新書館，1999年.
ミケル，ピエール『ドレーフュス事件』渡辺一民訳，白水社，1990年.
ワイルド，オスカー『オスカー・ワイルド全集』全6巻，西村孝次訳，青土社，1988～89年.
――『サロメと名言集』荒井良雄・川崎淳之助訳，新樹社，1989年.

Methods of Research. Greensboro: ELT Press, 1995.
——. *Oscar Wilde Recent Research*. Greensboro: ELT Press, 2000.
Smith, Phillip E. and Helfand, Michael S. *Oscar Wilde's Oxford Notebooks*. New York & Oxford: Oxford University Press, 1989.
Stokes, John. *Oscar Wilde: Myths, Miracles, and Imitations*. Cambridge: Cambridge University Press, 1996.
Symonds, John Addington. *A Problem in Greek Ethics*. New York: Bell Pulishing Company, 1883.
——. *A Problem in Modern Ethics*. General Books, 2010 [1891].
Vere White, Terence de. *The Parents of Oscar Wilde*. London: Hodder and Stoughton, 1967.
Whittington-Egan, Molly. *Frank Miles and Oscar Wilde: "such white lilies"*. London: Rivendale Press, 2008.
Wilde, Oscar. *The Collected Works of Oscar Wilde*. 15 vols. Robert Ross ed. London: Routledge Thoemmmes, 1993.
——. *The Complete Letters of Oscar Wilde*. Merlin Holland & Rupert Hart-Davis eds. New York: Henry Holt, 2000.
——. *Complete Works of Oscar Wilde*. New York: Harper & Row, 1989.
——. *The Complete Works of Oscar Wilde*. Vol. 2. De Profundis. Ian Small ed. Oxford: Oxford University Press, 2005.
——. *The Complete Works of Oscar Wilde*. Vol. 3. The Picture of Dorian Gray. Joseph Bristow ed. Oxford: Oxford University Press, 2005.
——. *The Complete Works of Oscar Wilde*. Vol. 4 Criticism. Josephine M. Guy ed. Oxford: Oxford University Press, 2007.
Yeats, William Butler. *The Autobiographies*. Douglas Archibald and William O'donnell eds. London: Scribner, 2010.

アモール，アン・クラーク『オスカー・ワイルドの妻——コンスタンス・メアリー・ワイルドの生涯』角田信恵訳，彩流社，2000年.
稲葉三千男『ドレフュス事件とエミール・ゾラ——1897年』創風社，1996年.
川上源太郎『ソレルのドレフュス事件——危険の思想家，民主主義の危険』中公新書，1996年.
菅野賢治『ドレフュス事件のなかの科学』青土社，2002年.
ジッド，アンドレ『一粒の麦もし死なずば』堀口大學訳，『新潮世界文学第29巻ジッド２』新潮社，1970年.

McKenna, Neil. *The Secret Life of Oscar Wilde*. Croydon: Arrow Books, 2004.
Morrison, William Douglas. *Crime and Its Causes*. London: Swan Sonnenschein & Co., 1891.
Moyle, Franny. *Constance: The Tragic and Scandalous life of Mrs Oscar Wilde*. London: John Murray, 2011.
Murray, Douglas. *Bosie: a Biography of Lord Alfred Douglas*. New York: Talk Miramax Books, 2000.
Nordau, Max. *Degeneration*. Lincoln and London: University of Nebraska Press, 1993 [1892].
O'Malley, Patrick R. *Catholicism, Sexual Deviance, and Victorian Gothic Culture*. Cambridge: Cambridge University Press, 2006.
O'Sullivan, Vincent. *Aspects of Wilde*. London: Constable, 1938.
Pearson, Hesketh. *Labby: The Life and Character of Henry Labouchere*. London: Hamish Hamilton, 1936.
——. *Oscar Wilde: His Life and Wit*. New York: Harper & Brothers, 1946.
Ransome, Arthur. *Oscar Wilde: a Critical Study*. London: Martin Secker, 1912.
Renier, G. J. *Oscar Wilde*. Edinburgh: Peter Davies Limited, 1933.
Robins, Ashley H. *Oscar Wilde: The Great Drama of His Life*. Eastborne: Sussex Academic Press, 2011.
Ross, Margery ed. *Robert Ross: Friend of Friends*. London: Cape, 1952.
Rothenstein, William. *Men and Memories*. New York: Coward-McCann, 1931.
Shaw, George Bernard, and Douglas, Alfred. *A Correspondence*. Mary Hyde ed. London: Murray, 1982.
Sherard, Robert. *The Real Oscar Wilde*. London: T. Werner Laurie Ltd., 1915.
——. *The Life of Oscar Wilde*. London: Adamat Media Corporation [London: T. Werner Laurie, 1906].
Sheridan, Alan. *André Gide: a Life in the Present*. Cambridge, Massachusetts: Harvard University Press, 1999.
Shinfield, Alan. *The Wilde Century: Effeminacy, Oscar Wilde and the Queer Moment*. London: Caswell, 1994.
Small, Ian. *Oscar Wilde Revalued: An Essay on New Materials and*

Living. London: Constable, 1997.
——. *Robbie Ross: Oscar Wilde's Devoted Friend*. New York: Carroll & Graf, 2000.
Gagnier, Regina A. *Idylls of the Marketplace: Oscar Wilde and the Victorian Public*. Aldershot: Scolar Press, 1987.
Gide, André. *Oscar Wilde: In Memoriam De Profundis*. Translated by Bernard Frechtman. New York: Philosophical Library, 1949.
Gower, Lord Ronald. *My Reminiscences*, Vol. 1 & 2. Boston: Roberts Brothers, 1884.
Grosskurth, Phyllis. *John Addington Symonds: a Biography*. London: Longman, 1964.
——. *Havelock Ellis: a Biography*. New York: New York University Press, 1985.
Guy, Josephine and Small, Ian. *Studying Oscar Wilde*. Greensboro: ELT Press, 2006.
Harris, Frank. *Oscar Wilde: His Life and Confessions*. London: Constable, 1938 [1916 rev. ed.].
Healy, Chris. *Confessions of a Journalist*. Lexington: Forgotten Books, 2012 [London: Chatto & Windus, 1904].
Hichens, Mark. *Oscar Wilde's Last Chance: The Dreyfus Connection*. Edinburgh, Cambridge & Durham: The Pentland Press, 1999.
Holland, Merlin. *The Wilde Album*. New York: Henry Holt, 1998.
——. *The Real Trial of Oscar Wilde*. New York: Fourth Estate, 2003.
Holland, Vyvyan. *Son of Oscar Wilde*. New York: Carrol & Graf Publishers, 1999 [1988].
Hull McCormack, Jerusha. *The Man Who Was Dorian Gray*. New York: St. Martin's Press, 2000.
Hunter-Blair, David. *In Victorian Days and Other Papers*. London: Longmans, Green and Colt, 1939.
Hyde, H. Montgomery. *Oscar Wilde: a Biography*. New York: Farrar, Straus and Giroux, 1975.
——. *The Trials of Oscar Wilde*. London: Dover, 1973 [1962].
Ivory, Yvonne. *The Homosexual Revival of Renaissance Style, 1850-1930*. London: Palgrave Macmillan, 2009.
Maguire, Robert J. *Ceremonies of Bravery: Oscar Wilde, Carlos Blacker, and the Dreyfus Affair*. Oxford: Oxford University Press, 2013.

主要参考文献

Beckson, Karl. *London in the 1890s*. New York: Norton, 1992.

——. *The Oscar Wilde Encyclopedia*. New York: AMS Press, 1998.

——, ed. *Oscar Wilde: The Critical Heritage*. New York & London: Routledge, 2007 [1974].

Belford, Barbara. *Oscar Wilde: a Certain Genius*. New York & Toronto: Random House, 2000.

Brady, Sean. *Masculinity and Male Homosexuality in Britain, 1861-1913*. London: Palgrave Macmillan, 2005.

Bray, Alan. *Homosexuality in Renaissance England*. New York: Columbia University Press, 1982. アラン・ブレイ『同性愛の社会史』田口孝夫・山本雅男訳，彩流社，1993年.

Bristow, Joseph. *Effeminate England: Homoerotic Writings after 1885*. New York: Columbia University Press, 1997.

Conybeare, Frederick Cornwallis. *The Dreyfus Case*. London: George Allen, 1899.

Croft-Cooke, Rupert. *The Unrecorded Life of Oscar Wilde*. London: David Mckay Company, 1972.

Dollimore, Jonathan. *Sexual Dissidence: Augustine to Wilde, Freud to Foucault*. Oxford: Clarendon Press, 1991.

Douglas, Alfred. *The Autobiography of Lord Alfred Douglas*. London: Martin Secker, 1929.

——. *A Summing Up*. London: Richards Press, 1940.

——. *Without Apology*. London: Martin Secker, 1938.

Dowling, Linda. *Hellenism and Homosexuality in Victorian Oxford*. Ithaca & London: Cornell University Press, 1994.

Ellis, Havelock. *Studies in the Psychology of Sex*, vol. 1 & 2. New York: Random House, 1942.

Ellman, Richard. *Oscar Wilde*. Harmondsworth: Penguin Books, 1987.

Fisher, Trevor. *Oscar and Bosie: a Fatal Passion*. Phoenix Mill.: Sutton Publising, 2002.

Fryer, Jonathan. *André and Oscar: Gide, Wilde and the Gay Art of*

宮﨑かすみ（みやざき・かすみ）

1961年（昭和36年），北海道に生まれる．東京大学大学院総合文化研究科博士課程中退．横浜国立大学准教授などを経て，現在，和光大学表現学部総合文化学科教授．
専攻，英文学・比較文学．
著書『百年後に漱石を読む』（トランスビュー）
『差異を生きる』（編著，明石書店）など
訳書『オスカー・ワイルド書簡集　新編 獄中記』（編訳，中央公論新社）
『手紙・絵画・写真でたどるオスカー・ワイルドの軌跡』（マール社）

オスカー・ワイルド
中公新書 2242

2013年11月25日初版
2024年1月30日再版

著　者　宮﨑かすみ
発行者　安 部 順 一

本文印刷　三晃印刷
カバー印刷　大熊整美堂
製　本　小泉製本

発行所 中央公論新社
〒100-8152
東京都千代田区大手町 1-7-1
電話 販売 03-5299-1730
編集 03-5299-1830
URL https://www.chuko.co.jp/

Published by CHUOKORON-SHINSHA, INC.
Printed in Japan　ISBN978-4-12-102242-4 C1298

中公新書刊行のことば

いまからちょうど五世紀まえ、グーテンベルクが近代印刷術を発明したとき、書物の大量生産は潜在的可能性を獲得し、いまからちょうど一世紀まえ、世界のおもな文明国で義務教育制度が採用されたとき、書物の大量需要の潜在性が形成された。この二つの潜在性がはげしく現実化したのが現代である。

いまや、書物によって視野を拡大し、変りゆく世界に豊かに対応しようとする強い要求を私たちは抑えることができない。この要求にこたえる義務を、今日の書物は背負っている。だが、その義務は、たんに専門的知識の通俗化をはかることによって果たされるものでもなく、通俗的好奇心にうったえて、いたずらに発行部数の巨大さを誇ることによって果たされるものでもない。現代を真摯に生きようとする読者に、真に知るに価いする知識だけを選びだして提供すること、これが中公新書の最大の目標である。

私たちは、知識として錯覚しているものによってしばしば動かされ、裏切られる。私たちは、作為によってあたえられた知識のうえに生きることがあまりに多く、ゆるぎない事実を通して思索することがあまりにすくない。中公新書が、その一貫した特色として自らに課すものは、この事実のみの持つ無条件の説得力を発揮させることである。現代にあらたな意味を投げかけるべく待機している過去の歴史的事実もまた、中公新書によって数多く発掘されるであろう。

中公新書は、現代を自らの眼で見つめようとする、逞しい知的な読者の活力となることを欲している。

一九六二年一一月

中公新書

世界史

- 1045 物語 イタリアの歴史 藤沢道郎
- 1771 物語 イタリアの歴史 II 藤沢道郎
- 2595 ビザンツ帝国 中谷功治
- 2663 物語 イスタンブールの歴史 宮下遼
- 2152 物語 近現代ギリシャの歴史 村田奈々子
- 2440 バルカン―「ヨーロッパの火薬庫」の歴史 M・マゾワー 井上廣美訳
- 1635 物語 スペインの歴史 岩根圀和
- 1750 物語 スペインの歴史 人物篇 岩根圀和
- 1564 物語 カタルーニャの歴史(増補版) 田澤耕
- 2582 百年戦争 佐藤猛
- 2658 物語 パリの歴史 福井憲彦
- 1963 物語 フランス革命 安達正勝
- 2286 マリー・アントワネット 安達正勝
- 2529 ナポレオン四代 野村啓介
- 2318 2319 物語 イギリスの歴史(上下) 君塚直隆
- 2696 物語 スコットランドの歴史 中村隆文
- 2167 イギリス帝国の歴史 秋田茂
- 1916 ヴィクトリア女王 君塚直隆
- 1215 物語 アイルランドの歴史 波多野裕造
- 1420 物語 ドイツの歴史 阿部謹也
- 2766 オットー大帝―辺境の戦士から「神聖ローマ帝国」樹立者へ 三佐川亮宏
- 2304 ビスマルク 飯田洋介
- 2490 ヴィルヘルム2世 竹中亨
- 2583 鉄道のドイツ史 鴋澤歩
- 2546 物語 オーストリアの歴史 山之内克子
- 2434 物語 オランダの歴史 桜田美津夫
- 2279 物語 ベルギーの歴史 松尾秀哉
- 1838 物語 チェコの歴史 薩摩秀登
- 2445 物語 ポーランドの歴史 渡辺克義
- 1131 物語 北欧の歴史 武田龍夫
- 2456 物語 フィンランドの歴史 石野裕子
- 1758 物語 バルト三国の歴史 志摩園子
- 1655 物語 ウクライナの歴史 黒川祐次
- 1042 物語 アメリカの歴史 猿谷要
- 2209 アメリカ黒人の歴史 上杉忍
- 2623 古代マヤ文明 鈴木真太郎
- 1437 物語 ラテン・アメリカの歴史 増田義郎
- 1935 物語 メキシコの歴史 大垣貴志郎
- 2545 物語 ナイジェリアの歴史 島田周平
- 2741 物語 オーストラリアの歴史(新版) 竹田いさみ 永野隆行
- 1644 ハワイの歴史と文化 矢口祐人
- 2561 キリスト教と死 指昭博
- 2442 海賊の世界史 桃井治郎
- 518 刑吏の社会史 阿部謹也

中公新書

言語・文学・エッセイ

j1

- 2756 言語の本質　今井むつみ・秋田喜美
- 433 日本語の個性（改版）　外山滋比古
- 533 日本の方言地図　徳川宗賢編
- 2740 日本語の発音はどう変わってきたか　釘貫　亨
- 2493 日本語を翻訳するということ　牧野成一
- 500 漢字百話　白川　静
- 2213 漢字再入門　阿辻哲次
- 1755 部首のはなし　阿辻哲次
- 2534 漢字の字形　落合淳思
- 2430 謎の漢字　笹原宏之
- 2363 外国語を学ぶための言語学の考え方　黒田龍之助
- 1833 ラテン語の世界　小林　標
- 1971 英語の歴史　寺澤　盾
- 2407 英単語の世界　寺澤　盾
- 1533 英語達人列伝　斎藤兆史
- 2738 英語達人列伝Ⅱ　斎藤兆史
- 1701 英語達人塾　斎藤兆史
- 2628 英文法再入門　澤井康佑
- 2684 中学英語「再」入門　澤井康佑
- 2637 英語の読み方　北村一真
- 2775 英語の発音と綴り　大名　力
- 1448 「超」フランス語入門　西永良成
- 352 日本の名作　小田切進
- 2556 日本近代文学入門　堀　啓子
- 2609 現代日本を読む―ノンフィクションの名作・問題作　武田　徹
- 563 幼い子の文学　瀬田貞二
- 2156 源氏物語の結婚　工藤重矩
- 2585 徒然草　川平敏文
- 1798 ギリシア神話　西村賀子
- 2382 シェイクスピア　河合祥一郎
- 2242 オスカー・ワイルド　宮﨑かすみ
- 275 マザー・グースの唄　平野敬一
- 2716 カラー版 絵画で読む『失われた時を求めて』　吉川一義
- 2404 ラテンアメリカ文学入門　寺尾隆吉
- 1790 批評理論入門　廣野由美子
- 2641 小説読解入門　廣野由美子

中公新書

言語・文学・エッセイ

j2

中公新書

芸術

k1

- 2072 日本的感性 佐々木健一
- 1296 美の構成学 三井秀樹
- 1741 美学への招待（増補版） 佐々木健一
- 2713 「美味しい」とは何か 源河亨
- 2764 教養としての建築入門 坂牛卓
- 1220 書とはどういう芸術か 石川九楊
- 118 フィレンツェ 高階秀爾
- 2771 カラー版 美術の愉しみ方 山梨俊夫
- 385 386 カラー版 近代絵画史（増補版）（上下） 高階秀爾
- 2718 カラー版 キリスト教美術史 瀧口美香
- 1781 マグダラのマリア 岡田温司
- 2188 アダムとイヴ 岡田温司
- 2369 天使とは何か 岡田温司
- 2708 最後の審判 岡田温司
- 2232 ミケランジェロ 木下長宏
- 2614 カラー版 ラファエロ―ルネサンスの天才芸術家 深田麻里亜
- 2776 バロック美術 宮下規久朗
- 2292 カラー版 ゴッホ〈自画像〉紀行 木下長宏
- 2513 カラー版 日本画の歴史 近代篇 草薙奈津子
- 2514 カラー版 日本画の歴史 現代篇 草薙奈津子
- 2478 カラー版 横山大観 古田亮
- 1827 カラー版 絵の教室 安野光雅
- 2562 現代美術史 山本浩貴
- 1103 モーツァルト H・C・ロビンズ・ランドン 石井宏訳
- 1585 オペラの運命 岡田暁生
- 1816 西洋音楽史 岡田暁生
- 2630 現代音楽史 沼野雄司
- 2009 音楽の聴き方 岡田暁生
- 2606 音楽の危機 岡田暁生
- 2745 バレエの世界史 海野敏
- 2702 ミュージカルの歴史 宮本直美
- 2395 ショパン・コンクール 青柳いづみこ
- 2569 古関裕而―流行作曲家と激動の昭和 刑部芳則
- 1854 映画館と観客の文化史 加藤幹郎
- 2694 日本アニメ史 津堅信之
- 2247 2248 日本写真史（上下） 鳥原学